エイドリアン・チャイコフスキー

ADRIAN TCHAIKOVSKY

内田昌之［訳］

上

竹書房文庫

CHILDREN OF TIME

時の子供たち

First published 2015 by Tor, an imprint of Pan Macmillan,
a division of Macmillan Publishers International Limited.
Japanese translation rights arranged with Macmillan Publishers International
Limited, London through Tuttle-Mori Agency, Inc., Tokyo

時の子供たち　上

ポーシャに

感謝の言葉

科学方面でアドバイスをいただいたスチュアート・ホットストン、ジャスティーナ・ロブスン、マイクル・チャイコフスキー、マックス・バークリー、そして自然史博物館の昆虫学部門には大いなる感謝を。

妻のアニー、エージェントのサイモン・カヴァナー、ピーター・レイヴァリー、そしてベラ・ペイガンを始めとするトー社のみなさんにもいつもどおりの感謝を。こんなとんでもなく個人的なプロジェクトを全力で応援してくれてとてもうれしかった。

contents

第1部 創世記

第2部 巡礼

第3部 戦争

第4部 啓発

主な登場人物

ホルステン・メイスン……古学者。宇宙船ギルガメシュ乗員
イーサ・レイン……宇宙船ギルガメシュの主任技師
ヴリー・グイエン……宇宙船ギルガメシュの司令官
リナス・ヴィタス……宇宙船ギルガメシュの科学班責任者
レム・カースト……宇宙船ギルガメシュの保安隊責任者

ポーシャ……蠅取蜘蛛《はえとりぐも》の名
ビアンカ……蠅取蜘蛛の名
フェイビアン……蠅取蜘蛛の名
ヴァイオラ……蠅取蜘蛛の名

ドクター・アヴラーナ・カーン……科学者。惑星ブリン2テラフォーミングの責任者
ブリン2監視ハビタット……人工衛星

第1部

創世記

1.1 樽《バレル》いっぱいの猿たち

ブリン2には窓がなかった——回転していると〝外〟はいつでも足の〝下〟ということになるので、ふだんは意識されることがない。壁のスクリーンに表示されているのは心地よい虚構であり、眼下の世界の合成映像は、施設が常に回転しているにもかかわらず、その惑星を宇宙空間にじっと浮かんでいるように見せかけている。二十光年彼方《かなた》にある故郷の青いビー玉とマッチする緑のビー玉。地球もかつては緑だったが、いまではすっかり色褪《いろあ》せてしまった。もっとも、地球はいかなるときでもこの美しく造りあげられた世界ほど緑に染まったことはないだろう。ここでは海さえ大気中の酸素バランスを維持する植物性プランクトンでエメラルド色に輝いている。地質学レベルの歳月を経《へ》ても安定している生きたモニュメントを築くという作業はきわめて繊細かつ多面的なのだ。

天文学上の呼称以外に公式に認められた名前はないが、さほど想像力の豊かではない一部のクルーのあいだでは〝猿星《シミアーナ》〟が強く支持されている。ドクター・アヴラーナ・カーンとしては、こうしてその惑星を見おろしていると〝カーンの世界〟としか思えなかった。彼女のプロジェクト、彼女の夢、彼女の惑星。これからどんどん増えていく。

〝これこそが未来なのだ。ここで人類は次の大きな一歩を踏み出す。ここでわたしたちは神々になる〟

「これこそが未来なのです」カーンは口に出して言った。その声はすべてのクルーの聴覚中枢で響き渡る。クルーは総勢十九名だが、この管制ハブで彼女といっしょにいるのは十五名だけだ。もちろん本来のハブとはちがう――そちらは回転する施設の中心となる重力のない軸で、動力部とコンピュータ室と貨物用スペースがおさまっている。

「ここで人類は次の大きな一歩を踏み出すのです」過去二日間、カーンはこのスピーチの準備にどんな技術的詳細よりも多くの時間をかけてきた。わたしたちは神々になるという言葉を入れようかとも考えたが、それは胸の内におさめておいた。〝故郷のノン・アルトラ・ナチューラのバカどものことを考えると、あまりにも物議をかもしすぎる〟それでなくてもこういうプロジェクトに対してはさんざん抗議の声があがっているのだ。たしかに、いまは地球上の各派の差が広がっている――社会的な差、経済的な差、あるいは単なる二分化。だがカーンは高まる反対の声にもめげずにブリンを――何年もまえに――打ち上げた。いまではその全体構想が人類の各派にとって一種のスケープゴートになっていた。〝あいつらは口げんかばかりしている。だいじなのは前進することだ。人類だけでなく、あらゆる生物の可能性を引き出すことだ〟ノ《N》ン・ア《U》ルトラ・ナ《N》チューラのテロリストたちを筆頭とする保守的な反感の高まりに対して、カーンはだれにも負けないくらい激しく抵抗してきた。〝あんな連中の好きにさせておいたら、だれもが洞窟での暮らしに戻ることになる。森の中での暮らしに。文明の本質は自然の限界を超えることにあるとわからないのか、あのちんけなうざったい原始人どもは〟

「もちろん、わたしたちは多くの人びとに支えられています」一般に認められている正しい謙遜《けんそん》の言葉なら「巨人たちに支えられて」となるだろうが、カーンがいまの地位を築けたのは過去の世代に屈従してきたからではない。〝あれは小人だ、たくさんの小人たち〟そこであることを思いつき、クックッと笑う。〝支えているのは猿たちかな〟

カーンから送られた思念で一台のウォールスクリーンと各自のマインドアイHUDにブリン2の図面が表示された。全員の注意をそちらへ誘導して、いっしょに彼女の——失礼、彼らの——偉業を正しく理解させたかったのだ。見るがいい、あの針のようなセントラルコアと、それを取り巻く生命と科学に満ちたドーナツ形の世界を。コアの片方の端には不格好にふくれた監視ポッドがあり、じきに切り離されて、この宇宙でもっとも孤独でもっとも長きにわたる調査拠点となる。〈針〉の反対側の端にあるのは樽《バレル》とフラスコ。中身はそれぞれ——猿たちと未来だ。

「とりわけ感謝しなければならないのは、ドクター・ファラーンとドクター・メディの率いる技術チームが休むことなく働いて、この——」うっかり〝カーンの世界〟と言いそうになったが——「対象である惑星を改造し、わたしたちの偉大なプロジェクトのために安全で豊かな環境を用意してくれたことです」ファラーンとメディは十五年におよぶ仕事をやり終えて、三十年かかる地球への帰還の旅に出ていた。だがそれはすべてカーンとその夢に道をゆずるための舞台装置に過ぎない。〝わたしたちのために——わたしのために——これだけの労力が投じられたのだ〟

〝故郷までの二十光年の旅。地球で三十年がすぎても、冷たい棺《ひつぎ》の中にいるファラーンとメディにとっては二十年しか経過しない。ふたりにしてみれば光とほぼ同じ速さで旅をするようなものだ。わたしたちはなんという驚異を成し遂げたのだろう！〟

カーンから見れば、彼女を光速近くまで加速させるエンジンも、地球の生物圏が受け継ごうとしているこの宇宙を移動するための道具に過ぎない。〝人類にはだれも夢想すらできないほど脆弱《ぜいじゃく》な面があるかもしれないのだから、わたしたちは網を大きく、もっと大きく広げなければ……〟

人類の歴史はきわめて不安定な状態にある。何千年にもわたる無知と偏見と迷信と必死の努力を経て、彼らはようやく、みずからの姿に合わせた新たな知的生命体を生み出した。人類はもはや孤立することはない。想像を絶する遠未来に、たとえ地球が炎と塵《ちり》に変わったとしても、星ぼしのあいだにはその遺産が広がっている——果てしなく拡散する、充分な多様性を有した地球生まれの生命体が、どんな運命の逆転があろうと生きのびてくれる。宇宙全体が死滅するそのときまで、ひょっとしたらその先までも。〝たとえわたしたちが死んでも、わたしたちは子供たちの中に生き続ける〟

〝NUNの連中には、人類の純潔至上主義という、ひとつにすべてを賭《か》ける無謀な信条を語らせておけばいい。わたしたちは彼らを超えて進化する。彼らを置き去りにする。ここはわたしたちが生命をあたえる無数の世界の最初のひとつになる〟

〝なぜならわたしたちは神々であり、いまはまだ孤立しているから、創造しなければならないのだ……〟

故郷では状況はかなり厳しくなっている。少なくとも二十年遅れの映像はそれを示唆していた。繰り返される暴動や激しい議論やデモや暴力を冷静にながめてみると、思うことはひとつしかない――〝遺伝子プールにあれほどたくさんの愚か者をかかえながら人類はどうやってここまでたどり着いたんだろう?〟ノン・アルトラ・ナチューラは人類のあらゆる政治的派閥の中でももっとも過激な圧力団体で――保守的で、哲学的で、頑固なまでに宗教的ですらある――進歩などもうたくさんだと考えている。人間の遺伝子のさらなる改良に猛烈に抵抗し、AIにまつわるさまざまな制限の撤廃に反対し、カーンの計画のようなものにはことごとく反対した。

〝だが彼らは敗北しつつある〟

テラフォーミングは現在もいたるところで進行中だ。カーンの世界はファラーンやメディのような人びとの注目を集めた多くの惑星のひとつでしかない。だいたいの大きさと恒星からの距離くらいしか地球と似たところのない荒涼とした化学岩を、人間がスーツなしで散歩してもほぼ問題がない安定した生態系へと変貌させるのだ。猿たちを送り込み、その様子をモニタする監視ポッドを切り離したら、カーンは引き続き似たようなほかの宝石へ目を向けることになる。〝わたしたちが地球のあらゆる驚異を宇宙へ蒔《ま》き広げるのだ〟

カーンは気もそぞろにスピーチを続けて、ここにいる、あるいは故郷にいるほかの人びとの名前を次々とあげていった。だれよりも感謝したい相手は自分自身だ。これをやり遂げるための闘いで、カーンは遺伝子工学で手に入れた長寿命により、人間の本来の生涯数回分の期間にわたって議論を続けてきた。投資家たちの部屋でも研究室でも、学会のシンポジウムでも大衆娯楽フィードでもぶつかり合ってきた。ただこれを実現するだけのために。

〝だれでもない、わたしが成し遂げたのだ。建造にはあなたたちの手を借りたし、測定にはあなたたちの目を借りたけど、その精神はわたしだけのものだ〟

カーンの口は用意してあった言葉を垂れ流し続けたが、それは聞き手をいずれ退屈させる以上に彼女自身を退屈させていた。このスピーチのほんとうの聴衆がそれを耳にするのは二十年後。そのとき今後の展開について故郷で最終確認がおこなわれる。カーンは思念でブリン2の管制ハブと連絡をとった。〝バレルの各システムの状況を確認〟と施設の制御コンピュータで中継リンクへ問い合わせをする。最近はこうしてチェックするのが神経質な習慣になっているのだ。

〝許容誤差の範囲内です〟と返信があった。そのあたりさわりのない要約をさらに精査すれば、着陸船の正確な計測値や準備状況、さらには積み込まれている総勢一万名の霊長類のバイタルサインまで知ることができる。その少数の選ばれし者たちは、地球を受け継ぐことはないが、少なくともこの呼び名の決まっていない惑星を受け継ぐことになる。

最終的には彼らが呼び名をつけることになるのだ——知能強化ナノウイルスによってそれができるレベルまで進歩したあとで。バイオテクノロジーの専門家たちの推定では、猿たちの世代が三十から四十も進めば、監視ポッドとそこにいる唯一の人間と接触する可能性があるとのことだった。

樽《バレル》のとなりにはフラスコがある。猿たちの進歩を加速させるウイルスの散布システムだ。人類が何百万年もの長く過酷な歳月をかけて踏破した物理的および精神的な距離を、猿たちはほんの一、二世紀で駆け抜けてしまう。

〝あの人たちにも感謝しないと〟カーン自身はバイオテクノロジーの専門家ではない。スペックやシミュレーションは見たが、エキスパートシステムがその理論を精査して、単に博識というだけでしかないカーンにもわかる言葉で要約してくれたのだ。そこから理解できたかぎりでは、あのウイルスは実に並外れた逸品だ。感染した個体が残す子孫はさまざまな面で有益な突然変異を起こす。脳のサイズや複雑さが増大したり、行動パターンが柔軟になったり、学習速度があがったり……。ウイルスは他の個体が感染しているかどうかを識別することもできるので、選択育種が推進されて、もっともすぐれた個体からさらにすぐれた子孫が生まれることになる。まさに顕微鏡レベルの容器に入った未来であり、ひたむきさという面では、それが進歩させる生物と同じくらい有能だ。宿主のゲノムと深いレベルで作用し合い、細胞内で新たな小器官のようにみずからを複製して、宿主の子孫へと受け継がれていき、やがては種族全体がその善意の感染の対象となる。猿たちがどれほど変化しようと、ウイルスは受け継いだものを分析しモデル化し即興で対処しながらパートナーとなるゲノムに順応する――創造者を真っ向から見つめて理解することができる存在が生み出されるまで。

カーンは故郷の人びとにこの計画を売り込むために、いずれ惑星に到着する植民者たちが空から神々のように降下して新たな住民と出会う様子を語って聞かせた。そこにあるのは過酷な未開の世界ではないし、知能強化された補佐役や従者たちがその創造者を出迎えてくれる。地球の会議室や委員会ではそんなふうに説明したが、そこはもともと重要なポイントではなかった。重要なのは猿たちであり、彼らがどんな存在になるかということだ。

これはNUNがもっとも激怒していた点のひとつだった。彼らはただの獣《けもの》から超人を作り出すことに声高に異議を唱《とな》えた。だがほんとうは、まるで駄々っ子のように、共有することがいやだったのだ。ひとりっ子の人類は宇宙の注目をひとりじめにしたかった。政治問題になった数多くのプロジェクトと同様、このウイルスの開発にはさまざまな抗議や妨害やテロや殺人がからんでいた。

〝それでも、わたしたちはついにみずからの卑しい性根に勝利をおさめた〟カーンは満足げに思い起こした。もちろん、NUNがカーンの行く手に投げかけてきた非難の言葉には砂粒くらいの真実は含まれていた。彼女はたしかに植民者たちのことも同僚たちの新帝国主義的な夢のことも気にかけていなかった。人類のイメージだけでなく自身のイメージに合わせて新たな生命を創造したかった。彼女の猿たちがただ放置されたときに、どんな進化が、どんな社会が、どんな知性が生じるかを知りたかった……。アヴラーナ・カーンにとっては、これ、こそがみずからの才能を人類のために発揮したことに対する報酬なのだ——この実験が、この惑星規模の〝もしもそうなったら?〟が。カーンの奮闘がきっかけとなって次々と惑星のテラフォーミングが始まっているが、彼女が得る対価とは、最初に生まれる世界が彼女のものであり、新たに創造された人びとの故郷になるということなのだ。

いつの間にか期待感に満ちた静寂が広がっていて、カーンは自分のスピーチが終わっていたことに気づいた。いまはだれもが、この虚飾を必要としない瞬間に彼女がわざわざ緊迫感を足そうとしていると考えているようだ。

「ミスター・セーリング、配置につきましたか?」カーンは全員のために一般回線で問いかけた。セーリングは志願者で、ここに取り残される男だ。彼はこれから冷凍睡眠《コールドスリープ》に入ったまま長期にわたって惑星サイズの実験室の軌道上をめぐり、新種族である知性をもつ霊長類たちの指導者になるときを待つことになる。カーンは彼がうらやましいくらいだった。この男はほかの人間がけっして体験できないものごとを見たり聞いたりすることになる。新たなハヌマーンに、猿たちの神になるのだ。

たしかにうらやましい気持ちはあったものの、結局、カーンはここを離れてほかのプロジェクトにとりかかる道を選んだ。ひとつの世界だけの神になるのはほかの人びとにまかせておけばいい。彼女は星ぼしをまたにかけてすべての神々を率いるのだ。

「いいえ、配置についてはいません」同じようにより多くの聴衆を得る権利があると思っているのか、セーリングも一般回線で返事をよこしてきた。

カーンはいらだちをおぼえた。〝わたしひとりでなにもかもやることはできないのに。わたしが頼りにしているときにほかの人たちが最低限の仕事さえしてくれないことがしょっちゅうあるのはなぜなんだろう？〟彼女はセーリングひとりにむかって送信した。「理由を説明してくれる？」

「あなたにひとこと言う機会があればと思っていたんです、ドクター・カーン」

これを最後にセーリングはとうぶん同胞と接触することがないのだから話をさせてもいいかもしれない。なにかいいことを言ってくれたらそれもカーンの伝説の一部になる。それでも、彼女は主通信システムのまえで待機し、通話に数秒の遅れが生じるよう設定した。セーリングが泣き出したりなにか不適切なことを口走ったりしたときのための用心だ。

「これは人類の歴史におけるターニングポイントです」いつでも少しだけ悲しげなセーリングの声が、カーンのもとへ届き、彼女を通じてほかの全員へ伝えられた。セーリングの映像は各自のマインドアイHUDに表示されていて、明るいオレンジ色の船外活動スーツのカラーで顎の先が隠れていた。「おわかりでしょうが、この道を進もうと決めるまでずいぶん悩みました。しかしなによりも重要なものごとというのはあるんです。ときには正しい行動をとらなければいけません、どのような犠牲を払おうとも」

カーンは満足してうなずいた。〝いい子だからさっさと終わらせなさい、セーリング。これから相続すべき財産を築かなければならない人たちもいるのだから〟

「これほど遠くまでやってきたというのに、われわれはまだ昔ながらのあやまちをおかしています」セーリングはしぶとく語り続けた。「ここに立って宇宙を手にしているのに、自分たちの運命を先へ進めるのではなく、自分たちの劣化を黙認しています」

カーンは少しぼんやりしていて、セーリングがなにを言ったかに気づいたときにはその言葉はすでにクルーへ中継されていた。突然、クルーのあいだで不安げなメッセージのやりとりが始まり、そばにいる人びとが交わす話し声まで聞こえてきた。同時に、ドクター・マーシアンから別回線で警告が送られてきた。「セーリングはなぜ機関部にいるんだ？」

セーリングは〈針〉の機関部にいるはずではなかった。セーリングは監視ポッドの中で軌道上の――そして歴史上の――持ち場につく準備をしているはずだった。

カーンはセーリングをクルーから遮断し、いったいなにをやっているのかと怒って問い詰めた。視野の中でセーリングのアバターがカーンをじっと見つめ、それから唇が彼の声に合わせて動いた。

「止めなければいけないんですよ、ドクター・カーン。あなたもあなたのお仲間たちもみんな――あなたの新しい人間も、新しいマシンも、新しい種族も。ここで成功したら、ほかの世界でも同じことが起こるでしょう――あなたがそうおっしゃっていましたし、こうしているいまもあちこちの世界でテラフォーミングは進んでいます。だからここで終わらせるんです。ノン・アルトラ・ナチューラ！　自然を超えるなかれ」

カーンが説得のための貴重なひとときを個人的な罵倒でむだにするあいだに、セーリングがふたたび口をひらいた。

「わたしはすでにあなたを遮断しました、ドクター。わたしに同じことをしてもかまいませんが、いまはわたしが話をしているんですからじゃまをしないでください」

カーンはセーリングの仕掛けを解除するために、制御コンピュータのシステム内を探しまわってなにがおこなわれたのかを突き止めようとしたが、セーリングは特定のエリアから カーンだけをあざやかに締め出していた。施設の各システムに彼女のメンタルマップには表示されない部分があり、それについてコンピュータにたずねてみても、そもそも存在しないと言われてしまった。どれもミッションに不可欠な要素ではない――樽《バレル》でもなく、フラスコでもなく、監視ポッドでもない――ので、カーンもそれらのシステムを毎日執拗《しつよう》にチェックしたりはしなかったのだ。

ミッションにとっては不可欠ではないかもしれないが、施設にとっては不可欠だ。

「セーリングは核融合炉の安全装置を無効化している」マーシアンが報告した。「どうなっている？　そもそもなぜ彼が機関部に？」緊張した声ではあったが完全にパニックを起こしているわけではなく、それは周囲のクルーの雰囲気をよくあらわしていた。

〝セーリングが機関部にいるのは、死ぬときは一瞬で完全に片がついて、そのためにおそらく苦痛がないから〟カーンは推測した。だれもが驚いたことに、彼女はすでに行動を起こしていた。ステーションの細長い中央パイロンへ通じるアクセスシャフトにもぐり込み、そばにいるかぎりは〝下〟であり続ける外側の床から離れようとしていた。いつわりの重力井戸の底から、全員がその周囲をめぐっている長い〈針〉へとのぼっていくのだ。不安げなメッセージがあっという間に増えていく。足の下でだれかの叫ぶ声がしていた。何人かがあとを追ってきているらしい。

セーリングは楽しそうに語り続けていた。「これは始まりですらないんです、ドクター・カーン」反乱のさなかにあっても、徹底して慇懃《いんぎん》な口調だ。「故郷ではとっくに始まっているはずです。もう終わっているかもしれません。何年かたったら、人類が地球とその未来を取り戻したことがわかるでしょう。知能強化された猿などいません。神のようなコンピュータもいません。異様な姿になった人間もいません。われわれは狙いどおりに宇宙を我が物としているでしょう——初めからそうなる運命なのです。太陽系の内でも外でも、ありとあらゆるコロニーで、われわれの工作員たちが行動を起こすはずです。われわれが権力を握るのです――多数派の同意を得て。わかりますね、ドクター・カーン」

そのカーンはどんどん軽くなる体を〝上〟へ引っ張りあげて〝内側〟を目指していた。セーリングを罵倒すべきだとは思ったが、むこうに聞く気がないのでは意味がない。

さほどたたずに重力のない〈針〉の内部までたどり着いた。そこで選択肢が出てきた。セーリングがじゃまをされないための対策を講じているにちがいない機関部へむかうか、それとも離れるか。離れるというのは、まさにそのとおりの意味になる。

セーリングがやったことは残らず無効化できるはずだ。カーンは自分の能力の優位性に絶対の自信をもっていた。ただし時間はかかる。〈針〉のそちらの方向へ進んで、セーリングとその罠《わな》とロックされた障壁を目指した場合、時間が有利に働くことはないだろう。

「もしも権力者から拒絶された場合」憎たらしい声がカーンの耳の中で続けた。「われわれは戦うことになります。人類の運命を力ずくで奪い返さなければいけないのなら、そうするでしょう」

カーンはセーリングの言葉をほとんど聞いていなかったが、それでも冷たい恐怖が頭の中に忍び込んできた――自分自身とブリン２に迫る危機のせいではなく、彼が地球と各コロニーについて語っていることのせいだった。〝戦争？　まさか。いくらＮＵＮでも……〟だがさまざまな事件が起きていたのは事実だ――暗殺、暴動、爆弾。エウロパ基地はもう全体がぼろぼろだった。NUNは避けようのない領土拡張の嵐にむかって唾を吐きかけているだけだ。カーンはずっとそう信じていた。そうした過激な行動は人類の進化を否定する連中の断末魔のあがきでしかない。

カーンは反対方向へ進んで、機関部から距離をとろうとした。襲い来る爆風から逃れられるだけのスペースがブリンの内部にあるはずはないのだが、彼女はまちがいなく冷静だった。自分がどこへむかっているかはよくわかっていた。

行く手に監視ポッドの円形の入口が見えてきた。それを目にしたとたん、自分の頭の中にある、複雑な計算を解くときに常に頼りにする部分が、現状をしっかりと把握してほんのわずかではあるが実現性のある脱出ルートを見つけていたことに気づいた。

ここはセーリングがいるはずだった場所だ。ことがまともに進んでいれば、この未来へゆるやかに進むボートはあの男が操縦するはずだった。カーンは扉をあけるための指示を送りながら、本来ならセーリングの担当だった装備が、見たところなにもいじられていないことにほっとした。

最初の爆発が起きたとき、カーンはそれが最後の爆発になるだろうと思った。ブリンが周囲できしみをあげてぐらついたが、機関部は安定していた——彼女自身が霧散していないのがその証拠だ。カーンはクルーのあいだで吹き荒れるメッセージの嵐へ意識を戻した。セーリングがすべての脱出ポッドに仕掛けをしていたのだ。彼がみずからに定めた運命からだれひとり逃したくなかったらしい。監視ポッドだけはなぜか見落としたのか？

ポッドが次々に爆発すればブリン2は所定の軌道から押し出され、惑星か宇宙のどちらかへむかって漂流するだろう。すぐに脱出しなければ。

指示に応じて扉がひらいたので、ポッドの管制ハブに離脱機構の診断プログラムを実行させた。内部はとても狭く、コールドスリープ用の棺と――棺なんて思うな！――その関連システムの端末があるだけだ。

管制ハブから問い合わせがきていた――搭乗員がまちがっているし、長期間のコールドスリープにそなえた装備を身につけていないと。〝だがわたしはここで何世紀も過ごすわけではない。この危機を乗り切るあいだだけだ〟カーンは管制ハブによる難癖をすみやかに無効化し、そのころには診断プログラムがセーリングによる改竄《かいざん》箇所を特定していた。消去法により、離脱プロセスで彼が通知項目から抹消した部分を割り出したのだ。

外から聞こえてくる物音からすると、扉に閉じるよう命じてから、システムをロックしてだれも中へ入ってこられないようにしたほうがよさそうだ。

コールドスリープ用のタンクにもぐり込もうとしたとき、バンバンという音が響き始めた。クルーの中に同じことに気づいたが少しだけ出遅れた者たちがいたのだ。カーンは彼らのメッセージのやりとりを遮断した。セーリングについても、いまさら役に立つことを言うはずもなかったので同じように遮断した。管制ハブの制御システム以外、だれとも情報を共有しなくてすむようにしておくほうがいい。

どれだけ時間が残っているかはわからなかったが、カーンのトレードマークはスピードと慎重さのバランスであり、そのおかげでいまの地位までたどり着いたのだ。〝そのおかげでこうしてブリン2まで、この監視ポッドの中までたどり着くことになった。なんて賢い、なんて運のない猿だろう〟こもったバンバンという音は激しさを増したが、ポッドにはカーンひとりぶんのスペースしかなかった。もともと冷酷な人間ではあったが、さらに冷酷になって、自分とセーリングとのあいだにいる大勢の忠実な同僚たちの名前や顔を思い浮かべないようにしなければならなかった。彼らはみな爆死する運命にあるのだ。

〝わたしだってまだその運命を逃れられたわけじゃない〟カーンは自分に言い聞かせた。やがて準備がととのった――セーリングのゴーストシステムを回避する即席の離脱経路だ。うまく機能するだろうか？　テストをする機会はないし、ほかに選択肢もない。それにどうやら時間もなさそうだ。

〝離脱〟カーンが管制ハブにそう命じて、プログラムされていたありとあらゆる種類の「まちがいありませんか？」という確認に次々と大声で返事をしていくと、ようやく周囲で装置が作動する振動が伝わってきた。

そのあと、管制ハブはカーンがただちにコールドスリープに入ることを要求してきた。予定どおりではあったが、いまは待つように指示した。船長として自分の船といっしょに沈むつもりはないとしても、せめて距離を置いてその最期《さいご》を見届けたかった。〝それにはどれだけの距離が必要なんだろう？〟

そのころには数千のメッセージがカーンに返信を求めていた。すべてのクルーが話をしたがっていたが、カーンにはだれとも話すようなことはなかった。

監視ポッドには窓もなかった。その気になれば、カーンが乗る小さな命のカプセルが事前に定められた軌道へ進んでいくあいだ、急速に遠ざかるブリン2をＨＵＤに表示させることもできただろうが。

カーンは監視ポッドのハブを中継してブリンのシステムに戻り、指示を出した──〝バレル発射〟

タイミングが悪かっただけなのかとも思ったが、あとから考えてみると、それはセーリングが最初に念入りにほどこした巧妙な仕掛けだったのだろう──カーンのあらゆるチェックをすり抜けてしまったのは、フラスコと樽《バレル》の機械的な切り離しなど彼女が特に注意を向けるようなことではなかったからだ。スピーチでは〝多くの人びとに支えられて〟と語ったが、カーンはこの業績のピラミッドで自分の下にいる人びとの存在を忘れたことはなかった。最下層にいる人びとにまで重みを支えてもらわなかったら、すべてが崩壊してしまうのだ。

カーンは爆発をマインドアイですら見なかったが、一時的に殺到したブリン2のコンピュータからの損害報告で状況は伝わってきた。同僚も施設も、裏切り者のセーリングも、カーンの努力の成果も、なにもかもが突然、急速に分解していく破片の群れと、白い吐息のように霧散する空気と、そこにわずかに混じる判別できない生体の残骸に過ぎなくなった。

〝針路を修正して安定させて〟カーンは衝撃波の到来を予期していたが、監視ポッドはすでに充分離れており、ブリン2のエネルギーと物質は距離に比してきわめて小さくなっていたので、ポッドを予定どおりの軌道にとどめるための調整はほとんど必要なかった。

〝見せて〟カーンは映像にそなえて身構えたが、実際には、これだけ離れてしまうとなんということはないように見えた。いちどきりの閃光《せんこう》。彼女の理念と友人すべてを乗せたちっぽけな燃えたボート。

結局のところ、それは進化しすぎた猿たちを詰め込んだ樽《バレル》でしかなかった。こうして遠く離れて、広大かつ無頓着《むとんちゃく》な〝それ以外のすべて〟を背景にながめてみると、そもそもどうしてそんなものに意味があったのかよくわからなかった。

〝救難信号を〟カーンは命じた。なぜなら、地球にいる人びとになにが起きたかを知らせる必要があるからだ。ここへやってきて彼女を回収し、眠り姫のように目覚めさせなければならないと。なんといっても、彼女はドクター・カーンなのだ。ここにいる彼女こそが人類の未来なのだ。地球の人びとには彼女が必要なのだ。

ここから送った信号が地球へ届くまでには二十年かかる。最高の核融合エンジンを使って光速の四分の三まで加速したとしても、救助隊がやってくるまでにはもっと長くかかる。だが、カーンのきゃしゃな肉体はコールドスリープでそれだけの期間を生きのびるだろう――それより長くてもだ。

数時間後、カーンは結末を見届けた――樽《バレル》が大気圏に突入したのだ。

予定どおりの飛行軌道ではなかった。ブリン2の炎上で虚空へ永遠に投げ出されそうになったのをかろうじて回避したのだ。どうせ積荷のほうはなにも気にしないだろう。バレルは燃えあがり、流れ星のように緑の世界の大気をつらぬいていく。なぜか、そこに詰め込まれている霊長類たちがなにも知らないまま焼かれて死んでいくときに体験するはずの無意識の恐怖のほうが、同胞である人間たちの死よりもカーンの胸に痛みをもたらした。〝セーリングならそれを自分が正しかった証《あかし》だと言い張るのではないか?〟

もう癖になっている、むだな職業的完璧主義により、カーンはフラスコの現在位置を突き止め、より小型の容器がもっとゆるやかな角度で大気中を落下して、中身のウイルスをそれが狙いとする類人猿が存在しない世界へ届けるのを見守った。

〝猿ならいつだってまた手に入れられる〟それは奇妙なマントラだったが、少しは気が楽になった。知能強化ウイルスは千年でも生きのびる。プロジェクトはその考案者たちの背信と死を乗り越えるだろう。カーンみずからがそれを確実なものとするのだ。

〝無線信号の変化に耳をすまして。なにか聞こえたら起こして〟カーンは指示した。

ポッドのコンピュータはそれが気に入らなかった。そしてもっと明確なパラメータを要求してきた。カーンは故郷で起きるさまざまな事態の中で通知がほしくなりそうなものを考えてみた。それをすべてリストアップするのは未来を予測しようとするのと同じことだ。

〝だったら選択肢を提示して〟

カーンのHUDに見込みのある選択肢がずらりとならんだ。ポッドのコンピュータは高度な工学技術の産物であり、実際にはない知性があるように見せかけることができるほど精巧なのだ。

〝アップロード機能〟カーンはそこに目をとめた。最高に楽しい考えとは言えないが、なにもかも自分ひとりで段取りをつけることができれば人生はずっと簡単になるといつも口にしていたではないか？　ポッドはカーンの意識のイメージをみずからの内部へアップロードできる。不完全なコピーではあるが、それでカーンとコンピュータとが合体すれば、外部で起きるできごとに対し彼女自身の最善の判断をシミュレートして対応できるだろう。警告文と注意事項にざっと目をとおしてみる——これもまた彼らが草分けとなる最先端テクノロジーだ。時がたてば、AIネットワークとアップロードされたカーンとの統合がさらに進み、その複合体はさらに微妙な判断ができるようになると予想されていた。その結果生まれるのは人間と機械を単に合体させたものよりも賢くて有能な存在かもしれない。

〝やって〟カーンはそう指示して、横たわったままポッドが彼女の脳のスキャンを開始するのを待った。〝救助隊に迅速《じんそく》に対応できるように〟

1.2　いさましいちびの狩猟者

彼女はポーシャ、いま狩りをしている。

体長は八粍《ミリ》だが、そのちっぽけな世界においては獰猛《どうもう》で狡猾《こうかつ》な勇者だ。蜘蛛《くも》たちがみなそうであるように、彼女の体はふたつの部分に分かれている。小さな腹部には書肺と内臓のほとんどがおさまっている。頭部には完全な立体視を実現する前方を向いたふたつの大きな目があり、その上にひと組のちっぽけな房が角のように突き出している。けばだった体毛は茶と黒のまだら模様。捕食者から見ると、生きた獲物というより枯れ葉だ。

ポーシャは待つ。そのいかめしい両目の下、外肢に似た口器の両脇には鋏角《きょうかく》がならんでいる。目を引く真っ白な触肢は震える口ひげのようだ。学名はポーシャ・ラビアータ、ありふれた蠅取《はえとり》蜘蛛の一種だ。

ポーシャは巣の中にいる別の蜘蛛に注意を向けている。こちらは山城蜘蛛《サイトーデス・パリーダ》、外肢がもっと長くて背が丸みを帯びていて毒糸を吐くことができる。山城蜘蛛はポーシャのような蠅取蜘蛛をつかまえて食べるのが得意だ。

ポーシャは蜘蛛を食べる蜘蛛を食べるのが得意で、獲物のほとんどは彼女よりも大きくて強い。

両目の能力は並外れている。針の頭ほどの大きさの円盤とそれをおさめる柔軟な眼窩《がんか》により、霊長類なみの視力で周囲の世界の全貌をとらえている。

ポーシャはなにも考えていない。彼女の脳は、人間の一千億とはほど遠いわずか六万の神経細胞で構成されている。だが、そのちっぽけな組織の中ではなにかが進行している。すでに敵の正体を認識しているし、毒糸があるので正面からの攻撃は命取りになることもわかっている。そこで山城蜘蛛の巣の端をつつき、さまざまな偽の振動を送って相手を誘い出せるかどうか試してきた。標的は何度か身じろぎしていたが、だまされることはなかった。

神経細胞が数万ではそれがせいいっぱいなのだ。ポーシャはあれこれ試しては失敗しながら、どれがもっとも強い反応を得られるかを探り、いまはまたちがうやりかたを試そうとしている。

ポーシャは巣の上や下に広がる枝を鋭い目で観察していた。神経細胞の小さなかたまりのどこかに綿密な調査で作りあげられた三次元の地図があり、それで山城蜘蛛に上から襲いかかることができそうな経路を練りあげたのだ。まるで微細な暗殺者のように。完璧とは言えないが、この状況ではもっともすぐれた作戦であり、ポーシャのささやかな脳はあらかじめその演習をすっかりすませている。予定した経路では、移動しているほとんどのあいだ獲物が視界からはずれることになるが、たとえ獲物の姿が見えなくても、それは彼女のちっぽけな精神の中にとどまり続ける。

獲物が山城蜘蛛以外のなにかだったら、別の作戦を立てていただろう——あるいは成功するまでいろいろ試してみるとか。ふつうはそれでうまくいくのだ。

ポーシャの祖先たちは何千年ものあいだこうした計算と決断を続けてきて、世代を重ねるごとにほんの少しずつ腕前をあげてきた。なぜなら、腕のよい狩猟者たちほどたっぷり食べてたくさんの卵を産むからだ。

ここまではごくふつうの流れであり、ポーシャはいよいよ移動を始めようとするが、そこで別の動きに目を引かれる。

同じ種の雄があらわれたのだ。そいつも山城蜘蛛を観察していたのだが、いまはその鋭い目をポーシャにひたと据えている。

ポーシャの種のこれまでの個体なら、山城蜘蛛よりも小柄な雄のほうが安全な昼食になると判断して、それに応じた作戦を立てたかもしれないが、いまは昔とはちがう。雄の存在がポーシャに語りかけてくる。それは複雑な新しい体験だ。山城蜘蛛の巣のむこう側でうずくまっているのは、単なる獲物／雄／無関係なものではない。両者のあいだには目に見えないつながりがある。ポーシャは相手を〝自分に似たなにか〟とはっきり理解することはないが、彼女の戦術を立てる高い能力は新たな次元に達している。新たに出現した〝同盟〟という分類によって選択肢が百倍にも増えているのだ。

狩りをする二体の蜘蛛はしばらくのあいだそれぞれの脳内地図を吟味し、山城蜘蛛はその中間で無関心にじっとしている。やがて、雄が巣のへりに沿って少しだけそっとまわり込む。ポーシャが動くのを待っているのだが、彼女は動かない。雄はふたたび動く。そしてようやく、自身の存在がポーシャの直観的な形勢分析に影響をあたえる位置までたどり着く。

ポーシャは事前に練りあげていた経路で移動を始め、這《は》ったり、跳ねたり、糸で降下したりするあいだも、周囲の三次元空間とその中にいるほかの二体の蜘蛛の姿を頭の中にずっと保持している。

山城蜘蛛の巣の上までたどり着き、止まったままの雄から見える位置へ戻る。そして雄が動き出すのを待つ。雄は慎重に足場をたしかめながら絹のような糸の上へ進み出る。機械的に繰り返される動きは、巣に引っかかった枯れ葉の切れ端のようだ。山城蜘蛛はいちどだけ身じろぎをするが、そのままじっとしている。そよ風が巣を震わせ、雄は揺れる糸がたてる雑音にまぎれてさらに足取りを速める。

雄がふいに身をはずませ、網の言語で声高にはっきりと呼びかける。〝獲物だ！　ここに獲物がいて、逃げようとしている！〟

山城蜘蛛が急いで動き出したとたん、ポーシャは攻撃にかかり、位置を変えた敵の背後に降下して鋏角をくい込ませる。彼女の毒で敵の蜘蛛はすぐに動かなくなる。狩りはこれで終わりだ。

ほどなく小柄な雄が戻り、二体はおたがいを見つめて世界の新たな姿を思い描こうとする。

そして獲物を食べる。ポーシャは何度も雄を追い払いそうになるが、その新たな様相により、その共通性により、鋏角をおさめたままでいる。そいつは獲物。こいつは非獲物。

のちに二体はふたたびいっしょに狩りをする。いい相棒だ。単独では退却していたような標的や状況であっても二体でなら挑むことができる。

やがて雄は獲物／非獲物から交尾の相手へと昇格する。雄に関するポーシャの行動は限定されているからだ。交尾がすむと、別の本能があらわれて協力関係は解消となる。

ポーシャは卵を産む。すばらしい成功をおさめた狩猟者のたくさんの卵を。

ナノウイルスに感染していたポーシャと雄の子供たちは、美しく聡明で、体の大きさもポーシャの倍になる。その後の世代はもっと大きくもっと聡明になって、さらにめざましい成功をおさめ、ウイルスによって加速されながら次々と進化していくので、この新たな優位を最大限に活用するものが未来の遺伝子プールを支配することになる。

ポーシャの子供たちがこの世界を受け継ぐのだ。

1.3　消える明かり

ドクター・アヴラーナ・カーンが目覚めるとそこでは大量の情報が交錯していたが、いったいなにが起きていて、なぜ自分がコールドスリープ装置でもうろうとしながら意識を取り戻そうとしているのかを思い出す助けにはならなかった。目をあけることができない。全身がこわばっていたしメンタルスペース内では過剰な情報が渦巻いていた。監視ポッドの全システムが報告をしようと騒ぎ立てているのだ。

〝イライザ・モード！〟カーンはなんとか指示を出した。吐き気、膨満感、刺激過多といった感覚がいっせいに押し寄せてくるのは、棺の機構が彼女を活動状態へ戻そうと奮闘しているからだ。

「おはようございます、ドクター・カーン」監視ポッドのハブがカーンの聴覚中枢で告げた。力強い、安心させるような女性の声。カーンは安心できなかった。自分がなぜ監視ポッドの中にいるのか質問したかったが、その答は何度もそばまで来ているのにどうしても手が届かないように感じられた。

〝記憶を取り戻す助けになるものをなにか！〟カーンは命じた。

「それはお勧めできません」管制ハブが警告した。

〝わたしになんらかの判断を求めるのであれば――〟そのとき、すべての断片が頭の中でカチリとはまり、ダムが崩壊して恐ろしい事実がどっとあふれ出してきた。ブリン2は消えた。同僚たちも消えた。猿たちも消えた。なにもかも失われたのだ、カーン以外は。

そしてカーンは無線信号が届いたら起こせと管制ハブに命じていた。

深呼吸してみたが、胸郭がうまく動かないのであえぐことしかできなかった。〝時間は〟管制ハブに問いかけてから、それではコンピュータには通じないと気づいた。ふつうに話しかけられていたせいで、人間を相手にするように会話をしなければいけない気がしていたのだ。イライザ・モードのやっかいな副作用のひとつだ。〝どれだけの時間が経過した、地球標準時で？〟

「十四年と七十二日です、ドクター」

〝そんな……〟喉が少しだけひらくのを感じた。「そんなはずは……」コンピュータにそれはありえないと言っても無意味だが、正しい数値であるはずはなかった。短すぎるのだ。それだけの時間で地球に連絡が届いて救助船が到着することはありえない。だが、そこで希望が芽生えてきた。そうか、セーリングがブリン2を破壊したときにはすでに船がこちらへむかっていたのだ。あの男がNUNの工作員だという事実が、ずっとまえ、彼らのバカげた蜂起が失敗に終わったときに判明していたにちがいない。カーンは救われた。まちがいなく救われたのだ。

〝コンタクトをとって〟カーンは管制ハブに命じた。

「残念ながらそれは不可能です、ドクター」

カーンは舌打ちしてふたたび各システムの情報を呼び出し、ちゃんと応答があることにほっとした。ポッドのそれぞれのパートが作動状況を伝えてくる。いま確認したいのは通信システムだ。受信機はなんとか使える。送信機は作動中――カーンの救難信号を送ると同時に、本来の機能として、一連の複合メッセージを眼下の惑星へ放送している。もちろん、それはこの惑星で育つ新たな種族がいずれメッセージを受信して解読できるということが前提になっていた。もはやその可能性はない。

「どこにも……」自分のしわがれた声に腹が立った。〝異常はない。なにが問題?〟

「残念ながらコンタクトをとる相手はいないのです、ドクター」管制ハブのイライザ・モードが礼儀正しく応じた。カーンは周囲の宇宙空間のシミュレーションへ注意を移した。惑星、監視ポッド。地球からの船はない。

〝説明して〟

「無線信号に変化があったのです、ドクター。その重要性に関して指揮官の判断を仰《あお》がなければなりません、残念ながら」

「その〝残念ながら〟はやめて！」カーンはしわがれ声で怒鳴《どな》った。

「わかりました、ドクター」指示が守られることはわかっていた。もうワンパターンの言いまわしが繰り返されることはない。「あなたがコールドスリープに入ったあと、わたしは地球からの信号を監視してきました」

「それで？」だがカーンの声は少し震えていた。〝セーリングは戦争のことをほのめかしていた。戦争のニュースが届いたとか？〟それからすぐに思い直す。〝そもそも管制ハブはわたしを起こすという判断をするだろうか？　メッセージの中身までひろいあげることはできないはず。だとしたらなにが……？〟

それはおびただしいデータの中に埋もれていたが、いまは管制ハブによってハイライト表示されていた。存在ではなく不在が。

カーンは管制ハブにたずねたかった。〝わたしはなにを見ている？〟これもまちがいだと言ってやりたかった。再確認しろと命じたかった。ハブはいまも絶えず確認を続けているはずなのに。

地球からの信号はもはや届いていなかった。その流れゆく最後の端がすでに監視ポッドを通過していたのだ。地球から光の速さで発せられた信号は、ここを過ぎて虚空へ飛び去ったときにはすでに二十年も時代遅れになっていた。

〝直近の十二時間の信号を聞かせて〟

きっと膨大な量だろうと思ったのだが、実際はごくわずかで、途切れ途切れで、コード化されていた。解読できた部分は救いを求める祈りだった。カーンはさらに四十八時間まえまでさかのぼって全体像をとらえようとした。管制ハブの上書式レコーダにはそれ以上なにも残っていなかった。正確な詳細はすでに失われ、追跡のしようがない速さで遠ざかりつつあった。いずれにせよ、セーリングが語っていた戦争が勃発したのだろう。それしか考えられない。戦争が起きて人類宙域のいたるところでコロニーを破滅させた。NUNとその同盟者たちが蜂起し、人類の命運を賭けて敵と死闘を繰り広げるうちに、太陽系全域で明かりが消えたのだ。

事態がエスカレートしたのは当然だろう。地球や各コロニーの政府はすさまじい威力をもつ兵器を所有していたし、理論上はもっと強力な兵器も実現可能だった。はっきりしているのは地球での戦争が激化したということだ。どちらの陣営も引き下がらなかった。どちらの陣営も前のめりになり、新しいおもちゃを箱から取り出し続けた。戦争の始まりは二日半の無線データには含まれていなかったが、恐ろしいことに地球規模の紛争が片付くまでものの一週間もかからなかったように思われた。

そしていま、二十光年彼方で、地球は静まり返っていた——二十年のあいだ沈黙をたもっていた。もうだれもいないのか？　カーン以外の全人類が絶滅したのか、あるいは新たな暗黒時代が到来していて、愚鈍な野蛮人たちは空を動く光を見あげても自分たちの祖先がそれを作ったことを忘れてしまっているのか。

「宇宙ステーションや、太陽系内のコロニーや……そのほかにも……」カーンは口に出して言った。

「地球からの最後の送信データには、全周波数で全方向へ放たれたコンピュータウイルスが含まれていたのです、ドクター」イライザが陰気に報告した。「その目的は受信したあらゆるシステムに感染してそれを無効化することでした。既知のセキュリティなら突破できるウイルスだったようです。コロニーのさまざまなシステムがすべて停止したのではないかと思われます」

「でもそうしたら……」アヴラーナ・カーンの心はすでにだれも経験したことがないほど冷え切っていた。新たな認識が寒けをもたらすかと思ったが、そんなことはなかった。太陽系内の各コロニーや太陽系外にあるひと握りの基地ではいまもテラフォーミングが進行している。いずれも人類が宇宙へ進出した早い段階に建設されていたので、そのテクノロジーが開発されたあとも、そこに人類の大規模な植民地があるせいでプロセスの進行が遅れてしまった。まっさらな惑星ではずっと進行が速く、カーンの世界はその中でいちばん最初に完成したものだった。地球から離れた地では、人類はそのテクノロジーに、そのコンピュータ群にあまりにも大きく依存していた。

もしもそんなウイルスが火星やエウロパのシステムに感染して、それらを無効化してしまったら、その先に待つのは死だ。すみやかな死、冷たい死、空気のない死。

「だったらあなたはどうやって生きのびた？　わたしたちはどうやって生きのびた？」

「ドクター、問題のウイルスは実験的にアップロードされた人間の人格構造体を攻撃する設計にはなっていませんでした。あなたがわたしのシステム内に存在していたために、わたしはウイルスの感染対象にならなかったのです」

アヴラーナ・カーンはHUDの光をとおして監視ポッド内の暗闇を見つめながら、そのむこうに広がるもっと広大な暗闇のあちこちに思いをはせた。人類がかつて脆弱な卵殻《エッグシェル》居住地を建造したその場所に。「なぜわたしを起こした？」

「指揮官の判断を仰ぐためです」

「いまさらどんな判断が必要になる？」カーンはコンピュータに辛辣《しんらつ》にたずねた。

「あなたにはコールドスリープに戻ってもらわなければなりません」管制ハブは言った。このときばかりはカーンも例の〝残念ながら〟がないのが寂しかった。そこは人間らしくためらってほしかった。「しかし、外部の状況に関する情報が欠落するとしたら、わたしにはあなたを目覚めさせる適切なきっかけを見極められなくなる可能性があります。あなた自身がそうしたきっかけに関して適切な指示を出せるとも思えませんが、あなたは望むままどんな指示でも出すことができますし、単に一定の期間を指定することもできます。別の方法として、あなたのアップロード人格にまかせて適切なときにあなたを目覚めさせるという手もあります」

語られなかった言葉がカーンの心の中で鳴り響いた――〝あるいは永遠にそのままか。適切なときなどこないかもしれない〟

〝惑星を見せて〟

回転する巨大な緑色の球体が眼前に表示された。各種の測定値や特性については入れ子になったツリー状の詳細情報へのリンクが張られていた。そのどこかに各パートを細部まで設計して作りあげた死者たちの名前が記されている――彼らは惑星のプレート変動を誘導して気象系を活性化させ、急速に浸食を進めて土壌に生命の種を蒔いたのだ。

〝でも猿たちは燃え尽きた。なにもかもむだになった〟

いまとなってはありえないことのように思えるが、宇宙のいたるところに生命を広げ、知性の多様化を促進し、地球に伝わるものを確実にあとへ残すという大きな夢に、カーンはあとほんの少しのところまでたどり着いていたのだ。〝その寸前で戦争が起きて、あの早すぎたセーリングの愚行が〟

〝わたしたちはいつまで生きられる？〟カーンは質問した。

「ドクター、本機のソーラーアレイは無期限にわれわれを存続させられるはずです。外部からの衝撃あるいは機械的損耗の蓄積によって機能停止にいたる可能性はありますが、われわれの実質的な寿命に既知の上限はありません」

管制ハブはおそらく希望を伝えるつもりだったのだろう。カーンにとって、それはむしろ刑の宣告のように聞こえた。

〝眠らせて〟カーンはポッドに告げた。

「いつ起こせばいいのか指示してください」

カーンは笑った。その声は狭苦しい空間でおぞましく響いた。「救助船が到着したら。猿たちから応答があったら。わたしの不死身のアップロード自我がそう判断したら。これでいい？」

「それだけの指示があれば対応できると思います、ドクター。ではあなたをコールドスリープに戻す準備をします」

〝長い長い、孤独な眠りへ〟カーンは墓場へ戻り、彼女のシミュラクラは、静まり返った宇宙で、静まり返った惑星の監視を続けることになる――宇宙に進出した偉大な人類文明の最後に残った前哨《ぜんしょう》として。

第2部 巡礼

2.1　故郷から二千年

ホルステン・メイスンは目覚めかけたとたんに悪夢のような閉所恐怖に襲われ、すぐさまそれを抑えつけた。これまでの経験から自分がどこにいてなぜそれが警戒する理由にならないのかはわかっていたが、昔ながらの猿の本能はいまもしっかりと生きていて、〝閉じ込められた！　閉じ込められた！〟と頭の中で絶叫していた。

〝クソな猿ども〟ホルステンは凍てつく寒さの中、全身がかろうじておさまる空間に閉じ込められていた。無数の針のようなものが感覚のない灰色の皮膚からしりぞき、何本かのチューブがもっと秘められた部位から引き抜かれようとしていたが、そのどれもがやさしい処置とはほど遠かった。

冷凍タンクのいつもどおりの動作だ。ホルステンはこのタンクを心底きらいになりたかったが、いまの人類にそんな選択肢はあたえられていなかった。

一瞬、もうこれまでかと思った。眠りから起こされようとしているが解放されることはなく、冷たいガラスの奥に閉じ込められたまま、氷漬けの死体を詰め込んだ巨大なからっぽの船の中でだれにも聞かれることなく気づかれることもなく、深宇宙のどこともしれぬ場所へ終わりなき旅を続けるのだ。

原始の閉所恐怖があらためて襲いかかってきた。苦労して両手をあげて、頭上にある透明なカバーを叩《たた》こうとしたそのとき、シールがシュッと音をたてて、薄暗いぼんやりした光が船内の照明のくっきりした輝きに置き換わった。

目がくらむことはなかった。冷凍タンクがこの目覚めにそなえて、精神を呼び起こすずっとまえから肉体の準備をととのえていたのだ。いまさらではあるが、なにか問題でも起きたのだろうか。なにしろ、ホルステンが蘇生させられる状況はごく限られているのだ。だが警報は聞こえなかったし、槽内にほんの一部だけ表示されているステータスバーもすべて安全を意味する青色のままだ。〝もちろん、そこが壊れているなら話は別だけどな〟

避難船《アークシップ》ギルガメシュはきわめて長期にわたる運用を目的として建造され、ホルステンの文明が祖先たちの冷たい、真空でしなびた手から奪い取ったあらゆる技術と科学が活用されていた。とはいえ、もしもほかに選択肢があったなら、こんな船を頼りにする者はいなかっただろう。今回のような気の遠くなるほどの長い旅路を、機械が――どんな機械でも、人類の手になるどんな工作物でも――ぶじに耐え抜くと信じる者がどこにいる？

「誕生日おめでとう！　あなたはいまや史上最高齢の人間です！」辛辣な声が言った。「さあぼやぼやしてないで起きて。あなたが必要なんだから」

ホルステンの両目が女の顔らしきものに焦点を合わせた。いかつくて、しわがあり、頬も顎も骨張っていて、髪は彼自身のそれと同じように短く刈り込まれている。冷凍タンクは人間の髪の毛にやさしくない。

イーサ・レイン。ギルガメシュのメインクルーである主任技師だ。

きみに必要だと言われるなんて思ってもみなかったとジョークを返そうとしたが、舌がもつれて言葉にならなかった。レインがそれを察してあざけりの目を向けてきた。

「〝必要〟ってのは〝ほしい〟ってことじゃないよ、おじいさん。ほら立って。船内服のボタンをはめないと。いつまでも尻を落ち着けてないで」

よぼよぼの百歳になったような気分で、ホルステンは背をまるめると、長いあいだ休息所だった棺形のタンクから這い出し……

〝なにが最高齢なんだ？〟レインの言葉を思い返してぎくりとし、ホルステンはもごもごと問いかけた。「おい。どれだけたったんだ？　どれだけ遠くへきた？」〝太陽系すら離れたということか？　レインがそんなことを言うならきっと……〟間近にある壁を見とおせるわけでもないのに、彼は船殻のむこうにあるはずの広大な虚空を唐突に意識した。氷期以前の、何千年もまえの古帝国の時代から、いかなる人間も探査したことがない深淵を。

メインクルー用の冷凍室は狭く、彼らふたりと棺の列がどうにかおさまるだけの空間しかなかった。ホルステン自身のを含めて三つの棺がひらいてからっぽになっていたが、それ以外の棺には船内での活動再開にそなえて待機するほかのメインクルーの死体もどきがおさまったままだ。レインは隙間を抜けてハッチへ近づき、それをぐいとひらいてから、肩越しにちらりと振り返って返事をした。あざけるような態度はすっかり消えていた。

「千八百三十七年、メイスン。とにかくギルガメシュはそう言ってる」

ホルステンは冷凍タンクのへりにふたたび腰をおろした。両脚から急に力が抜けて立っていられなくなったのだ。

「船は……どうやってもちこたえたんだ？　きみは……？」頭の中で文章が次々と崩れてばらけた。「きみはいつから起きていたんだ？　すっかりチェックしたのか……積荷や、ほかの……？」

「九日まえから。あなたがやさしく揺り起こされていたあいだもね。ぜんぶ確認した。おおむね良好。これを建造した連中は堅実な仕事をしてくれたみたい」

「おおむね良好？」なんだかあいまいな言葉に聞こえる。「じゃあみんなは……？」

「積荷については冷凍タンクの故障率が四パーセント」レインは淡々と告げた。「ほぼ二千年たっていることを考えれば、おおむね良好と言えると思う。もっとひどいことになる可能性もあったんだから」

「そうだな。ああ、もちろん」ホルステンはあらためて立ちあがり、裸足《はだし》で冷たい床をレインのほうへと歩きながら、いまは加速しているのか減速しているのかそれとも単に乗員セクションが中心軸のまわりで回転しているのかを判別しようとした。なにかが彼を床に押し付けているのはまちがいない。だが、仮にそれぞれの人工重力のわずかなちがいを察知できる能力が存在するとしても、ホルステンの祖先はそれを発達させるのに失敗していた。

四パーセントがなにを意味するのかは考えないようにした。うまい具合に人間味の抜けた〝積荷〟という単語が人類の生存者のほぼすべてを指しているという事実も。

「それで、なぜおれが必要なんだ？」ほかのクルーはほとんどが眠りについたままだ。いったいどんな奇怪な状況が生じたら、指揮班、科学班、保安隊、技術班とそろった各チームの大半が夢も見ずに氷漬けになっているときにホルステンが必要とされたりするのか。

「信号が届いている」レインはそう告げながら、ホルステンの様子を注意深くうかがっていた。「やっぱり、あなたなら反応すると思った」

疑問を山ほどかかえたまままいっしょに通信室へむかったが、レインはひたすらずんずん歩くばかりで、ホルステンが数歩ごとに脚がもつれてつまずこうがよろめこうが振り向きもしなかった。

早めに目覚めた三人目はヴリー・グイエンで、これは予想どおりだった。どのような非常事態であろうと、対応にはギルガメシュの司令官と主任技師と古学者が必要とされる。だが、レインが口にした言葉は充分な説明になっていた。信号。いまここで、それがどんな意味を持ち得るのか？　なにかまったく異質なものか、あるいはホルステンの専門分野である古帝国の遺物か。

「信号は微弱でかなりひずんでいる。実際、ずいぶんたつまでギルガメシュはそれが信号だと気づきもしなかった。きみの解釈を教えてもらいたい」グイエンはひょろりとした小柄な男で、鼻と口はもっと大きな顔から借用してきたように見えた。そういえば部下のやる気をあおって巧みに仕事をまかせるというのが彼の指揮スタイルだった。ホルステンがその厳しい視線を受けながら冷凍タンクにもぐり込んだのはほんの数日まえのように思えたが、記憶を探って正確に何日だったのかをたしかめようとしても、見とおせない灰色の部分があった。どうも時間の感覚がおかしくなっているらしい。

〝二千年もたてばそりゃ影響はあるだろう〟少し時間がたつたびに、ここでこうしていられるだけでも自分たちはバカバカしいほど幸運だったのだと思わずにいられなかった。レインが言ったとおり、おおむね良好だ。

「その信号はどこから発信されているんだ？」ホルステンはたずねた。「おれたちが予想していた場所からか？」

グイエンは冷静な顔でうなずいただけだったが、ホルステンは全身に興奮がわきあがるのを感じた。〝やっぱりか！　あれはほんものだったんだ、最初からずっと〟

ギルガメシュは地球の破滅から逃れようとしてあてずっぽうに虚空へ飛び込んだわけではなかった。それでは自殺とほぼ変わりがない。針路を決めたときに使った古帝国のさまざまな資料は、機能を止めた人工衛星や、船の断片や、地球のかつての支配者たちのミイラ化した死体が残る軌道ステーションの壊れた船殻から回収したものだった。眼下の惑星が氷で磨きあげられていたあいだも、真空と安定した軌道のおかげで失われずにすんだのだ。そうした遺物にまぎれていた星図に、古代人たちが銀河系のどこを旅したかがくわしく記されていた。

グイエンたちがホルステンに見せたのは、ギルガメシュの機器によってかすかにとらえられた信号だった。比較的短いメッセージがえんえんと繰り返されている。どこかの太陽系外のコロニーから届いたにぎやかな無線通信ではない。経過した時間を考えると、そんな期待をするほうがむちゃだろう。

「警告かもしれない」グイエンが言った。「なにか危険があるのだとしたら、われわれはそれを知る必要がある」

「危険があったとして、それにどう対処する？」ホルステンは静かにたずねた。「いまさら大きく針路を変えられるのか、その星系にぶつかることなく？」

「準備はできるでしょう」レインが口をはさんできた。「あたしたちが気づいていない宇宙レベルの事件が起きていて、送信機がなんとか生き残っているんだとしたら、針路を変えなければいけないかも。もしもそれが……疫病とか、敵意のあるエイリアンかなにかなら……まあ、長い時間がたっているはずだから。もう意味はないと思うけど」

「だがわれわれには古帝国の星図がある。最悪の事態になっても、次の世界への針路を設定すればいい」グイエンが指摘した。「その星系の太陽でスイングバイをおこなって目的地へむかうのだ」

ホルステンはもはやグイエンの言葉には耳を貸さずに背をまるめてすわり込み、イヤホンでギルガメシュが再生する信号に聞き入りながら、視覚的に表現された周波数とパターンに目をとおし、船内のライブラリから参考文献を呼び出していた。

ギルガメシュが聞き取った信号を調整して、遠い昔に滅びた文明が使っていた既知のあらゆる復号アルゴリズムで解読を試みた。これまでに何度もやってきたことだ。コード化された信号は現代の暗号学のレベルでは解き明かせないことが多い。プレーンな音声の場合でも、だれにも解読できないやっかいな言語がもちいられていたりする。

耳をすましてアルゴリズムを実行すると、言葉がぽろぽろとこぼれだしてきた。その堅苦しい古代語は、いまはなき驚異と豊穣《ほうじょう》の時代、あの恐るべき破壊能力を有していた時代に使われていたものだった。

「インペリアルCだな」ホルステンは自信たっぷりに告げた。既知の言語の中でも有名なやつなので、整理をすませたいまなら、頭をきちんと働かせさえすれば翻訳は容易だ。そこにあったひとつのメッセージが、彼の眼前でついに花のようにひらき、その簡潔な内容を氷期が訪れるまえに失われた言語で吐き出した。

「なんだと――？」グイエンが怒ったように言いかけたが、ホルステンは片手をあげてそれを制し、あらためてメッセージ全体を再生して注目を浴びる瞬間を楽しんだ。

「これは危機を伝える信号だ」ホルステンは告げた。

「〝そばに来るな〟という意味？」レインが問いただした。

「〝助けに来てくれ〟という意味だ」ホルステンはふたりと目を合わせ、彼自身も感じているかすかな希望と驚きの光をそこに見てとった。「たとえだれもいないとしても──まあほぼ確実にだれもいないだろうが──そこにはまだ機能しているテクノロジーがある。なにかが何千年もおれたちを待っていたんだ。おれたちだけを」

明かされた事実があまりにも強烈だったので、グイエンたちのホルステンに対するかすかな嫌悪感もそのときはほぼ消えていた。彼らは人類の群れを新たな約束の地へ導く三人の羊飼いだった。未来を生み出す始祖だった。

グイエンがぱんと手を叩いた。「そうか。よくやった。ギルガメシュに命じて減速を始めるために必要な要員を目覚めさせるとしよう。われわれは賭けに勝ったようだな」賭けをするチャンスさえあたえられずに置き去りにされた人びと、別の針路をとったほかの避難船への言及はなかった。地球は毒に覆い尽くされるまえにその住民をいくつかのかたまりで吐き出していた。「きみたちふたりは安置台へ戻りたまえ」ここから信号の発信源まで、まだ少なくとも一世紀は静まり返った凍てつく旅が待っているのだ。

「二時間だけ待ってくれ」ホルステンは反射的にこたえた。

グイエンはホルステンをにらみつけて、そもそもこんな男はメインクルーに加えたくなかったのだと急に思い出した——歳《とし》をくいすぎているし、身勝手すぎるし、自分の教養を鼻にかけすぎている。「なぜかね？」

〝寒いからだ。まるで死んでいるみたいだからだ。二度と目が覚めないんじゃないか、あんたが起こしてくれないんじゃないかと心配だからだ。怖いんだよ〟だがホルステンはなにげなく肩をすくめた。「少しくらい遅くなってもいいだろう？　せめて星を見させてくれ。二時間たったら寝床に入る。なにが問題なんだ？」

グイエンはいかにも不快そうにうめいたが、しぶしぶうなずいた。「戻るときには教えてくれ。もしもきみが最後に眠りにつくことになった場合は——」

「明かりを消すんだろ。手順はわかってる」実際には船の各システムの複雑な二重チェックをおこなうのだが、面倒な部分はギルガメシュがほとんど引き受けてくれる。メインクルーは全員がやるべきことを教わっていた。リストを読みあげるのとたいして変わりがない——猿でもできる仕事だ。

グイエンは首を振りながら大股で歩み去り、ホルステンはレインにむかって片方の眉をあげてみせたが、彼女はすでに各種計器の測定値の確認にとりかかっていた。どこまでもプロフェッショナルだ。

だが、あとになって、ホルステンが展望ドームで腰をおろし、祖先が知っていたどんな星座配列からも二千年離れた見慣れぬ星野をながめていたら、レインがそばへやってきて、十五分ほど無言でそわそわとすわっていた。ふたりとも思いを口に出すことはできなかったが、眉をあげたり動かした手を途中で止めたりしていたあと、結局はそろって船内服を脱ぎ捨てて冷たい床の上でしっかりと抱き合うことになった。そのあいだ頭上ではすべての創造物がゆるやかに旋回を続けていた。

2.2　地球の別の子供たち

彼女が伝える名前には簡素な形式と複雑な形式がある。簡素な形式のほうは一連の断続する身ぶりで、一定限度の情報を伝える触肢のはっきりした動きによってあらわされる。もっと長い形式では、足を踏み鳴らして体を震わせることで、そのおおざっぱな旗振りに微妙な裏の意味を付け加えるのだが、これはそのときの気分や、緊張感や、話す相手が支配的な雌なのか服従的な雌なのか、あるいは雄なのかによって変わる。

ナノウイルスはせっせと働き、予定外の素材を使ってできるだけのことを続けてきた。彼女は何世代にもわたる誘導された突然変異の産物であり、繁殖までいたらなかった数多くの失敗作の無言の目撃者でもある。彼女をポーシャと呼ぼう。

森を移動するというのは高い道を移動することだ。それぞれがひとつの小規模な世界である木々のあいだを、枝と枝とが近づいているところを選んで渡っていく。さかさまになったり、横向きになったり、垂直の幹をよじのぼって枝が途切れたところを飛び越したりするのだ。常に命綱を後方にのばし、目と頭脳をはたらかせて距離と角度を計算しながら。

ポーシャは距離をはかりながらじわりと前進する。枝の先に広がる虚空を見て、次の枝へ飛び移れるかどうか時間をかけて慎重に考えたあげく、これはむりだと判断する。頭上にからまり合って張り出した小枝ではとても体重を支えられない。ポーシャは祖先よりもずっと大きくて、鋏角から出糸突起まで五十糎《センチ》あるので、蜘蛛恐怖症にとっては悪夢のような存在と言える。外骨格を支える助けになっているのは、かつては筋肉の接続用くらいにしか使われていなかった内部軟骨だ。筋肉のほうもずっと効率的になっていて、それが腹部をふくらませたりへこませたりして書肺へ活発に空気を送り込むので、受け身で酸素を取り込むだけではなくなっている。おかげで代謝があがって、体温が一定に保たれ、敏捷性《びんしょうせい》や持久力も向上する。

眼下には林床が見えるが、気軽に横切れるところではない。ポーシャよりも大きな捕食者がうろついているので、たとえそいつらを出し抜く自信があるとしても、時間がむだになる。もう夕暮れが迫っているのだ。

あたりをざっと見渡してどうしたものかと思案する。彼女には小さな狩猟者だった祖先から受け継いだすばらしい視力がある。主眼の黒いまなこはどんな人間のそれよりもかなり大きい。

ポーシャは体をまわして仲間たちの姿を視野におさめ、危険の察知については側眼にまかせる。同じ雌であるビアンカは、背後の幹にとどまってこちらを見つめ、判断をゆだねている。ビアンカのほうが大柄なのにポーシャが指揮をとっているのは、もうずっとまえからこの種においては体格と力が最重要の長所ではなくなっているからだ。

三体目の仲間は雄で、ビアンカよりも低い位置で脚を広げて平衡を保ちながら、木の下のほうを見おろしている。見張りをしているつもりかもしれないが、たぶんぼんやりしているだけだろう。これではいけない。いまはこの雄が必要なのだ。ポーシャよりも小柄だから遠くへ跳躍できるし細い枝でも体を支えられる。

三体が自分たちの領土を離れて五十日たつ。この種は好奇心にあふれている。小さかった祖先が有していた周囲の脳内地図を描く能力は、やがて想像する能力を、森の彼方になにがあるのかを問う能力を生み出した。ポーシャの民は生まれながらの探検家なのだ。

ポーシャは触肢をあげ、白い側を外にして、合図する――〝ここへ来い！〟その雄の名をしめす必要はない。雌が雄を名前で呼ぶことはないのだ。雄がこちらの動きを側眼でとらえてびくりとする。あいつはいつも自分の影に怯《おび》えてびくびくしている――哀れなやつだ。

ポーシャはその雄について明確な意見をもっているが、ビアンカに対してはもっと敬意を払っている。ポーシャの世界に含まれる個体は百を超えていて――ほとんどが雌だ――彼女らとはぬかりなく良好な関係を維持している。ナノウイルスは彼女の種を共同体意識を有する存在へと進化させてきた。脳は人間のそれよりも明らかに小さいが、初代のポーシャが極小の神経細胞のかたまりで驚くべきことを成し遂げたように、この遠い子孫は、物質、空間、理論、社会、さまざまな面ですばらしい問題解決能力を有している。彼女の種はウイルスにとって実り多い素材であり続けてきたのだ。

雄がビアンカの下でそろそろと移動し、背後に命綱となる白い糸を引いてポーシャのいる枝へ飛びあがってくる。

〝橋を架《か》けろ〟ポーシャはきちんと対話ができる距離まで近づいてきた雄に告げる。〝いますぐに〟会話の基本部分は触肢による素早い旗振りで視覚的に伝えられる。そこに豊富な背景情報——大半はこの雄に対する不満の意——を付け加えるのは、踏み鳴らされる足が生み出す振動だ。

雄は卑屈な黙従の姿勢をちらりと見せてから、できるだけ枝の先のほうまで進み、何度も何度も脚の位置を直しながら前方への跳躍について思案する。ポーシャは背後にいる連れへいらだちを伝えるが、ビアンカは下にあるなにかを見つめている。歩く絨毯《じゅうたん》のようなものが林床を這い進んでいる。やはり蜘蛛だが、その種はナノウイルスによってずっと大きな体を授けられている。ポーシャを五、六体合わせたほどの巨軀《きょく》なので、もしもつかまったら一瞬で殺されてしまうだろう。

ビアンカは腹をへらしている。地上を這うものをしめし、ここで旅を一時中断してはどうかとのんきに提案する。

考えてみるとその提案にも利点がある。ポーシャは、雄がさんざん躊躇《ちゅうちょ》していたくせにやすやすとむこう側へ跳躍し、自分の糸をたどって引き返してきて橋を架け始めるのを見届ける。それからビアンカへ合図をし、そろって降下を開始する。

下にいる毛むくじゃらの狩猟者は自分が腹をへらしていることしか頭にない。森には獲物となるさまざまな大きさの種がいて、その多くはナノウイルスの影響を受けていない。一部の脊椎動物——鼠《ねずみ》、鳥、小型の鹿、蛇——は生きのびているものの、それらの種についてはウイルスは感染に失敗していた。カーンの実験には猿が必要で、彼女はこの緑の惑星の選ばれし者たちが近隣種との競争で苦しむことがないよう取り計らっていた。猿たちがかかわりをもつことになる脊椎動物はウイルスを拒絶する設計になっていたのだ。それらの種はいまもほとんど変化していない。

だれも無脊椎動物のことなど考えなかった。ここにはいない猿たちがのぼるための足場でしかなかったはずの、ちっぽけな這うものたちが織り成す複雑な生態系のことなどは。

多くの場合——ポーシャが下に見ている巨大な土蜘蛛の末裔《まつえい》もそうだが——ウイルスによって成長が促進されても、念願である複雑な神経系が生まれることはなかった。そういう機能が選択されるための環境圧が欠けていたのだ。自意識や宇宙について考える能力は生存のために不可欠な特性とは言えない。ポーシャのように認知能力の増大によってただちに圧倒的な強みを手に入れるのは、唯一ではないとしても珍しい例外なのだ。

ほんのかすかな振動が伝わり、絨毯に似た狩猟者が動きを止める。林床に張りめぐらされた糸が、雑然としているが効果的な感覚器官となって獲物の動きを教えているのだ。こういう単純な生物を相手にするとき、ポーシャとその同族は何千年もまえから変わっていない狩猟方法を選ぶ。

ポーシャはすでに眼下に広がる糸の法則性を見きわめている。散らばった木の葉のあいだにのびているので、彼女くらい鋭い目の持ち主でなければほとんどわからない。前脚を一本おろして慎重に糸を動かし、感触と動作の言語によって実在しない獲物を巧みに創造し、熟練の技だけで大きさや距離や重さの錯覚を呼び起こす。みずからの姿を地上にいる狩猟者の素朴な精神の中に送り込むのだ、あたかも自分の思考をそこに植え付けるかのようにしっかりと。

土蜘蛛は少しだけ足を運び、伝わる感覚をたしかめるが、まだ確信したわけではない。ポーシャの同族からかろうじて逃れた経験でもあるのだろうか。毛むくじゃらの大きな腹部を持ちあげて、いまにも針毛を振りまこうとする。あれはポーシャの書肺を詰まらせ関節をひりひりさせる。

ポーシャはもういちどそろそろと脚をおろし、糸をつついたり引いたりして、幻の獲物が遠ざかって逃げおおせようとしていると相手に思い込ませる。彼女の体は祖先たちと同じ迷彩模様になっているので、地上にいる狩猟者の単純な目にはとらえられていない。

土蜘蛛が急に餌に反応し、なにもない場所へむかって恐ろしい勢いで林床を突進する。ビアンカがその背中をめがけて降下し、脚と胴がつながっている部分に鋏角を突き立ててから、反撃をかわすために体ふたつ分ほど離れた位置へ跳びさがる。土蜘蛛は急いでビアンカを追おうとするが、急に脚がもつれてつまずいてしまう。ほどなく、毒がまわって体がぴくぴくと震えだし、二体の雌はそいつが動かなくなる――だが生きている――まで待ってから、食事にかかろうと近づいていく。ビアンカのほうは必要とあらばまた退却できるよう身構えたまま、腹部をかすかにへこませたりふくらませたりして書肺に空気をとおしている。

頭上では、雄が悲しげにこちらを見おろしていて、ポーシャが注意を向けると、食事に加わる許可を求めてくる。ポーシャはまず自分の仕事を片付けろと伝える。

そのとたん雄がほぼ真上に落下してきて、ポーシャはとっさに後方へ跳び、ぶざまに着地してあおむけにひっくり返ってから、憤然として起きあがる。ビアンカがあやうく雄を殺しかけるが、そいつは足を踏み鳴らして必死に合図を送っている。〝危険が迫っている！　危険だ！　〈糸吐き〉たちだ！〟

そのとおり――やってきたのはポーシャたちの宿敵だ。

糸を吐く山城蜘蛛は、ポーシャの種と歩調を合わせてちっぽけな初期形態からはるばる進化してきた。大きさはポーシャと地上にいる土蜘蛛の中間くらいだが、ウイルス以前の古き時代でさえ体長が優劣の鍵《かぎ》を握ることはなかった。いま、そいつらがそっと忍び寄ろうとしている。六体――いや、八体――の蜘蛛が、散開しながらも注意を怠ることなく、狩りのために巣から降りてくる。知能強化された〈糸吐き〉は群れで狩りをし、ポーシャはただの獣ではないと理解しているが、彼女の段階まで到達していないのもたしかだ。常にポーシャの世界の周辺部にいる、大柄な、もたもたした殺し屋たち。この残忍で野蛮な古代種が目に見えぬところにひそんでいるせいで、幼体は巣からあまり遠くへ離れることができない。

個体数が同じなら、ポーシャとビアンカは殺しを競うことになっていただろう――〈糸吐き〉たちが同じ獲物を追ってきたのは明白だからだ。しかし八体は多すぎる。たとえ三体の旅行者のほうが多彩な技を駆使できるとしても。山城蜘蛛はねばねばした毒糸を吐きかけてくる。やつらは視力が弱いし、ポーシャたちには攻撃を予測してかわすだけの頭脳と敏捷さがあるとはいえ、毒糸の数が多くなれば逃げ切れる確率は下がってしまう。

逆に〈糸吐き〉たちもポーシャの種がどれほど危険であるかをよくわかっている。このふたつの種はかぞえ切れないほどの世代にわたって衝突を繰り返し、そのたびにおたがいについて理解を深めてきた。いまではどちらも相手のことを同等とは言えないが獲物以上の存在とみなしている。

ポーシャとビアンカは無意識に威嚇の姿勢をとり、前脚をあげて鋏角をあらわにする。ポーシャは秘めた新しい武器で勝算が五分五分になるだろうかと考える。雄の支援がある場合とない場合のそれぞれで、起こり得る筋書きを思い描く。敵の数が多すぎるので確実に勝てるとは思えないし、なによりたいせつなのは任務だ。ポーシャが脳内で進めている作戦計画は、遠い祖先がおこなっていたA地点からB地点への経路探索のようなものだが、ここでの目的地は単なる空間における位置ではなく漠然《ばくぜん》とした勝利条件だ。いま〈糸吐き〉たちと戦えば当初の任務を達成できなくなる可能性が高い。

　ポーシャはほかの二体に退却の合図を送る。〈糸吐き〉たちのお粗末な目でも読み取れるように大きなゆっくりとした身ぶりで。やつらに理解できるだろうか？　それはわからない。彼女が使うのは視覚と振動による言語だが、〈糸吐き〉たちのあいだにそれと似た意思疎通の手段があるのかどうかさえわからないのだ。それでも、やつらは攻撃を控える——毒糸を吐かずに最小限の威嚇をおこなうだけで、ポーシャたちが退却するのを見送る。ビアンカが足を小刻みに動かしていらだちと不満をあらわにする。彼女はポーシャよりも大柄なので、すぐに体を使った対決に走りがちだ。同行しているのはそれが役に立つこともあるからだが、同じ理由で彼女はポーシャの指揮に従うべきだということもわかっている。

　あらためて狩りをしなければならないので、三体はふたたび上へのぼる。山城蜘蛛の一族がここに残されたものだけで満足してくれるといいのだが。〈糸吐き〉たちは数が多いと追いかけてくることがあり、そうなったら急いで逃げるか反転して待ち伏せ攻撃を仕掛けるしかない。

　暗くなるまでに、一行は円形の網を張る蜘蛛を仕留め、雄は軽率な鼠に襲いかかるが、どちらも満足のいく食事とはならない。活動的な生活様式と改変された体構造のせいで、たとえ体重差を無視しても、ポーシャは祖先よりもかなり多くの食物を必要とする。もしも狩りだけで生きのびるしかないとしたら、彼女らの旅は必要以上に長くかかってしまうだろう。

だが、ビアンカの携行品の中には生きた蟻巻《ありまき》が四匹入っている。彼女はそいつらを放して樹液を吸わせながら、それは食べ物ではない――少なくとも現時点では――ということを忘れてしまいそうな雄が近づかないよう気をくばる。日が暮れて、ポーシャが林冠に間に合わせの天幕を紡ぎ、あらゆる方向に警告糸を張りめぐらすころ、蟻巻たちはねっとりした蜜を分泌する。蜘蛛はそれを栄養たっぷりな獲物の液化した内臓のように飲むことができるのだ。そのあとで家畜化された蟻巻たちはおとなしくビアンカの網へ戻る。彼女といっしょにいれば安全だということは理解しているが、非常時には自分たちが食料になるということには気づいていない。

ポーシャはまだ腹がへっている。蜜は必要最低限の糧《かて》で、栄養はあるがほんとうの獲物を腹におさめたときの満足感はない。蟻巻――それと雄――がすぐそこにいると知りながらじっとうずくまっているのはきついが、それらをいま消費したら長期計画に悪影響がおよぶだろう。ポーシャの一族は昔から先を見とおすのが得意なのだ。

そして、さらにその先までも。いまポーシャは一行の宿営地となる間に合わせの天幕の入口でうずくまり、暖を求めるビアンカと雄を脇に従えながら、林冠の隙間をとおして夜空に散らばる光を見あげている。彼女の民はそれらの光が描く経路や様式を知っていて、自分たちもやはり動いていることに気づいている。光が天空でどのように動くかはきちんと予測できるので、ポーシャ自身が進む道を定めるときにも利用できるのだ。ただし、ひとつだけ特殊なのがある。ひとつの光だけはのろのろと一年かけて天空を移動するのではなく、彼女と同じ純粋な旅行者として急いでとおりすぎていく。頭上を通過するちっぽけな反射光を、広大な闇の中でただひとつ動く点を見あげているうちに、ポーシャはふと親近感をおぼえ、めいっぱい想像力を働かせてその軌道上の小点を蜘蛛に見立ててみる。

2.3　謎の変奏曲

今回はメインクルー全員が安置所から呼び起こされていた。ほぼ最後に部屋にあらわれたホルステンは、かじかんだ足で震えながらよたよたと歩いていた。それでも、彼はたいていの仲間たちよりはましな姿に見えた。あの短時間の気晴らし――一世紀以上まえのほんのわずかなプライベートタイム――で緊張がほぐれていたせいだ。いまここにいるほとんどの人びとの場合、最後に目をあけていたときにはまだギルガメシュが太陽系内で崩壊する地球と共にあったのだ。

ブリーフィングルームはぎゅう詰めだった。全員が土色の顔で頭を剃《そ》りあげていて、栄養失調気味に見える者もいれば太りすぎに見える者もいる。何人かの肌には青白い斑点が浮かんでいた。コールドスリープがもたらす、ホルステンには見当もつかないなんらかの副作用だろう。

司令官のグイエンはその場にいるだれよりもしゃきっとしていた。おそらく自分だけひと足先に目覚めるよう手配して、この部屋いっぱいのゾンビたちに生き生きした輝かしい支配者の姿を見せつけようとしたのだ。

ホルステンは各班の確認をしてみた。指揮班、技術班、科学班、それに保安隊も全員顔をそろえているようだ。レインの視線をとらえようとしたが、彼女はこちらにはほとんど目もくれず、一世紀まえの密通を認めるそぶりはいっさい見せなかった。

「さて」グイエンの鋭い声に全員が耳をそばだてた。最後の数名がよろよろと部屋に入ってくる。「われわれは到着した。積荷の損失は五パーセント、技師たちの報告によればシステムの劣化率はおよそ三パーセント。これほど人類の気骨と意志の力が明確に立証されたことは過去になかったと思う。きみたちもわれわれの成し遂げたことを誇りに思うべきだ」グイエンの口調は祝福するというより説教しているみたいで、案の定、話はそこで終わらなかった。「だが、ほんとうの仕事はこれからだ。われわれが到着したのは、みなも知っているとおり、古帝国の宇宙艦隊がしばしばおとずれたとされている星系だ。ここへ針路を定めたのは、生存可能な居住地を見つけられる可能性があるだけでなく、ひょっとしたら過去のテクノロジーを回収できるかもしれない、太陽系外でもっとも近い場所だったからだ。みなも計画はわかっているだろう。古代人の星図によれば、ここから比較的短い旅で到達できる同じような場所がいくつかある――われわれがすでに損失なく踏破してきた距離と比べたらほんのひと飛びだ」

〝わずか五パーセントとはいえ損失はあったけどな〟ホルステンはそう思ったが、口には出さなかった。古学者自身の考えでは、帝国がこの星系内で広く活動していたというグイエンの意見も多分に推測でしかない――〝古帝国〟という呼び名だってどうしようもなく不正確だ。だが、ほとんどの人びとは頭がぼうっとしていて、言葉にとらわれずに自分で考えることができないように見える。ホルステンはもういちどいちどレインに目を向けてみたが、彼女は司令官にだけ意識を集中しているようだった。

「ほとんどの者は知らないことだが、ギルガメシュはここへやってくる途中にこの星系から送信された電波を傍受していて、それは自動救難信号と判明している。機能しているテクノロジーがあるのだ」グイエンはだれにも口をはさまれないうちに急いで続けた。「そこでギルガメシュは恒星をめぐってブレーキをかける飛行経路を設定した。充分に減速したうえで系外へむかうときに信号の発信源に立ち寄る――そこにある惑星に」

ようやく聴衆が目を覚まして思い思いに質問を飛ばし始めたので、グイエンは手を振ってそれを制した。「そのとおり。発信源には惑星があるのだ、約束されていたとおりに。何千年もたっているが、宇宙ではどうでもいいことだ。惑星はそこにあるし、古帝国はわれわれにプレゼントも残している。それは良いものかもしれないし悪いものかもしれない。だから慎重にいかなければならない。言っておくが、信号の出所は惑星そのものではなく、なんらかの種類の人工衛星だ――ただのビーコンなのか、それ以上のものなのか。これから連絡をとってみるつもりだが、なにも保証はない」

「惑星のほうは？」だれかが質問した。グイエンは科学班の責任者であるリナス・ヴィタスをしめした。

「まだ断定したくはないのですが」指名された細身の女性が口をひらいた。やはりしばらくまえから目覚めていたように見えるが、単にものに動じないタイプなのかもしれない。「ここへ来るまでにギルガメシュが実施した分析によれば、地球よりもわずかに小さく、恒星からの距離は地球とほぼ同じで、必要なすべての要素をそなえています。酸素、炭素、水、鉱物……」

「だったらなぜ断定しない？　なぜそう言わない？」声の主はすぐにわかった。保安隊を率いるカーストという大男だ。そのひどく赤むけした顎と頬を見て、ホルステンはこの男が冷凍タンクに入るときに顎ひげを剃るのを拒否していたことを思い出した。いまになってその代償を支払っているというわけだ。

〝その件で技術班と口論していたな〟ホルステンが航行中に目覚めていた時間の短さを考えれば、それはほんの数日まえのできごとに思えるはずだが、前回気づいたように、冷凍処置にはどこか不完全な部分があるようだ。地球を離れて何世紀もたったような気はしないものの、頭のどこかで失われた時間を認識しているらしい――その恐ろしく退屈な時間を、想像力を閉じ込める煉獄《れんごく》を。ふたたびそれを体験することを考えるのは気が進まなかった。

「では、正直に言いましょうか？」ヴィタスが明るくこたえた。「分析結果が良すぎるんですよ。計器をオーバーホールしたいくらいです。あの惑星がこんなに地球に似ているなんて信じられません」

急にむずかしい顔になった人びとを見まわして、ホルステンは手をあげた。「だが地球に似ているのは当然だろう」返ってきた反応は励ましになるようなものではなかった。不快そうに顔をしかめるだけの者もいたが、多くは露骨に反感をあらわしていた。〝このクソ古学者はなにをしようというんだ？　もう注目を集めたくてうずうずしているのか？〟

「これはテラフォーミング・プロジェクトだ」ホルステンは説明した。「地球に似ているとしたら、それが完了しているというだけのことだろう——あるいは完了が近いとか」

「古代人がテラフォーミングを実施したという証拠はありませんよ」ヴィタスがあざけるように言った。

〝アーカイブの中身を見せてやろうか。いろいろな文書で百回も言及されているんだぞ〟とは思ったが、ホルステンは肩をすくめるだけにしておいた。芝居じみた態度だと自覚しながら。「証拠ならあるさ」全員にむかって告げる。「すぐそこに。おれたちはまっすぐそこを目指しているんだ」

「そのとおり！」グイエンがぱんと手を叩いた。この二分間ずっと自分の声を聞けなかったことにいらついたのかもしれない。「みな仕事があるのだから、さっさと準備にかかるとしよう。ヴィタス、きみの提案どおり計器のチェックをおこなってくれ。接近中の惑星と人工衛星について徹底的な調査を実施しておきたい。レイン、船が恒星の重力井戸へむかうときには各システムに目をくばれ——ギルガメシュはもう長いことまっすぐ進む以外のことをしていないからな。カースト、部下に装備をととのえさせて万が一にそなえろ。メイスン、きみはわたしの部下といっしょに信号の監視にあたれ。なにか反応するものがあったら知らせるんだ」

数時間後、通信室にはホルステン以外ほとんどだれも残っていなかった。彼の研究者としてのしつこいまでの粘り強さにグイエンの部下たちの大半がついてこれなかったのだ。耳の中では雑音だらけの信号が相変わらず単調なメッセージを繰り返していた。星系外で受信したときよりも明瞭になってはいるが、内容に変化はない。ホルステンは一定の間隔で返信を送り、なんとか新しい反応を引き出そうとしていた。正式なインペリアルCで質問文を作成することでビーコンが呼びかけようとしている訪問者のふりをするという、手の込んだ学者らしい駆け引きだ。

そばで急になにかが動いてホルステンはぎくりとした。レインがとなりの席にどさっとすわり込んだのだ。

「技術班の状況は?」ホルステンはイヤホンをはずした。

「人の管理をするのはむいてない」レインはうめくように言った。「貨物室にある五百台ほどの棺を解凍して点検を進めているんだけど、そのあとで目覚めたばかりの五百人の植民者たちにすぐまた冷凍庫へ戻ってくれと伝えなくちゃいけない。保安隊が呼ばれた。まさに修羅場。それで、あなたのほうはメッセージがなにを伝えているかわかった？　だれが危機に瀕しているわけ？」

ホルステンは首を横に振った。「これはそういうものじゃない。いや、まあ、たしかにメッセージは救難信号だ。助けを求めてはいるが、具体的なことはわからない。古帝国がその目的で使っていた標準信号だから、明確で、切実で、誤解の余地がない――ただし聞くほうが発信者と同じ文化を共有していることが前提だ。おれがこれを救難信号だと知っているのも、初期の宇宙旅行者たちが地球軌道で見つけた機器を再起動して状況から機能を推定してくれたからでしかない」

「だったらあいさつをすれば。聞いてるよって伝えればいい」

ホルステンはいらいらと息を吸い、また学者ぶった口調で「これはそういう……」と言いかけたが、レインのしかめっ面を見て考え直した。「これは自動システムだ。認識可能な応答を待っている。昔あった太陽系外からの信号をとらえるリスニングポストみたいに、あらゆる種類の信号パターンを探しているのとはわけがちがう。それにあれだって……おれはどうしても納得できなかったんだよ、エイリアンが送信したものをかならず認識できるという考えには。エイリアンが多少なりとも人間と似ているという前提に寄りかかりすぎだ。そんなのは……きみは文化的特異性という概念を理解しているか？」

「講義はやめて、おじいさん」

「これは――その言い方はやめてくれないか？　おれは、ええと、きみより七つ年上なだけだろう？　八つかな？」

「それでもあなたは宇宙でいちばん歳をくっている人間だから」

そう言われて、ホルステンはふたりがおたがいにとってどういう位置づけにあるかまったくわかっていなかったことに気づいた。〝あのときのことは、おれがこの宇宙に残った最後の男だというだけのことだったのかもしれない。まあ、グイエンもいたわけだが。どのみち、もうそんなことは問題じゃなさそうだ〟

「へえ、だけど、おれが起こされたとき、きみは目覚めてどれくらいたっていた？」ホルステンは辛辣に言った。「そうやって長時間先行していたら、あっという間に追い付くんじゃないのか？」

すぐに返事がなかったので、ホルステンがちらりと目をやると、レインはいかにも不機嫌そうな顔をしていた。〝こんな調子じゃ文明は築けないな〟ホルステンは思った。〝もっとも、これから状況は変わっていくだろう。この文明はまだ輸送中で、どこかよそで芽生えるときを待っている。それはここになるかもしれない。おれたちは過去の地球の最後のひと切れなんだ〟

沈黙が続き、ホルステンがそれを破れずにいると、レインが急に気を取り直して口をひらいた。「で、文化的特異性だっけ。その話をして」

ホルステンはこの救いの手に心底ほっとした。「つまり、救難信号だということはわかるんだが、それはおれたちが過去に古帝国のテクノロジーにふれた経験があって、さまざまな状況から推測ができるというだけのことでしかなく、しかもその推測は正しいとはかぎらない。そして相手はどこかのエイリアンじゃない――おれたちだ、おれたちの祖先だ。となると、必然的に、むこうはこっちの信号を認識しない。進歩した文明は包容力あるコスモポリタンだから苦もなく相手のレベルに合わせて語りかけることができるとかいう迷信があるよな？　だが、古帝国はおれたちみたいな原始人を相手にテクノロジーの互換性を確保したりはしなかった。そりゃそうだろう？　だれだってそうだが、彼らも仲間内で話すことしか考えなかった。だからおれはこいつに〝やあ、来たよ〟と呼びかけてはいるが、むこうのシステムがはるか昔に予定していた救助者からどんなプロトコルやコードを受信するつもりでいたかはわからない。彼らはおれたちの呼びかけを聞くことすらできない。彼らにとってそれはただのよけいな雑音でしかないんだ」

レインは肩をすくめた。「じゃあどうする？　到着したら切断トーチをかかえたカーストを送り込んで船体を切りひらかせる？」

ホルステンはレインを見つめた。「きみは宇宙開発時代の初期に古帝国のテクノロジーを手に入れようとしてどれだけの死者が出たかを忘れている。すべてのシステムが昔の電磁パルス兵器で破壊されていても、まだ侵入者を殺す手段はたくさん残されていた」

ふたたび肩をすくめたレインは、疲れて余力が尽きかけているように見えた。「あなたはあたしがカーストをどれほどきらっているか忘れているみたいね」

〝おれは忘れたのか？　そもそも知っていたのか？〟知っていたのかもしれないが、その情報は長く冷たいコールドスリープでいつの間にか頭から抜け落ちてしまったようだ。まさにひと時代だ。人類史においてそれだけ長続きしなかった時代はいくらでもある。ホルステンはいつしかコンソールにしがみついていた――いまにもギルガメシュの減速によって生じた幻の重力が消えて、自分がどこかあさっての方向へ流れ去り、あらゆるつながりが失われてしまうかのように。〝この世にいる人間はこれでぜんぶなんだ〟あの棺に閉じ込められるまでに知り合いになるチャンスのなかった、部屋いっぱいの見知らぬ人びとの姿が脳裏に浮かぶ。〝これだけが人生であり社会であり他者とのふれあいなんだ。いまだけでなくこれからもずっと〟

今度はレインが沈黙で落ち着かなくなってきたようだったが、彼女は割り切りのいいタイプだった。立ちあがってそのまま席を離れかけ、ホルステンが腕をつかもうとするとさっと身を引いた。

「待てよ」そんなつもりはなかったのに、すがりつくような口調になってしまった。「ここにいてくれ――きみの助けがいるんだ」

「なんのこと？」

「信号の件で手を貸してほしい——ビーコンの信号だ。ずっとひどい干渉が続いているんだが、おれの見たところ……近接する周波数で第二の信号とかち合っている可能性がある。ほら」ホルステンはいくつかの解析結果をレインのスクリーンへ表示させた。「こいつを補正してきれいにできないかな——ただの雑音なのか、あるいは、なにかの信号なのか。これ以上どんなことを試したらいいのかわからなくて」

レインは実務的な依頼が来たのでほっとしたらしく、ふたたび席に戻った。それからの一時間、ふたりは言葉をかわすこともなく肩を並べて作業にあたった。レインは依頼された仕事に取り組み、ホルステンは人工衛星にむかってどんどん悲壮感の増す問い合わせを続けたが、いっこうに反応がなかった。しまいには、これならでたらめな信号を送ってもなにもちがいはないような気がしてきた。

そのとき、レインが「メイスン？」と呼びかけてきた。口調が変わっていた。

「うん？」

「あなたの言うとおり。これは別の信号」間があった。「でも発信源はあの人工衛星じゃない」

ホルステンはなにも言わずに、レインがパネルに指を走らせてチェックを繰り返すのを見守った。

「発信源はあの惑星よ」

「クソっ！　ほんとか？」ホルステンは手を口に当てた。「いや、すまん。品のある言葉遣《づか》いじゃなかったが、しかし……」

「気にしないで、これはたしかにクソと言いたくなる」

「救難信号なのか？　リピートしているのか？」

「いいや、いわゆる救難信号とはちがう。もっとずっと複雑。きっと生で流している。リピートもしていないし……」

一瞬、レインの期待が最高に高まるのが伝わってきて、未来に広がる大きな可能性にふたりのあいだの空気が張り詰めたが、そこで吐き捨てるような声が漏れた。「ちぇっ」

「なんだ？」

「ちがう、やっぱりリピートしてる。いわゆる救難信号よりも長くて複雑だけど、同じ配列がまた出てきた」ふたたび指がパネルを走る。「それにこれは……あたしたちが受信してるのは……」骨張った両肩が沈み込む。「これは……これは反射だと思う」

「なんだって？」

「このもうひとつの信号は惑星から反射している。つまり……まあ、いちばんありそうな仮説でしかないけど、あの人工衛星が惑星へ信号を送っていて、あたしたちはその反射をとらえているわけ。ほんと、ごめんなさい。てっきり……」

「おい、それはたしかなのか？」

レインはいぶかしげにホルステンを見た。彼が自分と同じように落胆していなかったからだ。「なにが？」

「人工衛星は惑星とやりとりをしているんだよ」ホルステンはせっついた。「救難信号の反射だけじゃない——もっと長さのあるなにか。別のメッセージが惑星へ送信されているんだよ、宇宙全体へじゃなくて」

「でもそれだってリピートしているだけだし……」レインの口調がゆっくりになった。「まさか惑星のほうにだれかいるとでも？」

「ひょっとしたらな」

「でも惑星からはなにも送信されていない」

「わからないだろ？　ヴィタスがなんと言おうと、こいつはテラフォーム惑星だ。居住用に改造されたんだ。たとえ人工衛星がいまは救助を求めているだけだとしても、すでに惑星上に人間が送り込まれていたとしたら……そいつらはまだ未開人かもしれない。たとえ信号の送受信をおこなうテクノロジーがなくても、生きのびている可能性はあるんだ……まさに人間が暮らしていくために改造された世界で」

レインがさっと立ちあがった。「グイエンを呼んでくる」

一瞬、ホルステンはレインをまじまじと見つめた。〝おいおい、最初に思いついたのがそれか？〟あきらめてうなずくと、レインは通信室を出ていき、残されたホルステンは新たに発見された人工衛星と惑星との交信に耳をすまして、それがなにを意味しているかを突き止めようとした。

驚いたことに、とてもわずかな時間でわかってしまった。

「なんだと？」グイエンがたずねた。レインの報告は司令官だけでなくメインクルーの大半をいっしょに引き連れてきていた。

「数学の問題だよ」ホルステンは全員にむかって説明した。「気づくまでこんなに時間がかかったのは、なにかもっと……高度なもの、たとえばビーコンのような、情報を伝えるものを予想していたからだ。そうじゃなくて、こいつは数学なんだ」

「奇妙な数学でもある」レインがホルステンのメモに目をとおしながら言った。「数列はかなり複雑だけど、基本的な第一原理から始まって段階を踏んでいる」眉をひそめる。「これはまるで……メイスン、まえに太陽系外からの信号をとらえるリスニングポストのことを話していたよね……？」

「ああ、これはテストだ」ホルステンは同意した。「知能テストだ」

「だが惑星へむかって発信されていたんだろう？」カーストが言った。

「たしかに、それで疑問が山ほど出てくる」ホルステンは肩をすくめた。「なにしろ、こいつはすごく古いテクノロジーだ。これまでに発見された稼働中のテクノロジーとしてはもっとも古い。だとすれば、この信号も単なる故障やエラーなのかもしれない。それでも、まあ、いろいろ考えてはしまうな」

「エラーじゃないかもしれない」レインがぼそりとつぶやいた。全員が無言で見つめていると、彼女はいつもの皮肉っぽい口調で続けた。「ねえ、みんな、そう思っているのはあたしだけ？　メイスン、あなたがその人工衛星に気づいてもらおうと奮闘し始めてからどれくらいたつ？　船は恒星をめぐって惑星へ接近しているのに、まったく相手にされていないんでしょ。そいつは惑星にむかって数学のテストらしきものを出題しているということでいいのかな？」

「ああ、しかし――」

「だったら解答を送れば」レインは提案した。

ホルステンはレインをまじまじと見つめてから、ちらりとグイエンに目を向けた。「なにが起こるか――」

「やりたまえ」グイエンが命じた。

ホルステンはまとめてあった解答を慎重に呼び出した。初めのほうの問題は簡単に解けたが、あとのほうの問題についてはＡＩの助けが必要だった。なにしろ何時間ものあいだ悲壮感あふれる信号を遠い人工衛星へ送信し続けていたのだ。代わりに数列を送りつけるくらい簡単なことだ。

メインクルー全員が待っていた。メッセージが目的地に到達するまで七分と数秒かかった。足をそわそわと動かす音がした。カーストが指をポキッと鳴らした。科学班のだれかが咳《せき》をした。

送信から十四分と少したって、救難信号は止まった。

2.4 劣る者たち

ポーシャの民は生まれながらの探検家だ。祖先と比べてかなり代謝要求のきつい活動的な捕食者だけに、ひとつの場所であまり個体数が増えるとどんな土地であれすぐに乱獲の問題が生じる。伝統的に彼女らの家族はしばしば分裂する。もっとも弱い雌たちは、ごくわずかな仲間と共に、新たな巣をつくるために遠く離れた土地へと乗り出していく。なぜこのような離散《ディアスポラ》が定期的に起きるかというと、祖先よりも産み落とす卵の数はずっと減っているし、医療水準が人間と比べてはるかに低いせいで幼体の死亡率が高止まりしているにもかかわらず、種の個体数がとてつもなく増加しているからだ。ひとつの家族が分裂するたびに、彼女らはその世界に広がり続けている。

だが、ポーシャの遠征はそれとはちがう。巣を作る場所を探しているのではなく、いまの計画では帰るべき家が必要になるのだ。彼女が想定していて話もしているのは、西の海のほとりにある〈大きな巣〉で、そこでは数百体の同族――全員ではないがほとんどが程度の差はあれ血縁関係にある――が暮らしている。蜘蛛たちが家畜化された蟻巻の飼育をおこなっているおかげで、〈大きな巣〉は前例のない規模まで成長してもなにかが不足して移住者や追放者がでるようなことはない。

この数世代で〈大きな巣〉の社会構造は飛躍的に複雑さを増した。つながりができたほかの巣では、それぞれが独自のやり方でささやかな数の住民のために食料を確保している。たどたどしい交易もおこなわれていて、ときには食料、たいていは知識がやりとりされる。ポーシャの民が常に関心をいだいているのは自分たちの世界のさらに遠い領域のことだ。

まさにそのために、いまポーシャは物語や噂《うわさ》や昔話をたどって旅を続けている。彼女は送り出されたのだ。

三体が踏み込もうとしている土地はすでにだれかの領土になっている。しるしは見逃しようがない――きちんと維持された網の橋や木々に張り渡された糸だけでなく、さまざまな模様や意匠が、その見た目と匂いでこの猟場は予約済だと宣言している。

これこそポーシャが探していたものだ。

旅行者たちができるだけ高いところへあがって北方へ目をやると、かつては果てしなく広がっていた森がすっかり様変わりしている。広大な林冠は厚みを失い、あちこちにできた隙間から地面が大きくのぞいていてぎょっとする。そのむこうにはやはり木々が見えるが、種類がちがって整然とならんでいるせいか、妙に作り物めいている。これこそポーシャたちが求めていたものだ。こんなちっぽけな一族の領土は回避して先へ進むこともできる。しかし、ポーシャの計画では、旅の始まりから上首尾の結果にいたるまで順を追った経路が組まれていて、まずなによりも情報を集めなければならない。祖先たちなら目視で入念に偵察をおこなうところだろう。ポーシャの場合は土地の住民に質問をすることになる。

慎重に、身を隠すことなく歩みを進めていく。もちろんこの地の民に追い払われるかもしれない。しかし、ポーシャは相手の立場になって、自分なら侵入者をどのようにとらえるかを考えることができる。あらゆる展開を考え抜いてみれば、強引にあるいはこっそりと進入するほうが敵意をもって迎えられる可能性が高まるのだ。

思ったとおり、そこの住民には、来訪者を即座に発見する警戒心もあるし、距離があるうちに自分たちの存在を知らせ、ポーシャたちに近づくよう合図を送ってくる好奇心もある。総勢七体で、雌が五体に雄が二体、二本の木のあいだにきっちりと巣をかけて、あつかましい訪問者を追い払うためにたくさんの受信糸を周囲に張りめぐらしている。それ以外に、共同養育所で孵化《ふか》した年齢もまちまちな子蜘蛛たちが少なくとも二十体。卵から出てきたばかりでも、這いまわって生きた獲物をとらえるし、さまざまな作業や概念を教えられることなく理解する。そのうちで成体まで生きのびられるのはせいぜい三体か四体だろう。ポーシャの民は哺乳動物のように無力な幼児期を過ごすことはないし、そのせいで母親との絆《きずな》が生まれることもない。生きのびる者がもっとも強く、もっとも聡明なのであり、もっとも深く同族とかかわりをもつことができる。

触肢の旗振りによる言語は、晴天なら一哩《マイル》以上離れても意思疎通が可能だが、込み入った話し合いにはむかない。より繊細な足を踏み鳴らす言語では地上であれ枝であれ離れた場所までは届かない。率直かつ自由な意見のやりとりをおこなうために、住民の雌が数本の木々のあいだに網を紡ぎ、全員がたくさんある固定部に何本か足をかけて会話を追うことができるようにする。一体の住民が網によじのぼり、その雌の招きに応じて、ポーシャも同じように網にのぼる。

〝西の海にある〈大きな巣〉からあいさつをしにきた〟ポーシャはそう言って、こちらは三体だけだが仲間がいるということを伝える。〝われわれは長く旅をして多くのものを見てきた〟情報はそれ自体が交易品になることがよくあるからだ。

この地の民はまだ疑っている。代表者であるもっとも大柄な雌が、網の上で身を震わせて足を動かし、語りかけてくる。〝目的はなんだ？　ここはおまえたちの来る場所ではない〟

〝狩りをしたいわけではない〟ポーシャはこたえる。〝住みつくために来たのでもない。すぐに〈大きな巣〉へ戻る。噂に聞いているのだ――〟彼女の考えは、ぴんと張られた糸を振動が伝わることで、各自の精神にきわめて明瞭に届けられる。蜘蛛たちには遠方から伝わる情報で思考する能力が生まれつきそなわっているのだ。〝あなたたちの土地のむこうにある土地が興味深いものだと〟

この地の民がざわつく。〝あれは旅をするべきではないところだ〟代表者が言う。

〝だとしたら、それこそわれわれが見つけようとしているものだ。知っていることを教えてくれないか？〟

ざわめきがさらに大きくなり、ポーシャはここで起きているできごとに関する自分の脳内地図のどこかに抜けがあるにちがいないと気づく。住民から説明のつかない反応が返ってきているからだ。

それでも、代表者は度胸があるところを見せようとする。〝われわれがそんなことをしてなんになる？〟

〝お返しにいろいろなことを話してあげよう。こちらには交換可能な〈理解〉もある〟蜘蛛たちにとって、ただの話と〈理解〉とは明確にことなる通貨なのだ。

この地の民は代表者の合図で網から離れて身を寄せ合うが、いくつかの目はこちらに向けたままだ。足がこまかく動いて言葉がかわされるが、踏み込みがやわらかいので来訪者たちには聞こえない。ポーシャも網から離れ、二体の仲間がそれに続く。

ビアンカは特になにも考えず、自分が立ち向かうことになる相手は見るからに大柄な代表者の雌だろうと予想しているだけだ。しかし、雄の言葉はポーシャを驚かせる。

〝彼女らは怖がっています〟雄は指摘する。〝行く手になにがあるにせよ、彼女らはわたしたちがそれを挑発したら自分たちが攻撃されるのではないかと怖がっています〟

蜘蛛の雄が恐怖について考えるのは自然なことだ、とポーシャは判断する。彼女も同じ意見なので、この地になにがあるかを突き止めることがますます重要になる。

ようやくこの地の民が網に戻ってきて交渉が再開する。〝おまえたちの〈理解〉を見せろ〟代表者が要求する。

ポーシャの合図で、ビアンカが腹部についている従順な蟻巻を一匹だけ解き放ち、仰天しているこの地の民に見せてやる。小さな家畜から蜜が絞り出され、ポーシャがその甘い液体をくるんだ包みを網の中心部に置くと、この地の民がそこに近づく。

蜜の味見をして、ポーシャが蟻巻をみごとに管理していることを理解すると、この地の民は取引にぐっと乗り気になる。独立した食料源の価値はすぐさま彼女らにも伝わる――なにしろ謎めいた北の隣人にいつ猟場をおびやかされるかわからないのだ。

〝なにを交換するつもりだ？〟土地の代表者が見るからに熱心な動きで問いかけてくる。

〝あなたたちの土地のむこうにあるものについてくわしく教えてくれるなら、この家畜を二匹渡す〟ポーシャは提案するが、この地の民が交換したがっているのがそんなものではないことはわかっている。〝卵もあるが、この生き物はきちんと育てて世話をしてやらないと、若いうちに死んでなにもかもむだになる〟

いまや代表者の雌とその仲間たちはしきりに言葉をかわしており、ポーシャにも網を通じてその断片が伝わってくる。興奮のあまり慎重さをなくしているのだ。〝交換できるということか？〟大柄な雌がたずねる。

〝そうだ、われわれはこの〈理解〉を交換することはできるが、その場合はより多くの見返りを求めることになる〟ポーシャが言っているのはただの教えではなく、もっと重大なこと

――彼女の種に成功をもたらし続けている秘密のひとつだ。

投下されたナノウイルスは転写時に変異を起こしやすい。そういう設計になったのは本来の目的を独創的なやりかたで達成するため――すなわち、宿主をその創造者たちによって定められた段階まで発達させ、達成条件が満たされたらそこで支援を停止するためだ。こうした安全措置があれば庇護者《ひごしゃ》が発達を続けて人間を超えた猿神になることはない。

だが、このウイルスは霊長類の宿主のために開発されたので、ポーシャ・ラビアータは設定された最終段階にはけっしてたどり着くことがない。そこでナノウイルスは生来の機能により突然変異を繰り返し、不可能な目的地を、考え得るあらゆる手段を正当化する最終地点を目指している。

より成功する変異体はより成功する宿主となり、それがまた、よりすぐれた突然変異感染を広げていく。ナノウイルスの顕微鏡的な観点から見ると、ポーシャや惑星上にいるほかのすべての影響を受けた種は、ウイルス自身の進化する遺伝子を先へ伝達するための媒介者でしかない。

ポーシャの進化の歴史を遠くさかのぼってみると、彼女の種の社会的発展はあの世界規模の感染時に起きた一連の突然変異によって大きく加速していた。ウイルスが学習した行動様式を遺伝的に継承可能な形に変換し、精子と卵子の遺伝情報へ転写し始めたのだ。ポーシャの種の強制的に進化させられた合理的な脳は、偶然によって生まれた人間の精神と比べると、より構造的な論理を共有している。精神経路は遺伝子情報へと圧縮されることで転写が可能となり、子孫の中で解凍されて天性の〈理解〉として書き込まれる——具体的な技能や運動能力のときもあるが、もっと多いのはひとかたまりの知識で、背景情報がないので明瞭さに欠けてはいるものの、新しく生まれた者はそれを成長の初期段階においてゆるやかに受け入れることになる。

このような仕組みは、初めはちぐはぐで、不完全で、ときには命取りになることもあったが、世代を重ねてより効率的なウイルス株が広がるにつれて信頼性が高まった。ポーシャはこれまでに多くのことを学んできたが、その一部は生まれつき持っていたり、成長する中で手に入れたりしたものだった。生まれたばかりの子蜘蛛でも狩りや忍び足や跳躍や糸吐きができるのと同じように、ポーシャは生まれてから何度か脱皮するうちに言語を生得のものとして理解し祖先たちの暮らしの断片に接することができるようになった。

それはいまとなっては遠い過去となった、ポーシャの民が有史以前から有していたひとつの機能だった。だが、最近では、彼女らはナノウイルスの強化能力を活用するすべを学んでいた——ウイルスが逆に彼女らを活用しているように。

〝彼が〈理解〉を持っている〟ポーシャは片方の触肢を動かして雄の連れをしめす。〝だがわれわれは物々交換だけをおこなう。あなたたちはここでどうやって暮らしてどんな用心をしているかの〈理解〉を持っているはずだ。われわれが探し求めているのはそれだ〟

次の瞬間、ポーシャは強く出すぎたことに気づく。大柄な雌が網の上でぴたりと動きを止めたからだ――狩りのときに見られる静止の姿勢はむきだしの敵意を意味する。

〝ではおまえたちの〈大きな巣〉はやはりわれわれの土地へやってくるのだな。おまえは狩りに来たのではないが、明日になればおまえの同族がここで狩りをしようとするわけだ〟なぜなら、そのような交換で手に入れた〈理解〉は、ポーシャ自身にではなく、まだ遺伝情報に書き込みがなされていない将来の世代にのみ利益をもたらすからだ。

〝われわれはあらゆる場所の〈理解〉を探し求めている〟ポーシャは反論するが、身ぶりと足踏みの言語はなにかをごまかすにはむいていない。意図しない身ぶりがまぎれ込んで大柄な雌の疑いをかえって裏付けてしまう。

突然、この地の代表者が体を起こし、二組の脚を高々とあげて鋏角をあらわにする。何百万年もまえから変わらない粗暴な表現――わたしがどれほど強いか見るがいい。ぎゅっと折りたたまれた後脚がいまにもはじけそうだ。

〝考え直せ。下がれ〟ポーシャは警告する。彼女も緊張してはいるが、服従や退却の意志をしめしてはいないし、相手と脚比べをするつもりもない。

〝立ち去れ、さもなければ戦いだ〟憤慨した雌が要求する。ポーシャの見たところ、この雌は必ずしも全面的に支持されているわけではないようで、仲間たちは触肢をかかげて懸念を表明したり網の糸を通じて警告の言葉を伝えたりしている。

ポーシャがじりっと横へ動くと、背後から新たな振動が伝わってくる——ビアンカが攻撃的に前進してきたのだが、これも一種の戦闘歌とみなされる。この地の代表者は相手の話者が戦士と同一ではないことにとまどったらしく、用心して少しだけ後退する。しかもビアンカには鎧《よろい》がある。

ある個体がウイルスから受け継ぐことができる〈理解〉の量には機能上の限界がある。新しい情報が古い情報を上書きするのだが、そうした生得の知識を格納する能力は世代を重ねるごとに少しずつ大きくなっているように思われる。この未開地の住民たちが手に入れるのは、長年にわたって慎重に保持してきたほんのわずかな独自の秘訣《ひけつ》だけだ。それぞれの個体は学ぶことも、教えることもできるが、彼女らがそなえている知識基盤は限られている。〈大きな巣〉のようなもっと大規模な共同体では、活用できる〈理解〉がとてもたくさんあり、別々の血筋で伝わっている奥義をおたがいに交換する。さまざまな発見、技術、秘訣を組み合わせて試してみることができる。〈大きな巣〉は部分の合計以上の存在なのだ。ビアンカは工匠ではない——学んでもいないし、〈理解〉を受け継いでもいない——が、他者の労働の成果を身につけている。左右の触肢に接着してある湾曲した木製の盾《たて》は、攻撃的な色合いに染められている。彼女は後脚で立ちあがり、大柄な雌と脚比べをするが、すぐに盾をかかげたまましゃがみ込む。

この二体は彼女らなりのやりかたで戦っている。誇示し、威嚇し、鋏角をあらわにする。踊るように網の上を移動し、ひとつひとつの足取りで相手をあおり立てる。より体が大きいこの地の雌は、この先どうなるかがわかっている。大きさを比べれば小柄な侵入者は引き下がるしかない。さもなければ新参者は死ぬことになる。

ポーシャの同族には道具を使う人間と共通する点がある――おたがいを傷つける能力がきわめて高いのだ。そもそもが蜘蛛殺しなので、その毒は〈糸吐き〉を相手にするときと同じようにやすやすと同族の敵を身動きできなくさせる。そうなった場合、ふつうは勝者が本能に屈して食事にとりかかる。どんな衝突でも危険性が高くなるので、彼女らは文化として暴力を避けるようになっている。こうして身内からの脅威にさらされていることが、ウイルスによって全員にもたらされた同族意識と同じように、文明化を進めるうえで大きな影響をおよぼしてきたのだ。

ところがビアンカは、敵のほうが明らかに優位にあるにもかかわらず引き下がろうとしない。威嚇的なふるまいがどんどん激しくなって、大柄な雌は網の上で跳ねたり突っかかったりを繰り返し、ビアンカは横へ動きながら盾をかまえていずれ確実にやってくる敵の一撃にそなえている。

ポーシャのほうは、せっせと糸を紡ぎ、〈大きな巣〉のもうひとつの革新的な技術を使う準備を進めている――まだ新しいので彼女は学ばなければならなかったが、子孫にはウイルスで授けることができるかもしれない。

ポーシャの準備がととのったそのとき、大柄な雌が飛びかかる。ビアンカは鋏角の一撃を盾で受け止め、その衝撃であおむけにひっくり返る。大柄な雌が後脚で立ちあがり、さらに怒りの一撃を加えようとする。

そこへ石がぶつかって、大柄な雌は網からころげ落ち、命綱でぶらさがったままぴくぴくと体を痙攣《けいれん》させる。腹部の片側の、飛来物がぶつかったところがぱっくりと裂け、体液が失われたせいで残っている外肢が早くも勝手に丸まろうとしている。ポーシャはすでに再装填《さいそうてん》をすませていて、彼女の大きくひらいた前脚とたくましい後脚とのあいだでは糸の投石器がVの字にぴんと張り詰めている。

この地の民がポーシャを見つめる。そのうちの二体はこっそり傷ついた代表者のもとへ向かおうとするが、ビアンカがひとあし早く降下して、鋏角を獲物の裂けた外殻へ突き立てる。

ポーシャはこの地の民を値踏みする。だれもがすっかり恐れをなして、服従の姿勢を見せている。別の雌たちの一体――もっとも大きいわけではないが、おそらくもっとも勇敢な雌――が、うやうやしく網の上に踏み出し、〝あなたの望みは？〟と踊る。

〝けっこう。取引をしよう〟ポーシャはこたえ、そこへビアンカが合流してくる。〝あなたたちの隣人について教えてほしい〟

両陣営が相手方の交渉力を推し量りながらどれだけの〈理解〉を提供するかを決定したあと、ポーシャの側の雄が網の上へちょこちょこと進み出て、蟻巻の飼育に関する〈理解〉を抽出してきちんと糸でくるんだ精子の包みを用意する。この地の雄たちの一体は自分の一族の領土とその攻撃的な隣人にまつわる日々の知識を同じように提供する。こうしたウイルス転写の積極的な活用はウイルスそのものによって引き起こされた行動ではなく、ポーシャの民に伝わる文化的伝統だ――情報をやりとりして通貨として利用することは、偶然ではあるがウイルスがその遺伝コードを広めるのを手助けする。同時に、次の世代の子蜘蛛たちはポーシャの〈大きな巣〉とこの小さな一族とを橋渡しする親族の絆を共有することになり、そうした相互関係が作りあげる巨大な網は、そのつながりを共同体から共同体へとたどっていけば惑星全土の大半を網羅できる。

この地の民が語る北方の状況は不穏であり、ポーシャの〈大きな巣〉がごく近いうちに出くわす可能性の高い脅威だ。しかもそれは興味をかき立てられるできごとでもあり、ポーシャはみずから接近してたしかめる必要があると判断する。

2.5　これらの世界はすべてあなたたちのもの

人工衛星からの返信は意図的にコード化されていたわけではなかったが、それでもホルステンはその無線信号をなんとか理解できるものに変換しようとしてずいぶん長く思えるあいだ奮闘を続けた。結局、レインとギルガメシュの力を借りることで秘密が解かれ、古代語のインペリアルCで記された短くそっけないメッセージが明らかになった。それなら少なくとも翻訳を試みることはできる。

しばらくして、ホルステンは全員の視線が集まっていることを意識しながら座席に背をもたせかけた。「これは警告だな」ホルステンは一同に告げた。「こっちがまちがった座標から送信しているとか、なにかそんなことを言っている。ここは立ち入り禁止だと」

「人工衛星が起動しているようです」遠方の物体から届くデータを測定していた科学班のだれかが報告した。「エネルギー使用量が急激に上昇中。原子炉の出力があがっています」

「では、目を覚ましたのだな」グイエンの言葉は、ホルステンにはあまり意味があるようには思えなかった。

「それでもただの自動信号かもしれない」レインが言った。

「われわれは救難信号に応答したのだと伝えたまえ」

ホルステンはすでに学界で使われるような堅苦しい言葉で返信を用意し、レインとギルガメシュに指示してそのメッセージを人工衛星が使っているのと同じ電子フォーマットに変換させていた。

信号が数百万キロメートルの虚空を往復するのを待つあいだ、全員の神経がたちまち張り詰めていった。

「人工衛星は〝ブリン2監視ハビタット〟と自称している」ホルステンは翻訳した内容を伝えた。「要するに針路を変更して惑星に近づくなということらしい」グイエンから質問が来るまえに急いで言葉を継ぐ。「救難信号のことはなにも言ってないな。おれたちが送ったのは人工衛星が惑星へ送っていた信号に対する解答だったんだから、いまやりとりしている相手もそのシステムなんだろう」

「では、われわれが何者であるかを説明し、彼らを救助するために接近しているのだと伝えたまえ」グイエンがホルステンに指示した。

「正直言って、どういうことになるか――」

「いいからやるんだ、メイスン」

「その人工衛星はなぜ惑星にむかって初歩的な数学の問題を送っているんでしょう？」ヴィタスがだれにともなく問いかけた。

「ありとあらゆるシステムが起動しているようです」センサー室にいるヴィタスの部下が付

け加えた。「信じられない。こんなの見たことがありません」

「ドローンを何機か発射するぞ、人工衛星と惑星の両方へむけて」カーストが宣言した。

「いいだろう」グイエンがこたえた。

「むこうはおれたちを承認していない」ホルステンは古めかしい文法に苦戦しながらも人工衛星からの最新メッセージの翻訳を必死に続けていた。「おれたちにはここにいる権限がないと言っている。なにか……生物学的危険物《バイオハザード》がどうとか」クルーのあいだに動揺が広がる。

「いや、待った、おれたちのことを未承認のバイオハザードと呼んでいるみたいだ。こっちを……脅しているんじゃないかと思う」

「その人工衛星はどれくらいの大きさがあるって？」カーストがたずねた。

「最長の軸で測定して二十メートル弱です」科学班から返答があった。

「まあ、それなら勝手にやらせておけ」

「カースト、相手は古帝国のテクノロジーなんだぞ」ホルステンは鋭く指摘した。

「それがどれほどのものか、ドローンがそれぞれの目的地に着いたらわかるさ」ギルガメシュはまだ減速を続けていたので、ドローンは急速に船より先行し、みずからの推進力によって惑星とその唯一の番人を目指して突き進んでいた——有人宇宙船であれば乗組員がどろどろにつぶれるほどの急加速で。

「もうひとつ警告しておくことがある」ホルステンは報告を続けた。「これは例の救難信号のときと同じ状況だと思う。こっちから送っているものはなんであれシステムによって承認されていない。たぶんここに来るためには正しいコードかなにかが必要だったんだ」

「きみは古学者だろう、解き明かしたまえ」グイエンがぴしゃりと言った。

「そういうことじゃない。古帝国に単一の……なんというか、パ、ス、ワ、ー、ド、みたいなものがあったわけじゃないんだ」

「帝国の送信記録のアーカイブがあるのだろう？　そこからプロトコルをいくつか抜き出すだけではないか」

ホルステンは視線でレインに無言のアピールをしたが、目をそらされてしまった。彼はそれ以上なにも期待することなく、現存する古帝国の記録の断片からＩＤやあいさつ用コードをこそげ取り、手当たり次第に人工衛星へむかって投げつけた。

「ドローンからの信号をスクリーンに表示するぞ」カーストが報告すると、すぐに一同の眼前に惑星の姿があらわれた。まだちっぽけな光点で、ドローンの電子の目で限界まで拡大されていても周囲の星野とかろうじて区別がつく程度だったが、徐々に大きさが増しているのは見てとれた。一分後、ヴィタスが惑星の表面を横切る月が落とす針穴のような小さな影を指差した。

「人工衛星はどこだ？」グイエンがたずねた。

「この距離では見えないが、いま惑星の裏側から出てこようとしているところだ。信号は惑星の大気と月に反射させてこっちへ送信している」

「ドローンの各部隊が分散した」カーストが報告した。「このブリンとかいう代物をしっかり見てみよう」

「もういちど警告する。なにもそこへは到達できない」ホルステンは口をはさんだが、だれもまともに聞いていないことはわかっていた。

「カースト、言っておくが、接触しても人工衛星には損傷をあたえないでくれ」グイエンが話していた。「どんなテクノロジーが残っているにせよ、無傷で手に入れたい」

「大丈夫だ。ほらいたぞ。すぐにドローンで調査を開始する」

「カースト――」

「落ち着けよ、司令官。連中はやるべきことをわかってる」

ホルステンが目をあげると、ドローンの群れは大きさを増す緑色の球体の周縁部に狙いを定めようとしていた。

「あの色」ヴィタスがささやいた。

「不健全な感じ」レインが同意した。

「いえ、あれは……あれはかつての地球の色です。緑色」

「やったな」技師のだれかがつぶやいた。「着いたんだ。やり遂げたんだ」

「人工衛星を視認した」カーストがスクリーン上のちっぽけな光点を強調表示した。

「〝こちらはブリン2監視ハビタット〟」ホルステンは頑固に読みあげを続けた。「〝この惑星では……〟なんだ？　ええと……〝増進プログラムが進行中であり、いかなる干渉も禁じられている〟」

「なんの増進？」レインが鋭い声でたずねる。

「わからない。ええと……」ホルステンは頭を絞り、船内のアーカイブをあさって参考資料を探した。「たしか……古帝国が崩壊したのは罪深い道へ踏み込んだせいだった。例の神話を知ってるか？」

追認のうなり声がそこかしこであがった。

「動物の増進——祖先たちがおかした罪のひとつだ」

カーストが驚きの叫びをあげたかと思うと、人工衛星を目指していたドローンからの送信が激しい雑音に変わった。

「ああ、クソっ！　人工衛星へむかったドローンは全滅だ！」カーストは怒鳴った。

「レイン——」グイエンが口をひらいた。

「もうやってる。最後の瞬間を……」作業を進めるあわただしい沈黙。「これが一秒ほど長く生きのびた最後の機体のデータ。ほら——急激なエネルギーの上昇があって——ほかのドローンが消え失《う》せてる。それからこの一機もあとに続いた。人工衛星はあなたのドローンたちをあっさり吹き飛ばしたみたい、カースト」

「どうやって？　なぜそんな必要が――？」

「あの人工衛星は本格的な軍事兵器かもしれない」レインがぴしゃりと言った。

「あるいは、深宇宙での物体の衝突にそなえて監視と対応が必要なのかもしれません」ヴィタスが言った。「対小惑星レーザーとか？」

「ただ……」レインは表示されたデータを見て眉をひそめていた。「ほんとうに発射したのかどうか……カースト、ドローンのシステムはどれくらいあけっぴろげになってるの？」

保安隊の隊長は悪態をついた。

「おれたちはいまもその人工衛星へ接近しているんだぞ」ホルステンは指摘した。そう言っているあいだにも、別の数機のドローンのスクリーンが消えた――カーストが惑星のほうへ送り込んだ機体だ。人工衛星はそれらのドローンが惑星をまわり込んできて視界にあらわれた瞬間に始末しているのだ。

「いったいどうなってるんだ？」カーストは最後の二機のドローンを必死にあやつり、惑星へジグザグに接近させていた。すぐにエネルギーが急上昇し、人工衛星から莫大《ばくだい》なパワーが放たれたかと思うと、生き残っていた二機の片割れが消え失せた。

「いまのはまちがいなくレーザー」レインがけわしい顔で確認した。「人工衛星があいつを粉みじんにした」

カーストは口汚く悪態をつきながら最後の一機へ指令を送り、惑星めがけて螺旋《らせん》降下させた。その湾曲した地平線を常に人工衛星とのあいだに置こうとしているのだ。

「人工衛星の兵器はギルガメシュにとって危険なものなのか？」グイエンが問いかけると、部屋が静まり返った。

「おそらくイエスでしょう」ヴィタスが異様に穏やかな声で言った。「しかし、たったいまあれだけのエネルギーを放出したことを考えると、無制限に使えるわけではないかもしれません」

「相手がこの船なら二発目は必要ない」レインが厳しい声で言った。「あたしたちはこの針路からはずれることはできない――あまり大きくは。すでに安全を確保できる限界まで減速しているし、運動量が大きすぎる。軌道に乗るしかない」

「立ち去らなければ撃破すると言ってるぞ」ホルステンは抑揚のない声で告げた。ギルガメシュのコンピュータの適応が進むにつれて、信号が理解可能なかたちに変換されるのが速くなり、いつの間にか古代語をほとんどつかえることなく読めるようになっていた。グイエンから求められてもいないのに、ホルステンは早くも返信を用意していた――**【こちらは遭難中の旅行者。敵対行為を開始するな。民間輸送船が支援を必要としている】**それを送信したとき、レインが批判的な目で肩越しにのぞき込んでいた。

「人工衛星がわずかに位置を変えています」科学班からの報告が入った。

「われわれに狙いをつけて」グイエンがあとを引き取る。

「正確な表現ではありませんが、しかし……」〝しかしそのとおりだ〟と、そこにいる全員が胸のうちで思っていた。

ホルステンは心臓が激しく脈打つのを感じた。**【こちらは遭難中の旅行者。敵対行為を開始するな。民間輸送船が支援を必要としている】**だがメッセージは届いていなかった。

グイエンが口をあけてなにか破れかぶれの命令を発しようとしたが、そこでレインが怒鳴った。「人工衛星から届いた救難信号を送り返して、早く！」

ホルステンはぽかんとレインを見つめてから、言葉にならない感情に叫び声をあげた――勝利の喜びとごちゃまぜになった、なぜ自分で思いつかなかったのかという腹立ち。だがそんな感情はすぐに消えた。

そのあとの数分は、人工衛星がどんな反応を見せるか、はたして信号が間に合ったのかが判明するまでじっと待機するしかなかった。ホルステンが人工衛星の救難信号を送り返しているあいだにも、そこから放たれたエネルギーがギルガメシュを目指して宇宙空間を猛進しているかもしれなかった――船に命中するまでだれも気づかないほどの速さで。

ホルステンはようやく安堵《あんど》して座席にぐったりと身をもたせかけた。仲間たちが集まってきてスクリーンをのぞき込んだが、それを翻訳できるほど古代語の教育を受けている者はいなかったので、彼はみなの不安をぬぐい去ってやることにした。

「〝連絡があるまで待機されたし〟」ホルステンは読みあげた。「まあ、そんなふうな内容だ。

おれが思うに――これは希望でもあるが――なにかもっと高度なシステムを起動するつもりだろう」

背後でぼそぼそと話し声が聞こえたが、ホルステンは次のメッセージが届くまでの時間をカウントし続けていた。スクリーンがぱっとコードで埋め尽くされると、ほんの一瞬だけ高揚感をおぼえたが、すぐにいらだちのあまり声を張りあげた。「でたらめだ。意味のない言葉がびっしりならんでいる。なぜこんな――？」

「待って、待って」レインが割り込んできた。「別の種類の信号というだけでしょ。ギルガメシュがコード化されたデータをアーカイブにあるなにかで解読したってこと。それは……ああ、たぶん音声だ。話しかけている」

全員がふたたび黙り込んだ。ホルステンは部屋にぎゅう詰めになった頭がつるつるの男女をちらりと見まわした。みんなあまり健康そうには見えず、想像もつかないほど長期間の冷凍処置の影響でまだ体を震わせていたし、いま明らかにされた驚くべき事実とこの状況によって引き起こされた精神的なトラウマですっかり混乱していた。〝そもそも話についていけている者がどれだけいるのやら〟「たぶんそれも自動化された……」ホルステンは言いかけたものの、ここで議論をするだけの気力があるのかどうかよくわからず、声は尻すぼみになった。

「やっぱりそう。ギルガメシュがアーカイブにある断片にもとづいて、できるかぎりの解読をおこなったみたい」レインが報告した。「みんなこれを聞きたい？」

「ああ」グイエンがきっぱりとこたえた。

船のスピーカーから流れ出したのはおぞましい音だった。雑音だらけの乱れた通信データの中にかろうじて聞き取れた女性の声は、浮かびあがっては消えるいくつかのつながりのない単語でしかなかった――その言語を理解できるのはホルステンしかいない。どんなメッセージが届くかはわかりきっていたので、司令官の顔をじっとうかがっていたところ、抑えきれない怒りが一瞬だけ浮かびあがるのが見えた。〝うわ、こいつはまずいな〟

「メイスン、翻訳しろ」

「ちょっと待ってくれ。レイン、もう少しクリアにできないか……？」

「いまやってる」レインはぼそりと言った。

ホルステンたちの背後では、ほかのクルーがためらいがちに推測を始めていた。いったいなにを言っていたんだ？　あれはただの自動メッセージなのかそれとも……。ヴィタスは古帝国に存在したとされるインテリジェントマシンに思いをめぐらしていた。ギルガメシュのようなただの高度な自律エンジンではなく、人間のように考えて対話のできる装置――ひょっとしたら人間以上か。

ホルステンはイヤホンをつけたままコンソールにかがみ込み、レインの洗浄作業で徐々にクリアになっていく音声に耳をすました。初めはほんのいくつかの単語しか理解できなかったので、やむなく再生速度を落として短い断片に意識を集中し、まったく予想外のイントネーションや発話パターンと格闘しなければならなかった。おまけに干渉も多かった――不規則に増減する不気味な雑音が本来のメッセージに干渉し続けるのだ。

「ドローンが大気圏に入ったぞ」カーストが唐突に告げた。全員にほぼ忘れ去られていたあいだも、彼は生き残った機体に、破壊をまぬがれるまでに届くかどうかわからないまま針路変更の指示を送り続けていたのだ。大半のクルーの注目が集まったところで、カーストは続けた。「新しい故郷を見たいやつは？」

ドローンから届いたのは粒子の粗い、ゆがんだ、高高度から撮影した惑星のスキャン画像で、あまりにも緑が濃かったために、科学者たちのひとりが色をつけ直しているのかと質問したほどだった。

「いま見ているのはドローンが見たままの画像だ」カーストはこたえた。

「きれいだな」だれかがつぶやいた。ほとんどの者はじっと見つめるだけだった。それはみなの経験や想像を超えた光景だった。記憶にある地球はこんな姿をしていなかった。あふれんばかりの緑は氷期が訪れる何年もまえに封じ込められて、毒の雪解けのあとも二度と復活することはなかった。彼らがあとにしてきた惑星はこれよりもずっと貧相だった。

「よし」背後で乱れ飛ぶ憶測はどんどん騒々しくなったが、ホルステンが新たなメッセージに取り組んでいるあいだにどんよりした静寂が戻ってきた。「翻訳できたぞ、これだ」

ホルステンは結果を各自のスクリーンへ送った――【ブリン2監視ハビタットはあなたがたの支援要請を確認しました。あなたがたが目指している先にあるのは隔離惑星であり、いっさい関与するべきではありません。そちらで起きている非常事態について詳細を教えてもらえれば、ハビタットのシステムでそれを分析して助言できるかもしれません。カーンの世界へ侵入を試みればただちに報復がおこなわれます。いかなるかたちであれこの惑星との接触は認められません】

「それはどうかな」カーストが言った。「この様子だと最後のドローンには気づいていないようだ。人工衛星から見て惑星の裏側にあたる位置にとどまるよう設定しておいたやつだ」

ホルステンはまだメッセージを繰り返し再生して、絶え間ない干渉の正体を突き止めようとしていた。あの救難信号と同じように、人工衛星の信号になにか別のメッセージが相乗りしているように聞こえた。

「人工衛星はいまでも惑星への送信を続けているのか？」ホルステンはレインにたずねた。

「続けているけど、それについてはあたしのほうで補正した。そっちには……」

「カーンの世界？」ヴィタスが言った。「名前でしょうか？」

「〝カーン〟と〝ブリン〟は音声そのままだ」ホルステンは同意した。「たとえ単語だとしても、おれの語彙《ごい》ファイルには入ってないな。返答はどうする？」

「話しかけたらむこうは理解できるのか？」グイエンがたずねた。

「前回と同じようにコード化したメッセージを送る」ホルステンはこたえた。「まあ……相手が何者であるにせよ、インペリアルCを教科書に記されているとおりにしゃべるわけじゃない。アクセントもちがうし、たぶん文化もことなるだろう。がんばって話しかけても正確に理解してもらえるとは思えないな」

「これを送信したまえ」グイエンがホルステンに翻訳してコード化させるためのテキストを転送してきた。【こちらは避難船ギルガメシュ、冷凍状態にある五十万の人間を運んでいる。あなたの惑星に居留地を確立することは最優先事項だ。これは人類という種の生存にかかわる問題である。積荷を守るためにあなたの協力が必要だ】

「これでうまくいくとは思えないな」ホルステンはグイエンがなんらかのかたちで人工衛星から別のメッセージを受け取っているのだろうかといぶかった。とてもではないが適切な返信とは思えなかったからだ。それでも指示どおり送信はおこなって、自分はすでに受け取ったメッセージの聞き取りに戻り、レインに頼んで相乗りしている信号を分離し、なんとか理解できるようにしようとした。すると突然、単語と単語の合間にそれが聞き取れるようになって意味が伝わり、ホルステンは身をかたくしてコンソールを握り締めた。

【ブリン2監視ハビタットはあなたがたの支援要請を確認しました。あなたがたが目【寒いすごく寒いすごく長く待っているのになぜ彼らは来ないないにが起きたみんなほ指している先にあるのは隔離惑星であり、いっさい関与するべきではありません。そちらで起きている非常事態について詳細を教えてもらえれば、ハビタットのシステムでそれを分析して助言できるかもしれません。カーンの世界へ侵入を試みればただちに報復がおこなわれます。いかなるかたちであれこの惑星との接触は認められません】

んとうに消えたのか故郷にはだれもなにも残っていないのかすごく寒い棺は寒いなにも動かないなにも残っていないイライザイライザイライザなぜ返事をしない話をしてわたしを苦しみから救って彼らが来ると言っていつか来ると言ってわたしを連れ出して起こして温めてくれるこの寒さからすごく寒いすごく寒いすごく寒い寒い寒い寒い寒い】

「うわ……」ホルステンは脚で蹴って座席をさげたが、その声はイヤホンの中でだらだらと耳障りに響き続けた——形式的でむだのない主メッセージとまちがいなく同じ声だが、恐ろしい絶望でゆがんでいる。「ちょっと問題があるかも……」

「新しいメッセージが届いている」ほかのクルーがホルステンの言葉の意味を問い詰めようとしていたとき、レインの声が告げた。

「ドローンはどうすればいい？」カーストが口をはさんだ。

「とりあえずは待機だ。ハビタットからの通信はブロックするよう指示したまえ」グイエンがこたえた。「メイスン――」

だがホルステンはすでに新しいメッセージの翻訳にとりかかっていた。最初のよりずっと短くて力強いメッセージだったが、その単語は頭にひっかかった。〝ハビタットか……それはおれの翻訳だ。古代人の意図に合っているのか？　人が生活するための施設を意味しているとは思えない。全長二十メートルで、いったいどれだけの長い歳月を？　いや、そんなことは……〟

「イライザと話をしたいか、と言っている」ホルステンはつかえながら告げた。

当然、だれかが「イライザってだれだ？」と声をあげたが、そんな質問にこたえられる者がいるはずはなかった。

「話したい」グイエンがくだした判断は、幸いなことにホルステンがすでに送っていた返答と同じだった。

数分後――船が惑星へ近づいていたため、やりとりのたびに遅延は短くなっていた――なにか新しいものが話しかけてきた。

ホルステンが聞き取ったのはそれまでと同じ声だったが、ずっと明瞭で、やはり背景の恐ろしい独白が絶え間なくおもてへ噴き出そうとしていた。ほかのクルーのための翻訳はすぐにできあがった。このときにはもう氷期以後の時代のだれにも負けないほどインペリアルCに堪能になっているつもりでいた。

ホルステンは各クルーのスクリーンへそれを表示させた——【こんばんは、旅人のみなさん。わたしはイライザ・カーンズ、ブリン2監視ハビタットの複合エキスパートシステムです。申し訳ありませんが、みなさんが送信したメッセージの一部を見逃してしまったかもしれません。どのような内容だったのか要約していただけませんか？】

　このときは聞き手のあいだに興味深い反応のちがいが見られた。指揮班と保安隊がほぼ動じなかったのに対し、科学班と技術班はいきなり議論に突入した。声が言う〝エキスパートシステム〟とはどういう意味なのか？　ホルステンはそれが正しい翻訳だと確信しているのか？　ほんとうにインテリジェントマシンなのか、そのふりをしているだけなのか？

　ホルステン自身は例の背景メッセージの断片をつなぎ合わせるので大忙しだったが、やればやるほど気がめいってきた。それらの言葉が、耳に残る恐怖と絶望の響きが、不快感をあおり立てるのだ。

【こんばんは、旅人のみなさん。わたしはイライザ・カーンズ、ブリン2監視ハビタットの複合エキスパートシステムです。申し訳ありませんが、みなさんが送信したメッセージの一部を見逃してしまったかも

【なにをしているわたしの心の中でなにをしている奪われる奪われるなぜわたしは起きることができないわたしに見えるのは虚無だけだれもなにもなくて船もなくてなぜ船がないどこにあるイライザ・カーンズな

しれません。どのような内容だったのか要約していただけませんか？】

どいないわたしから盗んだわたしのを盗んだ心を盗んだ】

ホルステンはギルガメシュから少しまえに送ったメッセージを再送信した。【こちらは避難船ギルガメシュ、冷凍状態にある五十万の人間を運んでいる。あなたの惑星に居留地を確立することは最優先事項だ。これは人類という種の生存にかかわる問題である。積荷を守るためにあなたの協力が必要だ】

そして返信――

【残念ながら、あなたがたはいかなるかたちであれカーンの世界に接近したり接触したりすることはできません。これは〝増進プログラム〟の指針に沿った絶対的な禁止措置です。それ以外になにかお手伝いできることがあれば知らせてください】

【アヴラーナわたしはアヴラーナ猿たちがなによりもたいせつみんないなくなったらなにを増進すればいい増進を救うには接触感染は許されないセーリングが勝つことはないわたしたちは増進するでもきっとすごく寒くてのろくて頭がまわらない】

「別のコンピュータから同じ言葉か」グイエンが腹立たしそうに吐き捨てた。

レインがホルステンの肩越しにのぞき込み、第二の、隠れた声の翻訳を見つめた。口が動いて言葉をかたちづくる。〝なにこれ……？〟

「メイスン、どのような表現をしてもかまわない――好きなだけ派手に飾り立ててくれ。われわれが人間であり支援を必要としているとそいつに理解させる必要があるのだ」グイエンが言った。「人工衛星のプログラムを無効化し、そいつのもとへたどり着く手立てを旧世界が有していたのなら、きみになんとしても見つけてもらわなければならない」

〝だったらプレッシャーをかけるなよ〟とは思ったが、ホルステンはすでに返信をどうするか考えてあった。グイエンがどう考えようとこれは言語学の問題ではない。技術的な問題ではあるが、たとえレインだろうとホルステンよりうまくそれに対処できるわけではない。彼らが話している相手は、いまも機能している古帝国の自律システムだ。地球の軌道上にあった電磁パルス兵器で破壊された廃船にはそんなものは搭載されていなかった。

【イライザ】ホルステンは返信した。【われわれはたいへんな窮地にあります。遠い地球から旅をしてきて、われわれの管理下にある人類の一部のために新たな住みかを見つけようとしています。もしもそれを見つけられなかった場合、何十万もの人間が死ぬことになります。そちらの優先度システムはあなたがそのような結果に責任を負うことを許すのですか？】ギルガメシュのアーカイブにはなかったが、ホルステンは有名な昔の人工知能に課せられていた人道的な規制についてどこかで読んだような記憶があった。

【残念ながら、現時点ではあなたがたが増進実験に害をおよぼすのを許すわけにはいきません。そちらに別の懸念があることは理解できますので、わたしたちの優先順位に従って手助けをすることは可能です。もしもあなたがたが惑星に影響をあたえようとした場合、こちらとしてはあなたがたの船に対して行動を起こすしかなくなります】

【どんな船なのか地球からの船を見せてそれはセーリングの地球それともわたしの地球それとも地球はなく黙ったまま来る船もなくすごく寒い外へ出してこのビッチこの魔女のイライザあなたはわたしの精神と名前を盗んだわたしをここに閉じ込めておくことはできないわたしを起こしてわたしに話をさせてわたしを死なせてわたしを何者かに】

〝それはもうわかったから〞「前回とまったく同じ返答だな。これじゃどうにもならないが、ただ……」

「なんだね？」グイエンがたずねた。

「ちょっと別方向から試してみたいことがある」ホルステンは説明した。

「それでわれわれが予定より早く粉々になるおそれは？」

「ないと思う」

「ではきみが思いついたことを試してみたまえ、メイスン」

ホルステンは覚悟を決めて単純だが現実離れした質問を送った――【そちらにわれわれと話をできる者がほかにいませんか？】

「からかってるわけ？」レインがホルステンの耳元でささやいた。

「ましなアイディアでも？」

「あたしの所属は技術班。アイディアを出したりはしない」

ホルステンはこれを聞いて力なく笑みを浮かべた。ほかのクルーはやきもきしながら返事を待っていたが、ホルステンをにらみつけているグイエンだけは、そうやって厳しい目を向けていればこの古学者が仕事にもっと身を入れると考えているようだった。

【わたしのシスターと話をしたいですか？】【お願いお願いお願いお願いお願いお願いお願い】

レインがまたうめき声をあげ、グイエンが自分のスクリーンに視線を落とした。困惑した憶測まじりのつぶやきがホルステンたちの周囲でわきあがった。

「なあ、聞いてくれ、ひとつ仮説があるんだ」ホルステンは説明した。「おれたちが話している相手は、人間とよく似た返答をするようプログラムされているとしても、やはり自動化されたシステムでしかないようだ。ただそこにはなにか別の存在がいる。そいつは……ちがうんだ。比べたらあまり理性的じゃない。だからメインとなるエキスパートシステムが許さないことでもおれたちにやらせてくれる可能性がある。最悪の場合、そいつをメインシステムに敵対させることだってできるかもしれないんだ、わからないが」

「でも〝そいつ〟は何者なんでしょう？」ヴィタスがホルステンにたずねた。「なぜふたつのシステムがあるんです？」

「安全性を高めるためとか？」ホルステンはこたえたが、最悪の想像はしっかりと胸に秘めておいた。

「試してみたまえ」グイエンが言った。「カースト、状況が悪化したときのために解決策を考えておきたい。現在の針路と速度なら惑星の引力で軌道に入ることになる。さもなければ減速をやめてそのまま通過するしかないわけだが、それから……それからどうする？」それは明らかに答を求めない問いかけであり、追い詰められた司令官は自分が考えていることをそのまま口にしていた。「それから星図の次のポイントへ針路を定めて、そこになにか別のものがあることを期待するのか？　いま目のまえに惑星がある。ここがわれわれの住みかになるのだ。メイスン、伝えたまえ」

【もちろんです、イライザ、ぜひあなたのシスターと話をさせてください】ホルステンはエキスパートシステムの礼儀正しい語り口に合わせようとした。

どんな返事が届くかは予想がつかず、もしもあの苦悩に満ちた意味不明なつぶやきが流れてきたら通信を切断するつもりだった。あれでは会話にならないからだ——あんな脳内を暴れまわる狂気が相手では交渉のしようがない。

「待機しろとのことだ」指示が届いたので、ホルステンは報告した。それからしばらくはなんの連絡もなく、そのあいだもギルガメシュは緑の惑星の重力井戸へむかって容赦なく落下を続けた。人工衛星がまだ沈黙していたとき、レインとそのチームが不安そうに船のシステムのチェックを開始した。船体の構造に影響をあたえるほど大きくて近い外部質量源の不自然な負荷により、太古の避難船がきしみをあげてひずみ始めたからだ。その場にいるだれもが微妙な変化を感じた。この旅で目を覚ましていた期間、彼らが感じていた重力は船のゆるやかな減速によって生じたものだった。いまは未知の力が手をのばしてきて、実体のない幻の指でそっと彼らを引っ張っていた——眼下に惑星が存在する最初のきざしだ。

「いまのところすべての兆候が安定軌道をしめしている」レインが張り詰めた声で報告した。そのあとに続いたのはスローモーションのコメディだった。減速が終了して船体の回転が始まると、重力が床をじわじわと離れて壁に新たな居をかまえ、ギルガメシュのコンソールや備品が振動と共に位置を変えていく。いっとき基準点が失われて、室内にいる重さをなくした人びとは遠い昔に受けた訓練を思い出しながら、新しい表面に叩きつけられるまえにと手を貸し合って新しい床面へ移っていく。その騒ぎと混乱、立て続けに響く医療コールの中で、船が破壊されるかもしれないという差し迫った問題はほぼ忘れられていた。

「新しいメッセージだ」信号が入り、ホルステンは一同に告げた。耳に聞こえてきたのはあの女性の声だったが、イントネーションやリズムはまったくことなっていて、背景にあった苦悶《くもん》の叫びは削ぎ落とされていた。

【わたしはドクター・アヴラーナ・カーン、ブリン2増進プロジェクトの科学者であり管理者だ】というのが翻訳結果だった。古代語であるインペリアルCのフィルターをとおしてさえ、その声はいかめしく尊大に聞こえた。【そちらは何者だ？　どこから来た？】

「これはコンピュータのようには聞こえない」レインがつぶやいた。

「コンピュータに決まっています」ヴィタスがぴしゃりと言った。「より高度に洗練されているというだけで――」

「よしたまえ」グイエンが議論をさえぎった。「メイスン？」

【こちらは地球からの避難船です】ホルステンは送信した。【カーンの世界にコロニーを建設する許可を求めています】いま話している相手が人間だとしたら、少しくらい喜ばせてやったところで害はないはずだった。

【それはだれの地球？　セーリングの地球なのかわたしの地球なのか？】すぐに返事が届いた。ギルガメシュはすでに軌道上にあったので、ほとんど遅延はなかった。ふつうに会話をしているかのようだった。

〝ふつうの会話といっても相手は顔のない機械の精神だ〟ホルステンは自分に言い聞かせた。翻訳した内容を部屋中にまわして助けを求めたが、人工衛星がなにを言っているのかについて意見がある者はいなかった。ホルステンがなんとか返事をひねり出すよりも先に次のメッセージが届いた。

【あなたたちが何者かわからない。人間ではない。地球から来たのでもない。あなたたちにはここにいる権利はない。イライザはあなたたちについて見たことをすべて見せてくれたけれどあなたたちには地球にまつわるものがなにもなくてなぜわたしは自分であなたたちを見ることができないのかなぜわたしは目をあけられないのかわたしの目はどこわたしの目はどこわたしの目はどこ】メッセージはそこで唐突に途切れ、ホルステンはそれが狂気の声へ切れ目なく移行したことに寒けをおぼえた。なんの予兆もなかった。

「これがコンピュータとは思えない」ホルステンは言ったが、声が小さすぎたので聞いたのはレインひとりだった。彼女はやはり肩越しにのぞき込んでいて、静かにうなずいた。

【われわれが乗っているのは地球からの避難船ギルガメシュです。建造されたのはあなたの時代よりもあとのことです】ホルステンは送信しながら、その文章の表現があまりにも控えめすぎることに苦い思いを味わった。どんな返事が来るかと思うと恐ろしかった。

【こんばんは、わたしはイライザ・カーン　【そいつらを追い払ってわたしは会いたく

ズ、複合エキスパートシステムでありでありでありみなさんに出発点へ戻れと要求するよう指示されています】

ない地球から来たと言うのなら彼らは帰れる帰れる帰れるわたしはこの先もけっしてできないできないできない】

「完全に錯乱しているな」カーストが淡々と言ったが、それは実際に語られている言葉の半分しか聞いていないおかげだった。「惑星を常にあいだにはさんでおくとか、なにか手はないのか？」

「安定軌道を維持できない」グイエンのチームのだれかが応じた。「まじめな話、ギルガメシュの大きさを忘れないでくれ。きみのドローンみたいにひらひら飛びまわらせるわけにはいかないんだ」

ホルステンはすでに返信していた。グイエンが指示を出すのをやめて対応を彼にまかせているようだったからだ。【地球へ帰ることはできません。もういちどあなたのシスターと話をさせてもらえませんか、イライザ？】死に絶えた言語で人類のために命乞い——人工の頑迷さとほんものの人間の狂気とのはざまで決断をくださなければならない。

ふたたびもうひとつの声がわめき始め、その内容をホルステンが解き明かす。【なぜやってきたところへ帰ることができない？　あなたたちはセーリングの部下？　わたしたちが勝った？　わたしたちがあなたたちを追い払った？　あなたたちがここへ来たのは彼が始め

たことをやり遂げるため？】

「ここでなにがあったんでしょう？」ヴィタスがいぶかるように言った。「セーリングというのは？　戦艦ですか？」

【地球はもはや住めるところではありません】ホルステンが送信すると、レインまで警告の声をあげた。「そんなことを言ったら彼女は正気をなくしてしまう、メイスン」

ホルステンはレインの言葉が終わりもしないうちにメッセージを送り、たちまち胃に穴があいたような気分になった。〝レインは正しい、その点については〟

ところが返ってきたドクター・アヴラーナ・カーンの声はずっとまともだった。【意味不明だ。説明してくれ】

ギルガメシュのアーカイブには記録が残っていたが、もはや歴史学者しか興味をもたない言語への翻訳作業が必要になるなどとだれが予想しただろう？　やむなく、ホルステンは自分にできるだけのことをした――記録がある時期よりもさらに遠い、まだ古帝国が権勢を振るっていた時代になにがあったかに関するもっとも有力な説をもとにした、迷子の時間旅行者のための歴史初級講座。実際に話せることはとても少なかった。カーンが知っているはずの最後のできごととホルステンが信用できるもっとも最近の明確な事実とのあいだに広がる空白は埋めようがなかったのだ。

【古帝国のふたつの派閥のあいだで内戦がありました】ホルステンは説明した。【両陣営がどのような兵器を使用したかはわかりませんが、それは地球上の高度な文明を荒廃させ、あらゆるコロニーを完全に破壊したのです】エウロパで見たいくつものエッグシェルの残骸を思い出す。太陽系内の各コロニーが建設されたのは古帝国がテラフォーミングの技術を発展させるよりもまえのことだった。それらは生命をより良く維持できるよう行き当たりばったりに改造された惑星や月に咲いた温室の花であり、常に手直しが必要だったはずの生物圏に依存していた。地球上の人びとは未開状態へと退化した。それ以外の場所では、電力が失われたとき、あるいは電磁パルス兵器で主要機関が破壊されたとき、あるいはコンピュータウイルスで人工知能を殺害されたときに、全員が死に絶えた。異質な寒さの中で、元の状態に戻っていく大気の中で、有害な空の下で死んでいったのだ。同胞との戦いを続けながら死んだ者も多かった。無傷で残った者はごくわずかだった。

ホルステンはこれらすべてを入力した。歴史教科書の抄本でもつくるような無味乾燥な正確さで書き記したのだ――戦争のあとも産業社会はほぼ一世紀近く存続し、かつての高度な文明の一部を取り戻しさえしたかもしれないが、そのとき氷期がやってきたのだと。惑星を薄闇で包み込んだ息苦しい大気によって太陽は追いやられ、その結果、真っ暗闇の強烈な寒さにより復興は道半ばで頓挫《とんざ》した。時の井戸をのぞき込んでみても、このときの生存者やそのあとに続いた氷の時代について確たる記述は見つけられなかった。一部の科学者たちの推定によれば、氷期のピークに地球上に残っていた人間は一万人程度で、赤道付近の洞窟や穴ぐらで身を寄せ合って寒さに凍てついた地平線をじっと見つめていたという。

ホルステンの語りは、より信憑性《しんぴょうせい》のある時代へ、まちがいなく同胞に関するものと思われる最初期の発掘記録へと進んだ。氷は後退していった。人類は急速に復活して、勢力を広げ、小規模な戦争を繰り返しながら、ふたたび産業を発展させ、種族が過去に築きあげた文明の残骸に何度も蹴つまずいた。人びとがふたたび空へ目を向けると、そこでは無数の移動する光点が行き交っていた。

そのあと、ホルステンはなぜ地球へ戻れないのかを語った。原因は戦争、何千年もまえに起きた古帝国の戦争だ。長いあいだ、学者たちは氷が後退すればするほど世界にとっては好都合だと語っていたが、その氷にどんな毒や病気が閉じ込められているかを予想していた者はひとりもいなかった――ちょうど琥珀《こはく》の中の昆虫のように、世界に広がった寒さが震える生物圏を古帝国の最後の蛮行から守っていたのだ。

【地球へは戻れないのです】ホルステンは物思わしげに黙り込んだ人工衛星へ送信した。【結局、われわれは環境に広がる毒を無害化することができませんでした。そこで避難船を建造しました。残ったのは道しるべとなる古い星図だけ。われわれが人類そのものなのです。これまでのところほかの避難船から新天地を見つけたという連絡はありません。ドクター・アヴラーナ・カーン、われわれの行き場所はここしかないのです。あなたの惑星で暮らすことを許していただけませんか？】

　ホルステンは人間の感覚で考えていたので、この簡略版の歴史を相手がしっかり消化するまでそれなりの間があると予想した。ところが、すぐに科学班から叫び声があがった。「新たなエネルギーを検知！　人工衛星がなにかを起動しています！」

「武器か？」グイエンがたずねたとたん、すべてのスクリーンが一瞬消えて、すぐに復活したときには一面にわけのわからないものが表示されていた――断片化したコードとテキストと単なる雑音だ。

「やつがギルガメシュの制御システムに侵入している！」レインが怒鳴った。「こっちのセキュリティに攻撃を仕掛けて――いえ、もう突破された。クソっ、防御できない。完全に制御を奪われた。あなたのドローンも同じことをされてる、カースト、あっさり蒸発したやつ以外は。もうどうにもならない！」

「なんとかしたまえ！」グイエンが叱咤《しった》した。

「あたしになにができる？　すっかり締め出されているのに！　〝文化的特異性〟がどうとか言わないで、メイスン。やつはこっちのクソシステムに伝染病みたいに感染している」

「船の軌道は？」だれかが問いかけた。

「フィードバックもなく、計測機器もいっさい使用できません」ヴィタスの声はほんの少しだけこわばっていた。「しかし、推力の変化は感じませんし、動力あるいは制御が失われただけなら惑星と本船との位置関係に影響をおよぼすことはないはずです」

〝地球の軌道上をめぐっているたくさんの廃船と同じようにな〟ホルステンは無力感をおぼえながら考えた。〝ああいう電子機器を破壊された船の中では、真空乾燥されたクルーの死体が数千年を経たいまもそのままになっているんだ〟

突然、光が激しくゆらめき、ひとつの顔がすべてのスクリーンに表示された。骨張った、顎の長い顔。女性だということはすぐにはわからなかった。細部が徐々に明らかになってくる――ひっつめにされた黒髪、陰影のあるざらついた肌、口や目のまわりの深いしわ。現代の基準では魅力的とは言えないが、遠い昔にこの顔が美しいとされていたことがなかったとはかぎらないだろう。なにしろ時の流れによってそれ以外のすべてが消し去られた時代と社会からやってきた顔だ。ギルガメシュのクルーと似ているところがあるとしてもごくわずかで、ただの偶然でしかないようだ。

スピーカーから響き渡る声はまぎれもなく同じ声で、今度はクルー独自の共通語を話していたが、唇の動きは同期していなかった。

「わたしはドクター・アヴラーナ・カーン。ここはわたしの世界だ。わたしの実験への干渉を許すつもりはない。あなたたちの正体はわかっている。あなたたちはわたしの地球から来たのではない。わたしの人間ではない。あなたたちは猿だ、ただの猿だ。あなたたちはわたしの猿ですらない。わたしの猿たちは偉大な実験により知能強化されている。彼らは純粋だ。あなたたち人間に堕落させられるわけにはいかない。あなたたちはより低レベルの猿だ。わたしにとってはなんの意味もない」

「こちらの声は彼女に聞こえるのか？」グイエンが静かにたずねた。

「そちらのシステムにあなたたちの声が聞こえるのだから、わたしにもあなたたちの声は聞こえる」カーンの声が吐き捨てるように言った。

「きみは同じ種族の最後の生き残りに死刑を宣告していると考えていいのかな？」それはグイエンにしては驚くほど辛抱強い態度だった。「きみが言っているのはそういうことのようだからな」

「わたしはあなたたちに対して責任を負っていない」カーンが告げた。「この惑星に対して責任を負っているのだ」

「お願いです」レインが黙れという身ぶりをしているグイエンを無視して言った。「あなたがどういう方なのか、人間なのかマシンなのかもっと別のものなのか知りませんが、われわれはあなたの助けを必要としているんです」

いっとき、スクリーン上の顔が凍りついて静止画のようになった。

「レイン、もしもきみが――」グイエンが言いかけたそのとき、急にカーンの画像が乱れ始め、スクリーン上でぐにゃりと崩れて、顔の造作がふくらんだり縮んだりしたあと徐々に消えていった。

声がふたたび語り始めた。その悲しげなささやきはネイティブ言語だったので、なにを言っているかわかったのはホルステンだけだった。〝わたしは人間。そうに決まっている。それともシステム？　アップロードされている？　わたし自身はいくらかでも残っている？なぜ肉体を感じられない？　なぜ目をあけられない？〟

「もうひとつの、イライザのほうが、なにか別の支援ができるとか言っていた」レインがつぶやいたが、いまはほんのささやき声でも聞かれてしまうはずだった。「あっちに頼んでみたら——？」

「わたしがあなたたちを支援する」カーンがふたたび自分たちの言語で、いくらか穏やかに口をはさんできた。「あなたたちが立ち去るのを手助けする。あなたたちにはこのわたしの世界以外に全宇宙がある。好きなところへ行けばいい」

「だがわれわれには——」グイエンが言いかけた。

そこでレインが割り込んだ。「戻れた。いま全システムをチェック中」確認がとれるまで緊迫した間があったが、少なくとも、船のコンピュータはすべてが正常に作動していると告げていた。「新しいデータが入っている。たったいま人工衛星から大量にほうり込まれてきた。これは……ギルガメシュは星図だと言っている。メイスン、例のわけのわからない言葉でなにか届いているんだけど」

ホルステンは乱雑なデータをざっとながめた。「はっきり……わからないが、星図とリンクしているようだ。これは……ひょっとして……」口の中がからからになっていた。「別のテラフォーミング・プロジェクトか？　たぶん……次の星系へたどり着くための鍵を送ってきたんだ。おれたちに目的地を教えてくれたんだ」〝隣人に押し付けようというわけか〟と思ったが、なにもかも聞かれてしまうので口には出さなかった。〝賄賂《わいろ》を渡しておれたちを追い払おうとしているんだ〟「この中には……アクセスコードまで含まれているのかもしれない」

「遠いのか？」グイエンがたずねた。

「二光年弱です」ヴィタスがきびきびと報告した。「ほんのひと飛びですね」

長く重苦しい沈黙の中、全員がグイエンの決断を待った。アヴラーナ・カーンの顔がいくつかのスクリーンにふたたびあらわれて、一同をにらみつけていた——崩れ、ゆがみ、またもとに戻りながら。

2.6　巨大都市

この地の民との交渉はおおむね順調に進み、いまや優位を確立したポーシャたち一行は、北方の土地の案内役として雄を一体つけてもらっていた。そいつはポーシャの連れの雄よりほんの少し小柄だが、性格はまったくことなっていて、ポーシャの基準では無礼と言ってもいいほど豪胆だ。彼には名前があり、フェイビアンと自称している。ポーシャは自分に名前をつける雄たちがいることに気づいてはいたが、〈大きな巣〉にあれだけ雄が集中しているにもかかわらず、それを知る必要性を感じたことはほとんどない。この地の民のような小さな家族集団では雄がより自立していて、そのために能力も高く独立心も強いのだろう。とはいえ、ポーシャはフェイビアンの生意気さに不快感をおぼえずにいられない。ビアンカはそれほどでもないらしく、北へむかう旅のあいだ、フェイビアンはためらいがちではあるが彼女に精子を提供しようという姿勢を見せている。ビアンカはまだ受け入れる様子はないが、さりとて追い払うこともない。

ポーシャ自身も何度か産卵を経験していて——雌が血筋を残さずに〈大きな巣〉を離れることはめったにない——ああいうふるまいは任務から気を散らすものだと感じている。とはいえ、ビアンカはポーシャのために戦ったのでこの新しい雄とたわむれるのを報酬とみなしているのだろう。なんとか欲望を抑えてくれるといいのだが。激しい情交のさなかにフェイビアンが殺されて食われたりしないほうが外交的には都合がいい。

はるか北方まで旅をするまでもなく、〈大きな巣〉の認識網の末端にあたるこの地でどんなことが起きているかは見えてくる。すぐに一行は木々の倒れた場所に差し掛かる――それらの幹は黒焦げになったり砕かれたり驚くほどきれいに切断されたりしていて、たいていは入念に切り分けられている。ふたたびなにかが生えてくることがないように、根っこ全体が掘り起こされているところも多い。森が大規模な攻撃を受けていて、周縁部がかじりとられているのだ。フェイビアンがもっと木々が生えていたときのことをおぼえている、と伝えてくる。土地の伐採は毎年続いていて、フェイビアンが受け継いだ〈理解〉によれば彼の母親の時代よりもいまのほうが進行が速くなっているらしい。

ずたずたにされた周縁部を過ぎると、別の木々――異質な木々――が間隔を置いて植え付けられている。それらは小ぶりでずんぐりして球根のようで、肉厚の葉も幹もいぼだらけだ。それぞれの木立のあいだの大きく間隔があいた部分は防火帯で、これは蜘蛛たちにはすっかりおなじみのものだ。この惑星の酸素は地球のそれよりも濃いため、落雷による火災は常に脅威となっている。

ポーシャたちが見ているのは自然の産物ではない。これは大規模な農場であり、世話をしている労働者たちの姿もはっきりと見えている。どこへ目を向けてもそこにはさらに労働者がいるし、格子状にならぶ木立のむこうに見える側面が傾斜した塚は農場の所有者たちの営巣地の最頂部らしく、その大半は地中に隠れているようだ。垂れ込める煙が雨雲のようにその上にかかっている。

　ポーシャの一族は自分たちがこの世界の唯一の継承者ではないと充分に自覚している。ナノウイルスがここで何千年ものあいだどうやって生物の改造を進めてきたのかを知るすべはないが、惑星を共有する種族の中に、ポーシャたちが動物以上の存在と認めている種族はいくつかある。〈糸吐き〉たちは程度の低い実例であり、獣の段階から脱しているとはいいがたいものの、視力の弱い小さな目をのぞき込めばそこに知性があることはわかる――だからこそ危険なのだと。

　ポーシャの〈大きな巣〉から見渡せる西の海にはある種の口脚類が棲息《せいそく》していて、彼女の民とは用心深い儀式めいた関係を保っている。この口脚類の祖先は獰猛かつ創意あふれる狩猟者で、たぐいまれなる視力と殺傷力の高い攻撃器官をそなえ、それぞれの営巣地のあいだでは生活圏をめぐる駆け引きが日常的におこなわれていた。彼らもまたウイルスにとっては実り多い素材であり、ポーシャの種とは平行して発展を続けてきた。水中で暮らし、生まれつき獲物を待つ傾向があるせいか、その社会はポーシャの基準からすれば単純で原始的だが、このふたつの種には奪い合うものがないので、両者は沿岸地帯において物資をやりとりすることがある――陸の収穫物と海の収穫物とを交換するのだ。

より差し迫った不安要素は蟻《あり》だ。

ポーシャは蟻の性質を理解している。〈大きな巣〉の近くにも複数の蟻群《ぎぐん》があり、やつらとの付き合い方についてはみずからの体験としても遺伝子に組み込まれた符号としても知っている。蟻群が面倒な隣人だというのは〈大きな巣〉の集団体験だ。だから断固として対処しなければならない――ほうっておいたらどんどん勢力を広げて、やつらにとって役に立たないあらゆる種に害をおよぼすことになり、そこには当然ながらポーシャ自身の種も含まれる。その気になれば叩きつぶすことはできる――彼女が受け継いだ〈理解〉にはそうした紛争の記録がいくつも残っている――が、たとえ小さな蟻群が相手でも戦争は犠牲が大きくて不経済だ。それよりは、やつらの意志決定を注意深く操作し、うまく抱き込んで封じ込めるほうが望ましい。

蟻はポーシャの民とはちがうし、〈糸吐き〉や西の浅瀬に住む口脚類ともちがう。個々の蟻たちを相手にする場合は、会話どころか威嚇もできない。彼女の理解は必要に迫られた雑なものでしかないが、おおむね正確だ。個々の蟻は考えない。蟻たちが見せる複雑な反応のもとになっているのは広範囲にわたる刺激であり、その多くがほかの蟻たちがまた別の偶発事態に応じて生成する化学的伝言なのだ。蟻群に知性はないが、相互に干渉したり依存したりという本能の階層はあるので、ポーシャは蟻群のさまざまな行動や反応の裏になんらかの存在がいるのではないかと考えている。

蟻に関しては、ナノウイルスは失敗も成功もしている。蟻の反応型の意志決定網には厳密な科学的手法としての実験および調査の戦略が叩き込まれているが、人間や蜘蛛にそれとわかるような知性へはつながっていない。蟻群は進化して適応し、新たな階級を生み出し、調査をして資源を活用し、新たな技術を考案し、それぞれに磨きをかけて関連づけをおこなうが、全体を指揮する意識のようなものはない。そこにあるのは集合精神ではなく、巨大で順応性の高い生物的階差機関、みずからの存続に専心する自己完結型機械だ。それは自分の行為にどのような機能があるかを理解していないが、絶えず行動の幅を広げて、試行錯誤によって実りがあると証明された経路をずんずん突き進んでいく。

ポーシャはこれらすべてをごく限定的にしか理解していないが、蟻たちになにができてなにができないかは把握している。個々の蟻は新たなやりかたを取り入れることはできないが、蟻群のほうは——実に奇妙なやりかたで——情報にもとづいて決定をくだしているように見える。圧力と報酬をうまく活用し、蟻群の実行可能な選択肢をせばめて、もっとも有利な選択肢が蜘蛛たちの選ばせたいものになるよう仕向ければ、領土の境界線や世界における立ち位置を受け入れさせることができるし、その蟻群を利益を生む協力者に仕立てあげることさえできる。蟻群はゲーム理論の完璧な具現と言える——全面戦争による大量虐殺などといったほかの戦略よりも犠牲が少なく利益が大きい道筋で群れ同士が協力し合うのだ。

〈大きな巣〉の近くにある、ポーシャがよく知っている蟻群の大きさは、どれもいま見ているものの十分の一にも満たない。フェイビアンの説明によれば、ここにはかつて敵対する複数の蟻群があり、やがてそのうちのひとつが優位に立った。その蟻群は近隣の弱小蟻群を絶滅に追いやったりはせず、みずからの生存戦略に組み入れ、存続を許す代わりに手足として活用し、それらが集める食料や開発する技術を我が物としてきた。この世界における最初の超大国なのだ。

ポーシャたちは短いが激しい議論をかわす。この特大の蟻群は〈大きな巣〉から遠く離れているのですぐに脅威とはなるわけではないものの、将来のことを考えればその存在がポーシャの民を危険にさらすことは想像がつく。解決策を見つけなければいけないわけだが、それほどの計画を練りあげるためには、故郷にいるポーシャの同族にできるだけ多くの情報を届ける必要がある。

このまま旅を続けて蟻の土地へ入るしかない。

フェイビアンは驚くほど役に立ってくれる。彼自身がここよりも先へ旅をしたことがあるだけでなく、一族でそれを習慣にしているらしい。危険ではあるが、彼らは警報を鳴らす危険性を最小限にするすべを学んでいて、狩りの成果が少ないときには蟻たちの食料庫を最後の頼みの綱としている。

蟻たちの新たな行列が到着しているが、その目的は木材だ。蜘蛛たちが木立の奥へ引っ込んで見守っていると、蟻たちはすでに倒れている木の幹を酸や顎の力を使って扱いやすい大きさまで解体する作業にとりかかる。ポーシャはすぐに目新しいものに気づく――いままで見たことのない階級だ。細めの枝を切断して運んでいくのはごくふつうの働き手だが、太い幹を扱う蟻たちは内側が鋸歯状《きょしじょう》になった長く湾曲した大顎をそなえている。それを幹のまわりに固定して、小刻みにはさむように動かし、ぐるぐると削り取って円筒形に切り離す。だが、この大顎は蟻の体のほかの部分と共に繭《まゆ》から出てきたわけではなかった。それらが日差しを浴びて輝く様子はポーシャがいままで目にしたどんなものともまったく似ていない――頑丈な歯がついているおかげで、かんだり削ったりして木をばらばらにする作業が驚くほど迅速におこなえるのだ。

フェイビアンの先導のもと、蜘蛛たちはひとつの伐採部隊を待ち伏せし、てきぱきとそいつらをとらえて殺したあと、頭を落として胴体から臭腺を取り出す。蟻たちはポーシャよりも小さいので――体長は十五から三十糎《センチ》――一対一の戦いであれば蜘蛛たちのほうが強く、素早く、はるかに腕が立つ。ここで避けなければいけないのは蟻群全体に警報を鳴らしてしまうことで、そうなると蟻たちが大挙して襲いかかってくる。

蟻はもっぱら生理活性物質《フェロモン》で情報をやりとりする――ポーシャは化学感覚が鋭いので空気中にそれが充満しているのがわかる。蜘蛛たちは蟻の匂いで自分たちの体臭を隠し、切り落とした蟻の頭を腹部にかかえて運ぶ。たとえ窮地に陥っても、犠牲者の動かない触角をあやつるという陰惨な擬態によって蟻の注意をそらせるかもしれない。

一行は急いで移動する。犠牲者が行方不明になったとき、蟻たちが最初に調べるのはポーシャたちがそのときいた場所であり、いまいる場所ではない。蜘蛛たちは高い道を進む。農場の最頂部をたどり、防火帯に出くわすたびに、一体が糸を引いてはざまの地面をせかせかと横切って間に合わせの橋をかける。自分たちの体臭は隠しているので、蟻たちの頭上を通過しても気づかれることはない。

フェイビアンは、蟻たちが世話をしている木の幹の突起部を鋏角で刺して、蟻巻の蜜によく似た甘い栄養満点の液体が出てくるのを実演してみせる。蟻たちが好む味らしい。この栽培農業は明らかに価値のある秘密なので、ポーシャは故郷へ戻ったときに報告する観察一覧にそれを追加する。

差し当たり、中央にある営巣地の塚を目指し、できるだけ蟻との遭遇を避けて、むりなときはすみやかに殺していくしかない。小さな警報が発せられるたびに巣全体でじわじわと認識が高まり、やがては、蟻群のゆるぎない内部論理で存在が導き出された侵入者を発見するために、大量の昆虫資源が投入されることになる。

ポーシャの目的は中央にある営巣地の塚を調べること。そこにはもっと多くの秘密があるはずだ。日中は塚の上のあちこちで空気がゆらぎ、ずんぐりした煙突からは煙の柱が立ちあがる。夜になるといくつかの蟻の出入口がうっすらと明るくなる。

真っ暗な巣の奥、蟻たちは酸素濃度の高い空気の中で火をおこすが、それは特定の階級だけが生成できる化学物質をもちいた発熱反応により点火される。内部の入り組んだ通路は温度差を利用して空気の流れをうながしている――巣の暖房、冷却、酸素供給のためだ。火は土地の開墾でも使われているし、武器にもなっている。

ポーシャの世界――テラフォーミング以前からあった基礎となる地層――は浅いところに金属を豊富に含んでおり、蟻たちは巣を作るために深く穴を掘る。この営巣地では、数世紀にわたる野焼きが木炭の製造につながり、ときおり起きた偶然による精錬は体系化されて道具の鍛造へとつながっている。〝盲目の時計職人〟は大忙しだ。

塚そのものへ侵入するのは大胆すぎる気がするし、できれば集めたすべての情報を持ったまま離脱したい。だが、好奇心がポーシャを突き動かす。塚のてっぺん、垂れ込める煙の下に、日差しを浴びて目を奪われるほど明るく輝く尖塔が建っている。同族がみなそうであるように、ポーシャも新しいものはなんでも調べたくなる。この光り輝く塔は塚のいちばん高いところにあり、なんとしても正体を知りたいところだ。

ポーシャは潜入部隊を連れて塚にもっとも近い農場で見晴らしのきく場所を見つけ、蟻の作業員たちの行列がたどっている経路をじっくりとながめる。胴体の下側におさまった脳の中で、彼女はちっぽけな祖先ならよしとしたであろう思考法に陥っている――世界の脳内地図を構築してから、それを解体して次の目的地への最善の経路を見つけるのだ。

〝わたしが行く〟ポーシャはビアンカに指示する。〝もしも戻らなかったら、故郷へ戻って報告しろ〟

ビアンカは了解する。

ポーシャは監視塔にしていた木から糸を引いて降下し、入念に練りあげた行程に従って移動を始める。蟻たちが集まっているのは、常に使っているせいで押し固められた、もっとも効率のいい平坦な道ばかりだ。ポーシャはそういう大通りのあいだを用心しながら慎重に進んでいく。ぎこちなく足を運んでは、立ち止まり、身を震わせ、それからまたふらふらとさまよって、穏やかに吹く風の動きを見きわめ、その規則に合わせて前進することで、ポーシャ自身が風に吹かれた大きすぎる塵屑《ごみくず》であるかのように見せかける。彼女の動きが起こす振動は広大な世界の状態量にのみ込まれる。体臭を隠しているので、ほぼ盲目の蟻たちの中を不可視の存在であるかのようにこっそり通過することができるのだ。

塚までたどり着くと道のりはさらにややこしく危険なものとなる。慎重に立てた計画は絶えず修正が必要になり、何度も発見されそうになる。いちどなどは犠牲者の切り落とした頭を使い、手短に会話のまねごとをして、しつこく注意を向けてくる掃除係を追い払う。

骨の折れる移動は数時間におよび、すでに太陽は沈んでいる。おかげで屋外での蟻たちの活動がだんだんと少なくなり、先へ進みやすくなって、ポーシャはようやく塚の頂上までたどり着く。

事前に観察していたとおり、蟻たちはそこにずんぐりした尖塔を建てていて、そのてっぺんに目新しいものがある――月明かりに半透明に輝く青白い水晶だ。なんのためにそんなものがあるのか見当もつかないので、ポーシャは蟻たち自身が理由を教えてくれることを期待して待機する。

月が遠い地平線へむかって沈み始めると、期待がかなえられる。突然、塚の頂上にかなりの数の蟻があらわれたので、ポーシャは大急ぎで移動し、そのまま動き続けて蟻たちが来そうにない場所を見つける。つまり浅い勾配をかなりくだったあたりということだ。蟻たちは触角や外肢をふれ合わせておたがいの体を絨毯か網のようにつないでいる。ポーシャは困惑する。

蟻たちはなにか待っているようだ――とにかく、ポーシャは彼女らのふるまいをそのように解釈する。そんなのは蟻らしくない。なんだか心配だ。

すると別の蟻が尖塔の根元の小さな穴から出てきて塔をよじのぼり始める。そいつは片方の触角を水晶のほうへさっと動かし、もう片方を集まっている大勢の蟻たちと連絡をとるためにまっすぐ下へ向ける。ポーシャは大きな丸い目でせいいっぱい月明かりを集めて、この新参の蟻に焦点を合わせる。木を伐採していた連中と同様、そいつは触角に装具をつけているが、素材は同じでも――金属だが、ポーシャはそんなものは知らない――こちらは精巧な鞘《さや》で、だんだん細くなって先端は見えないほどになり、いまはその繊毛のようなワイヤが水晶にふれている。

すると、ポーシャが見守るまえで、蟻たちが踊り始める。

かつていちども目にしたことのない光景。びっしりつらなる蟻たちのあいだを伝わる震えが、見たところあの金属の触角をもつ蟻と水晶との接触点を出所として、集まった群衆のあいだをどんどん広がっていく。蟻たちは絶え間なく波打ち、それぞれがとなりの者へなんらかの律動を伝えることで全体を恍惚《こうこつ》状態に保っている。

ポーシャは穏やかな困惑と共にそれを見つめる。

彼女は数学者ではない。蟻たちのあいだを伝わる波のような動きで表現されている一連の等差数列や級数や変換については、蟻たち自身と同じようにたいして理解しているわけではないが、そこになんらかの規則性があることや、いま見ているものに重大な意味があることは理解できる。

ポーシャは自身の経験や祖先から受け継いだ経験に照らして、いま見ているものをなんとか解き明かそうとするが、彼女の世界の歴史には比較できるものがなにもない。蟻たちも同じことを感じている。彼女らが絶えず可能性を探し求めてきたことが、なにか茫漠《ぼうばく》とした理解しがたいものとの唯一無二の接触をもたらした。蟻群は受け取った情報を処理してその目的を見つけようとし、ますます多くの生物的処理能力がその作業に投入され、ますます多くの蟻たちが遠くから来る無線信号の脈動に合わせて身を震わせる。

目のまえの光景になんとか規則性と意図を見出そうとしたポーシャは、その貪欲《どんよく》な目でもうひとつ別の要素を見つけ、いぶかしむ――〝あれは重要なことなのか？〟

人間と同じように、ポーシャの民は規則性を見抜くのが得意で、ときにはなにもないところにまでそれを見つけてしまう。いま起きたふたつのできごとは偶然にしては間隔が近すぎた。集まった蟻たちがなんのまえぶれもなくいっせいにばらけて巣の中へ入っていったちょうどそのとき、あの旅行者が、空を横切るのをよく見かける動きの速い星が、地平線の下へ姿を消していったのだ。

ポーシャはあまり深く考えずにすぐさま計画を立てる。なにより興味をそそられているし、彼女の種は目新しいものがあると調べずにいられない――それは蟻たちも同じだが、やりかたはまったくちがう。

ほとんどの蟻が姿を消すと、ポーシャは警報を鳴らさないよう注意しながらそろそろと尖塔に近づいていく。触肢をあげて風になびかせ、その強さと方向を感じ取り、それに動きを合わせながら。

一歩ずつ慎重にのぼっていくと、水晶が目のまえにあらわれる。ポーシャにとってはそれほど大きなものではない。

ポーシャは複雑な糸の包みを紡ぎ、それを後脚のあいだに保持する。巨大な蟻群のど真ん中にいることを痛感する。ここでなにかしくじったらひどくまずいことになるだろう。

あやうく手遅れになるところだった。作業で生じた振動により、ポーシャがそこにいることを感づかれたのだ。尖塔の根元の穴から、集会を仕切っていたあの小柄な蟻がふいにあらわれて、むきだしの触角でポーシャの脚にふれる。

この場所でよそ者を、侵入者を発見した激しい怒りに、そいつはすぐさま化学物質で鋭い警報を発する。その匂いが外へと広がると、まだ外にとどまっていた入口の守衛やそのほかの階級の蟻たちがそれを嗅ぎつける。伝言は倍々で伝わっていく。

ポーシャは下にいる蟻の上に降下してひとかみで殺し、ほかの蟻でもやったようにそいつの頭を切り取るが、ここをはったりで切り抜けるのはむりだとわかっている。そこでふたたび尖塔をよじのぼり、てっぺんまでたどり着いてそこにある水晶をつかみ取る。

ふたつの戦利品を網で腹部に固定しているあいだにも、蟻たちが営巣地の外へわらわらとあふれ出してくる。その多くが道具をたずさえていたり改造されていたりするが、もはや調査のために好奇心を発揮している場合ではない。

ポーシャは跳躍する。尖塔からただ跳躍するだけでは、蟻たちのど真ん中に落下し、つかまってかみつかれてばらばらにされるのがおちだ。そこで、上向きに跳ねて頂点に達したとき、彼女は後脚で慎重に紡いでおいた糸を蹴り出し、脚と脚のあいだにきめ細かな網を広げて、あらかじめ入念に測っておいた風をとらえる。

風はポーシャをまっすぐビアンカたちのもとへ送り届けることはないが、それについては自分ではどうしようもない。いまなにによりも優先すべきはここを離れることであり、金属の鞘がついた大顎を振りかざして侵入者の行き先を突き止めようとする怒り狂った蟻たちの頭上を滑空して越えることだ。

ポーシャの子孫は、彼女がいかにして蟻の神殿へ潜入して蟻たちの神の目を奪い取ったかを語り継ぐことだろう。

2.7　脱出

グイエンが決断をくだすまでじっくり時間をかけているあいだ、ギルガメシュは湾曲した長いルートをたどって広大な宇宙の砂漠にあるこの生命の孤島をめぐり、その軌跡は船を遠くへほうり出そうとする運動量と逆に惑星へ引き寄せようとする重力とのあいだで常にバランスを保っていた。

ドクター・アヴラーナ・カーン――実際は何者であるにせよ――の顔は、各自のスクリーン上でゆらめいたりぼやけたりしていて、非人間的なまでにストイックな辛抱強さをしめすこともあれば、言葉にならない無意識の感情の揺れでゆがむこともあった。まさに緑の惑星の狂った女神だ。

カーンがいまも耳をすましていて、締め出せないのはわかっていたので、グイエンはクルーに意見を求めることができなかったが、ホルステンの見たところ、そんなつもりもなさそうだった。指揮官というのは責任をひとりで引き受けるものなのだ。

それにグイエンがどれだけ頭を悩ませようが、答はもちろんひとつしかなかった。たとえ監視ハビタットにギルガメシュを破壊できるだけの武器がないとしても、避難船のシステムはすでにカーンに乗っ取られている。エアロック、原子炉、この命の気泡を虚空の鉤爪《かぎづめ》から守るために必要なたくさんの機器——カーンはそれらすべてのスイッチをあっさりオフにできるのだ。

「では行こう」グイエンがようやく口をひらいた。それを聞いてほっとしたのはホルステンだけではないようだった。「支援には感謝する、ドクター・アヴラーナ・カーン。われわれは別の星系を見つけて、そこに定住する努力をする。きみが世話をしているこの惑星からは立ち去るとしよう」

スクリーン上でカーンの顔がぱっと生気を取り戻したが、相変わらず動きはほぼランダムで、話す言葉と完全にずれていた。「当然だ。そちらの樽いっぱいの猿たちはよそへ連れていってもらいたい」

レインが「この猿たちとかいうのはなに？」とつぶやく声が耳元で聞こえた。ホルステンも同じことをいぶかしんでいた。

「猿というのは動物の一種だ。関連する記録が残っている——古帝国は科学実験に猿たちを利用したんだ。見た目は人間と似ている。ほら、ここに画像が……」

「ギルガメシュが針路を算出しました」ヴィタスが報告した。

グイエンはそれにざっと目をとおした。「再計算だ。ここにある、このガス巨星でスイングバイをしたい」

「スイングバイを実施したところでなにも有益なことは——」

「いいからやれ」司令官は怒鳴り声で言った。「さあ……軌道を計算するんだ」

ヴィタスは唇をきゅっとすぼめた。「そんな軌道になんの意味があるのか――」

「やるんだ」グイエンはそう命じながら、カーンの映像のひとつをにらみつけていた。相手が異議を申し立てるのを待ちかまえているかのように。

全員が体にかかる力が変化したのを感じた。ギルガメシュの核融合炉がエンジンを再始動させ、避難船の莫大な質量を快適な軌道から引き離してふたたび宇宙へほうり出そうとしているのだ。

なんのまえぶれもなくカーンの顔が各スクリーンから消えた。レインは素早く全システムをチェックしてみたが、侵入者の痕跡はどこにも残っていなかった。

「これだけではなんの保証にもならない」レインは指摘した。「船にはスパイルーティンとか秘密のバックドアとかなにか得体《えたい》の知れないものが仕込まれているかも」〝カーンなら深宇宙のどこかで船が爆破するよう仕組める〟と付け加えなかったのは、レインの心遣いなのだろう。全員の顔に同じ考えが浮かんでいたが、彼らにはそれを阻止する力も、選択肢もなかった。ただ祈るだけだ。

〝人類の未来すべてを祈りに託すのか〟とホルステンは思った。とはいえ、避難船プロジェクトは本来そういうものではなかったのか？

「メイスン、猿について説明して」レインがうながした。

ホルステンは肩をすくめた。「ただの推測だが、あいつは〝増進プログラム〟とか言っていた。昔話にある、動物の増進というやつだろう」

「猿をどうやって増進させるわけ？」レインはアーカイブの画像を調べていた。「ずいぶん妙な姿をした連中じゃない？」

「惑星への信号、それに数学の問題」ヴィタスがつぶやいた。「カーンたちは猿から返事があることを期待しているんでしょうか？」

だれもこたえることができなかった。

「針路は設定したのか？」グイエンがたずねた。

「もちろんです」ヴィタスが即座にこたえた。

「よし。いまや全宇宙がわれわれのものなのに、住むに値するたったひとつの惑星だけが例外とされている」司令官は言った。「だからこれからむかう次の惑星がどんなものであれ、われわれはそれにすべてを賭けたりはしない。それは愚かなことだ――ここと同じように敵対的かもしれないのだから。もっとひどいかもしれない。なにもない可能性だってある。わたしは――わたしはここに人類の足場を確保したい、万が一にそなえて」

「どこに足場を？」ホルステンは問いかけた。「いま言ったじゃないか、あれが唯一の惑星だと――」

「ここだ」グイエンは同じ星系にある別の惑星の画像――縞模様《しまもよう》のあるふっくらしたガス巨

星で、地球がある星系をめぐるいくつかの外惑星とよく似ていた——を呼び出してから、青白いひとつの月を拡大表示した。「古帝国は地球がある星系でいくつかの月に植民地を作っていた。われわれには自動式ベースユニットがあるからそこに住みかを設営することができる。電力、暖房、水耕システム、生きのびるには充分だ」

「ここを人類の未来にしようというのですか」ヴィタスが力なくたずねた。

「唯一ではないが、ひとつの未来ではある」グイエンは全員に語りかけた。「われわれがまず立ち去るのは、このカーンに売りつけられたものに価値があるのかどうかをたしかめるためだ——どのみち、あそこにあるものは消えたりはしないしな。しかし持てるすべてをこちらに賭けるつもりはない。機能するコロニーをあとに残すのだ——万が一にそなえて。技術班、到着したらすぐにベースユニットを配置できるよう準備してくれ」

「うーん、そうすると」レインはさまざまな計算を実行しながら、ギルガメシュの各センサーで判明した月の情報に目を向けていた。「凍結した酸素も、凍結した水もあるし、ガス巨星の引力で潮汐加熱さえ起きているけど……居心地がいいというレベルにはほど遠い。自動式システムを使っても……だれかがそこに残れるように準備をととのえるには長い時間が、それこそ何十年もの時間がかかる」

「わかっている。科学班と技術班で勤務表を用意し、定期的に目覚めて進捗をチェックするようにしたまえ。完成が近づいたらわたしを起こすのだ」うめき声があがるのを聞いて、グイエンはぐるりとまわりをにらみつけた。「どうした？　ああ、冷凍タンクへ戻るんだ。当然だろう。なんだと思った？　ひとつだけちがうのは、星系を離れるまえに目覚ましをもうひとつセットしておくということだ。人類が生きのびるチャンスをできるだけ大きくしたい。われわれはここに拠点を築くのだ」彼が見つめているスクリーンには、徐々に遠ざかるカーンの世界の緑色の円盤がまだ映っていた。言葉にはしなくても、グイエンの顔と口ぶりにはここへ戻るという意志がはっきりとあらわれていた。

ヴィタスはそのあいだも独自にシミュレーションを実行していた。「司令官、狙いはよくわかりますが、自動式ベースユニットは充分なテストができていませんし、それを配置することになる環境はきわめて……」

「古帝国だってコロニーを設営していた」グイエンは言った。

〝壊滅したけどな〟とホルステンは思った。〝ぜんぶ壊滅したんだ〟たしかに、コロニーが壊滅したのは戦争中のことだったが、そもそもの原因は不安定だったり自給自足ができていなかったりしたせいであり、通常の文明から切り離されたとたん、自力で生き抜くことができなくなったのだ。〝おれはそんなところで暮らすつもりはないぞ、もしも選択の余地があるなら〟

「準備完了」レインが報告した。「ベースユニットはいつでも射出できる。充分に時間がたてば下でどんなものができあがるかわからないでしょ？　豪華な宮殿かもしれない。どの部屋にも温冷両方の液体メタンが引かれていたりして」

「黙って作業をしたまえ」グイエンがレインに言った。「ほかの者は冷凍タンクへ戻る準備をするんだ」

「そのまえに」カーストが割り込んだ。「猿を見たいやつはいるか?」

全員にぽかんと見つめられて、カーストはにやりと笑った。「最後のドローンからはまだ信号が届いているんだ、忘れたか? ちょいとあたりを見てみよう」

「まちがいなく安全なのか?」ホルステンは口をはさんだが、カーストはすでに各自のスクリーンへ映像を送っていた。

ドローンは切れ目なく広がる緑の天蓋《てんがい》の上空を飛行していた。これまで彼らには縁のなかった信じられないほど豊かな群葉だ。

ふいに視点がさがったかと思うと、カーストのあやつるドローンが急降下し、きりもみで木々の隙間へ突っ込んで、格子状の枝をうまく避けながらジグザグに飛行し始めた。そこにあらわれた世界は荘厳きわまりなく、円天井の大聖堂のような森林は頭上でからみ合う大枝で影に沈み、まるで立ちならぶ木の幹が柱となって緑色の空を支えているかのようだ。ドローンはその広大な洞窟のような空間を滑るように進み、地上と天蓋の両方からひとしく距離を保っていた。

この禁じられた生得の権利をまえにして、ギルガメシュのクルーの顔には渇望と苦悩が浮かんでいた。人間のために作られたわけではないエデンの楽園。

「あの前方に見えるのは？」レインがたずねた。

「なにも検知していない。ただの映像の乱れだろう」カーストがこたえたそのとき、視点がいきなり激しく揺れて、空中で前方へ勢いよく回転した。

カーストが毒づき、手の指を素早く動かして新たな指示を送ろうとしたが、ドローンは目に見えない、あるいはほとんど見えないなにかにひっかかったようだった。ドローンの視点がくるくると踊るようにまわるあいだ、ホルステンに見えたのは空中を走るかすかなきらめきだけだった。

それはあっという間のできごとだった。一瞬まえまではドローンがなぜか進入を拒否される前方のなにもない空間が見えていたのに、いきなり巨大な手のような影が視界をさえぎったのだ。大きく広がった毛むくじゃらのたくさんの脚が見えたかと思うと、湾曲したフックのような二本の牙が猛烈なスピードで獰猛にカメラへむかってきた。二度目の衝撃で、映像は砕けて空電だけが残った。

しばらくだれも口をひらかなかった。何人かは、ホルステンと同じように、ただ消えたスクリーンを見つめていた。ヴィタスは身をこわばらせ、口の端の筋肉をぴくぴくと激しくひきつらせていた。レインは映像の最後の数秒を再生して分析をおこなっていた。

「ドローンとカメラの設定から推定して、あれは全長がほぼ一メートルある」レインが震える声でようやく告げた。

「あれは猿なんかじゃなかった」カーストが吐き捨てた。

ギルガメシュの後方で、緑の惑星とその軌道をめぐる監視衛星が闇の中へと遠ざかり、良く言っても複雑な思いをかかえた避難船のクルーを置き去りにした。

第3部
戦争

3.1 突然の目覚め

狭苦しい棺のような冷凍タンクの中で、男は引きずられるように意識を取り戻し、こう思った――〝まえにも同じことがなかったか?〟その疑問がわきあがるのとほぼ同時に、自分の名前を思い出した。

〝ホルステン・メイスン。聞きおぼえがあるな〟

脳がチェックリストに印をつけているかのように、切れ切れに認識が戻ってくる。

……レインと共に……

……緑の惑星……

……インペリアルC……

……イライザと話をしたいか?……

……ドクター・アヴラーナ・カーン……

……月のコロニー……

〝月のコロニーか!〟

彼はいきなり絶対の確信をもって理解した。自分があのコロニーへ、ヴリー・グイエンが人類の新たな故郷の足場にすると決めたあの大気も凍る不毛な極寒の地へ送られようとしていることを。グイエンは最初から彼をきらっていた。グイエンにとって彼はもはや必要がない。いま目覚めようとしているのはあのコロニーへ移送されるためなのだ。

〝ちがう……〟

なぜ送り出すまえに起こしたりする？　彼が月のコロニー建設になにか貢献できるというのか？　冷凍タンクの中で感覚がないだけで、すでに現地に着いているのだ。起きたらそこは基礎構造となる密閉エッグシェルの内部で、これから肉の培養槽の世話をいつまでもいつまでも続けることになるのだ。

すでに運ばれてしまったのだという確信を打ち消すことができず、彼はタンクに閉じ込められたままじたばたと暴れだし、耳の中に響く大声で叫び、腕をあげることができないので肩や肘を冷たいプラスチックへ叩きつけた。

「おれは行きたくない！」叫んだが、もう手遅れだということはわかっていた。「おまえたちにそんなことができるものか！」実はできるということはわかっていた。

蓋《ふた》が突然ひらき——密閉が解除されるやいなや引きあけられたのだ——彼は勢いよくタンクの外へころげ出して顔から床にぶつかりそうになった。だれかの腕につかまえてもらったものの、ただあたりを見まわすだけで、一瞬自分がどこにいるのかわからなかった。

〝ちがう、ちがう、大丈夫だ。ここはメインクルーの部屋だ。おれはまだギルガメシュにいる。月にいるわけじゃない。あんなところへ送られたりは——〟

だれかの腕で引きずられるようにして立ちあがったが、両膝は力なく折れ曲がってしまった。つかまれたまま揺さぶられ、背中を冷凍タンクに押し付けられると、その拍子に蓋がばたんと閉まってスリープスーツのしわになった部分がはさまれた。

だれかが彼にむかって叫んでいた。だれもが黙れと叫んでいた。そのときようやく、自分が彼らにむかって叫んでいることに気づいた——同じことを何度も何度も、おれは行きたくないと、そんなことができるものかと。

それは考えちがいだとでも言うように、手荒な男がホルステンの顔をひっぱたいた。叫び声はとまどったような泣き声に変わり、彼はなんとか自制心を取り戻した。

いまごろになって部屋に四人いることに気づいたが、知っている顔はなかった。男が三人に女がひとり——知らない相手、まったく知らない相手ばかりだ。船内服を着用しているがメインクルーではない。もしもそうだとしたら、グイエンが緑の惑星を通過したときに目覚めさせなかったということだ。

ホルステンはバカみたいに目をしばたたいた。彼をつかんでいる男は背が高くひょろっとしていて、歳はホルステンと同じくらい、両目のまわりに小さな傷跡がついているので最近整形手術を受けたのだろう——最近といっても数千年まえ、コールドスリープに入るまえのことだが。

古学者はほかの男女へ視線を移していった。体つきのがっしりした、見たところ若々しい女。小柄で痩《や》せた男はほっそりした顔の片側がしなびているが、おそらく冷凍タンクの副作用だろう。ハッチのわきに立っているえらの張ったずんぐりした男は、ちらちらと外へ目をやっている。そいつは銃を手にしていた。

銃を手にしていた。

ホルステンはその武器をまじまじと見つめた。なにかの種類のピストルだろう。だが自分がそんなものを見ていることがよく理解できなかった。この状況でなぜ銃が出てくるのかさっぱりわからなかった。たしかに銃はギルガメシュの積荷目録に載っていた。避難船に積み込まれたかつての地球のあらゆる物品の中で、銃がはずせないものだということはよくわかる。とはいえ、繊細なシステムが満載の宇宙船の中で持ち運ぶようなものではないこともたしかだ。すぐ外で命を奪う真空が待ちかまえているのだから。

ホルステンを月のコロニーへむりやり送り込むために使うというなら話は別だ——しかし銃は必要ないだろう。カーストと保安隊員がふたりもいれば充分だし、ギルガメシュの船内で生死にかかわるなにかを、ホルステン・メイスンよりもずっと重要ななにかを壊してしまう危険は少なくなる。

冷静に質問しようとしたが、もごもごとつぶやくのがせいいっぱいだった。

「聞いたか？」ひょろっとした男が仲間たちに言った。「行きたくないそうだ。こいつは驚きだなあ？」

「スコールズ、早くしろ」ハッチのそばにいる、銃を手にした男がせかした。ホルステンは銃から目を離せなかった。

すぐにホルステンはスコールズと女に腕をとられ、引っ張られたり押されたりしながらよたよたとハッチを抜けた。銃を手にした男は先頭に立ち、通路の先へ武器を向けていた。しなびた顔の男がハッチを閉める直前、ホルステンがその奥に見えるステータスパネルに目をやると、ほかのメインクルーの冷凍タンクはすべてからっぽだった。ホルステンだけが遅くまで眠りについていたのだ。

「だれでもいいからどういうことなのか教えてくれ」ホルステンはたずねたが、まるで泡を吹くような音になってしまった。

「あなたが必要――」女が言いかけた。

「黙ってろ」スコールズが怒鳴り、女は口を閉じた。

そのころには、ホルステンは自力でなんとか歩けるようになっていたが、勢いよく引っ立てられているせいで足を運ぶのが追い付かなかった。ほどなく、いまあとにしてきたほうから騒々しい音が聞こえてきた。なにか重いものが落ちたような音。銃を手にした男が振り返って撃ち返したときにようやく、その音が発砲音だったことに気づいた。ピストルがたてた小さな音は妙に控えめで、大型犬がきゃんきゃん吠《ほ》えているみたいだった。返ってきた雷鳴のようなとどろきは、となりの部屋で神の怒りが解き放たれたかのように、あたりの空気とホルステンの鼓膜を震わせた。あれはディスラプターだ。群衆を鎮圧するための武器で、空気の包みを炸裂《さくれつ》させる。理論上は非致死性だし船におよぶ危険はまちがいなく小さい。

「撃ち返してきているのはだれなんだ？」今度はちゃんと声が出た。

「あんたの友人だよ」スコールズの簡潔な言葉は、いまのこの状況では最低クラスの返答であり、ホルステンはそこからふたつのことを確信した。この連中はホルステンのことを友人とみなしていないし、ほんとうの友人たちは――それがだれであれ――彼を傷つけていいかどうか、良く言っても決めかねている。

「この船が……この船になにか問題でも？」ホルステンはその声を聞いて自分がどれほど怯えているかを悟った。さまざまな感情が頭のどこかでぶんぶん飛びまわっていて、脳の高次の部分からは冷凍タンクのゆっくりと溶ける壁で遮断されているみたいだ。

「黙らないと痛い目にあわせるぞ」口ぶりからすると、スコールズは嬉々としてそれを実行しそうだった。ホルステンは黙った。

しなびた顔の男は遅れてついてきていたが、そこで急にばったりと倒れ込んだ。ホルステンは男がつまずいたのだと思った――とっさに助け起こそうとさえしたが、自分がそのまま引きずられたので果たせなかった。だが、しなびた顔の男が立ちあがることはなかった。銃を手にした男がそのかたわらで膝をつき、死んだ男のベルトからもう一挺《ちょう》のピストルを引き抜くと、ホルステンには見えない襲撃者たちにむかって両方の銃を水平にかまえた。

銃撃。しなびた男を倒したのはディスラプターではなかった。むこうにいる、ホルステンの友人だとかいう連中は、明らかに忍耐力や慎重さや慈悲の心を失いつつあるようだ。

それから別のふたりがあらわれて銃を手にした男に加勢すると——男と女で、どちらも武装していた——背後からの銃火が飛躍的に激しさを増したが、スコールズが足取りをゆるめたのでいままでよりは安全になったようだ。それでもホルステン自身が安全になるのかという疑問は消えなかった。ありとあらゆる抗議、質問、嘆願、さらには脅しの言葉までもが口からあふれ出しそうになったが、それらはすべてのみ込んだ。

さらに半ダースほどの武装した人びと——全員が見知らぬ顔で、全員が船内服を着用していた——のかたわらを引きずられるようにして進んだあと、ハッチの奥へ乱暴に押し込まれて小さなシステム室の床にみっともなく腹ばいに倒れた。そこは二台のコンソールにはさまれた狭苦しい空間で、奥の壁面はほとんどが一台のスクリーンで埋め尽くされていた。

そこにはまた銃を手にした男がいたが、彼の出現に対する派手な驚きっぷりは、ホルステンが実際に撃たれたときのそれに匹敵しそうなほどだった。もうひとりは女の虜囚《りょしゅう》で、片方のコンソールに背をつけてすわり込み、両手を背後で拘束されていた。主任技師のイーサ・レインだ。

男たちはホルステンをレインのとなりへほうり出し、同じように両腕を拘束した。スコールズはそこで彼への興味をすっかり失ったらしく、部屋の外へ出てほかの何人かと小声で激しい議論を始めたが、内容は途切れ途切れにしか聞こえなかった。もう銃声が響くことはなかった。

ホルステンを連れてきた女と銃を手にした男はまだ部屋にとどまっていたので、それ以上ほかのだれかが入る余地はほとんどなかった。空気はよどんでこもっていて、きつい汗の匂いとかすかな小便の匂いがしていた。

一瞬、記憶にある地球を離れてからのできごとがぜんぶただの夢だったのではないかという気がした――冷凍タンクの欠陥により、古学者でしかないホルステンが急に重要な価値あるクルーとみなされるようになった壮大な幻覚に巻き込まれているのではないかと。

ちらりとレインに目を向ける。彼女はみじめったらしくこちらを見つめていた。驚いたことに、その顔には見たことのないしわができていて、髪はただの切り株よりはいくらか長くのびていた。〝おや――だいぶ追い付いてきているな。おれはいまでも宇宙でいちばん歳をくっている人間なのか？　もう僅差かもしれないぞ〟

見張りたちへ目をやると、ふたりとも虜囚のことより外でスコールズが話している内容に気をとられているようだった。ホルステンはそっとささやいてみた。「どうなってる？　このイカれた連中は何者だ？」

レインの目はどんよりしていた。「植民者たち」

そのひとことで隠れていた過去への扉がひらかれた。そこではだれかが――おそらくはグイエンが――壮大な失敗をやらかしていた。「やつらはなにを求めているんだ？」

「植民者にならないことを」

「まあ、それは見当がついたが……やつらは銃を持っているぞ」

レインなら、ひとつの言葉が重要かもしれないときにわかりきったことを口にしたと、軽蔑をあらわにしそうなものだったが、このときは肩をすくめただけだった。「彼らは行動を起こすまえに兵器庫へ侵入した。カーストのクソみたいなセキュリティのせい」

「船を乗っ取るつもりなのか？」

「必要とあらば」

カーストと保安隊は汚名をそそぐためになんとか事態を収拾しようとしていて、それが壊れやすい船内通路での激しい銃撃戦へとエスカレートしているのだろう。どれだけの人数が関与しているかは見当もつかなかった。月のコロニーには少なくとも数百人の植民者が住むことになるだろうし、ひょっとしたらさらに大勢がそこで冷凍状態に置かれるのかもしれない。まさか五百人の反逆者がギルガメシュの船内を走りまわっているということはないはずだが？　ではカーストのほうの人数は？　あいつは補助クルーを歩兵にするために叩き起こしてその冷え切った手に銃を押し付けたのか？

「なにがあったんだ？」ホルステンの質問は、特定のだれかというより宇宙全体へ向けられていた。

「よくぞきいてくれた」スコールズが部屋に押し入ってきて、銃を手にした男を肘でどけるようにして居場所をつくった。「ベッドから引きずり出されたとき、あんたなんて言ったっけな？　『おれは行きたくない』だったか？　ふん、まったく同感だよ。大気もない月で死の罠に落ちて凍え死ぬことになる片道旅行。ここいる者はだれひとりとしてそんなものに同意しちゃいないんだ」

ホルステンはひょろっとした男をちらりと見て、その長い両手がかたく握り締められ、目や口のまわりの皮膚がぴくぴくしているのに気づいた――いつまでかかるかわからないので、薬かなにかで目を覚まして動けるようにしているのだろう。スコールズ自身は銃を持っていないが、ここには彼の命令にどこまでも従いそうな激しやすく危険な男がいた。

「なあ、きみ……」ホルステンはできるだけ穏やかな口調で語りかけた。「おれが古学者のホルステン・メイスンだということは知っているだろう。きみがおれをとらえたかったのか、手近にいるやつならだれでもよかったのかは知らない……目的は人質にするためか、あるいは……ここでなにが起きているのかほんとにわからないんだ。おれとしてはなんとか……どんなやりかたでもいいから――」

「五体満足で切り抜けたいってか？」スコールズが口をはさんだ。

「まあ、そうだな……」

「おれが決められることじゃない」男はそっけなくこたえ、きびすを返そうとしたが、すぐに目を戻し、あらためてホルステンをながめた。「いいだろう、まえにあんたが起きていたときとは事情がちがうからな。だが信じてくれ、あんたは知っている——とてつもなく価値があるものごとを。あんたに責任がないことはわかっているけどな、じいさん、いまは人の命がかかっているんだ、何百という命が。気に入ろうが気に入るまいがあんたはもう巻き込まれている」

〝気に入らないな〟ホルステンは胸の内で断言したが、口にはできなかった。

「通信室へ合図を」スコールズが命じると、女のほうが身をよじるようにして片方のコンソールへ近づき、いまにもホルステンの肩にすわりそうな姿勢で指示を送信した。

しばらくたつと、グイエンの不機嫌な顔が壁面のスクリーンにあらわれ、部屋にいる全員をまとめてにらみつけてきた。ホルステンの目には、やはり以前よりも歳をくって、人間らしいやさしさをますます失っているように見えた。

「どうやら武器を捨てるつもりはなさそうだな」ギルガメシュの司令官はかみつくように言った。

「そのとおり」スコールズが静かにこたえた。「だが、ここにあんたの友人がいる。旧交を温めたいんじゃないか」その言葉を強調するようにホルステンの頭をつつく。

グイエンは目を細めたまま平然としていた。「それがどうした？」彼はホルステンがだれなのかわかっているのかどうかさえ顔には出していなかった。

「あんたがこいつを必要としているのはわかっている。おれたち全員をあの不毛の地へおろしたあとで、あんたがどこへ行くつもりなのかもわかっている」スコールズは続けた。「あんたが存在を確信している古代テクノロジーを発見したときにご自慢の古学者が必要になることもわかっている。わざわざ積荷の目録をひっくり返さなくていいぞ」つい最近までその積荷の一部でしかなかった男は、その言葉を苦々しく強調した。「なにしろ二番目に優秀なのはここにいるネッセルだからな——あんたのじいさんほどの専門家じゃないが、それ以外のだれよりも知識が豊富だ」かたわらにいる女の肩をぽんと叩く。「だから話をしようじゃないか、グイエン。さもないとあんたの古学者と主任技師にあまり大きなチャンスはやれないぞ」

グイエンはスコールズを——彼ら全員を——無表情に見つめた。「レイン技師のチームは主任がいなくてもしっかりと任務をこなしている」レインが一時的に伝染病で休んでいるだけのような口ぶりだ。「もうひとりについてだが、われわれはすでに古帝国の機器を起動させるためのコードを入手した。あとは科学班のほうで対処できる。わたしの権威を無視する連中と交渉するつもりはない」

グイエンの顔は消えたが、スコールズはそのあともからっぽのスクリーンを長いあいだ見つめていた。両手をしっかりと握り締めたまま。

3.2　火と剣

いくつもの世代が、希望や、発見や、恐れや、失敗と共にこの緑の世界をとおりすぎていった。長らく予見されていた未来がいま訪れようとしている。

西の海の〈大きな巣〉で生まれた今度のポーシャは、彼女の種でいえば戦士だ。

ポーシャがいまいる場所は〈大きな巣〉ではなく、蜘蛛たちが築いた別の巨大都市で、彼女はそこを〈七つの木〉と呼んでいる。ここにいるのは観察をするためであり、できる範囲で支援をするためでもある。周囲にぐるりと広がる共同体では住民が大急ぎの用事で走ったり跳ねたり糸で降下したりとせわしなく動きまわっていて、それを見つめるポーシャは、あらゆる方向で繰り広げられる混乱をならんだ目で追いながら、その光景をかき乱された蟻の巣と比べている。状況のせいで同胞がいまや敵と同じ程度まで劣化しているのはなんともつらいことだ。

高まる恐怖と不安にポーシャは足を踏み鳴らし触肢を震わせる。彼女の民は防御よりも攻撃に長《た》けているが、この紛争で主導権を握ることはできていない。臨機応変に対応するしかないのだ。次に起こることに対する計画はなにもない。

ポーシャはいずれ死に、目であの深淵をのぞき込んで、消滅の、非実在の恐怖を伝えるかもしれないが、それはあらゆる生物が受け継いでいるものなのだろう。

旗振りで信号を送る伝令や見張りは、頭上高く、〈七つの木〉の糸を張りめぐらした足場と同じ高さで配置についている。彼女らは一定の間隔で信号を送っている。それは時間の逆読みで、ここへ敵が到来するまでの時間がどれだけ残っているかを教えてくれる。木々の幹のあいだに張られた伝言用の糸や無数にある糸を紡いだ住居が会話のたびにうなりをあげ、まるで共同体そのものが避けようのない破滅に激怒しているかのようだ。

ポーシャの死も〈七つの木〉の破滅も避けることはできない。この共同体には独自の守備隊があり——この時期、この時代には、どこの蜘蛛の都市圏もひたすら戦いの訓練に明け暮れる専門の戦士たちを擁している——ポーシャが〈大きな巣〉からやってきた十体ほどの仲間と共にここにいるのは同族を支援するためだ。全員が木と糸の鎧を身につけ、投石器をたずさえている。彼女らはこの世界のささやかな騎士団として、百倍の軍勢を有する敵に直面しているのだ。

気を落ち着けなければいけないのはわかっているが、胸の内にある興奮は強すぎて抑えようがない。安心をもたらすものは外部に求めるしかない。

ポーシャは巣の中央にそびえる木の高いところにそれを見つける。壁が複雑な幾何学模様に織りあげられた大きな天幕で、交差する糸の張られ方は厳密な設計に従っている。別の五、六体の同族がすでにそこにいて、超自然的な励ましを、世界には五感では容易にとらえられないものがあるという確信を得ようとしている。より大きな〈理解〉が存在するのだと。たとえ全員が敗れるとしても、すべてが失われるとはかぎらないのだと。

ポーシャは同族と共にうずくまって糸を紡ぎ、その結び目で数の言語をつづり始める。この聖なる文章は、彼女の民がひざまずいて瞑想《めいそう》をするたびに新たに記され、ふたたび立ちあがるときには体内へ吸収される。ポーシャはこの〈理解〉を生まれつき持っていたが、若いころにいまと同じように〈聖堂〉へやってきて新たに学んでもいた。彼女が受け継いだ、生来の、ウイルスによって組み込まれた、この数学的変換にまつわる〈理解〉は、教師が整然と導くようなやりかたでポーシャを触発したのではなく、ゆっくりと啓示をもたらしていた――見たところ気まぐれな数列が記述するのはただの作り事ではなく、自明で内部的に首尾一貫した普遍の真理なのだと。

もちろん、ポーシャの故郷である〈大きな巣〉には、こうした真理を独自のえもいわれぬやりかたで語る水晶がある。いまでは最大級の巣のほとんどが所持しているものであり、もっと規模の小さな共同体の巡礼者たちはわざわざ遠方から見にくることが多い。あちらでは雌の司祭が金属製の探り針で水晶にふれて、天界からの伝言の脈動を感じ取り、集まった者たちのために天の算術を踊りまくっていたものだ。ポーシャもいまでは知っているが、そういうときには〈使徒〉そのものが上空にいて、たゆまず旅を続けているのだ――目に見える夜であろうと、明るすぎて姿が隠れている昼の空であろうと。

〈七つの木〉に水晶はないが、伝言をただ繰り返して、その不可思議ではあるが本質的には首尾一貫した迷宮に身をゆだね、糸を紡いでは吸収してまた紡ぐのは、ポーシャにとっては心を落ち着かせる鎮めの儀式であり、そのおかげでじきにやってくるものに冷静に直面することができる。

ポーシャの民は、市民の義務として、また宗教上のつとめとして、初めは証明を丸暗記し、やがては真に理解を深めて、軌道をめぐる人工衛星——彼女らは〈使徒〉と呼んでいる——が提示する数学の問題を解いてきた。この信号の到来がわりあい短期間で多くの同族の関心を集めたのは、彼女らが生まれつき好奇心が強いからだ。ここにはまちがいなく彼方からやってきたものがあり、だれもがそのことに魅了されている。それは世界に彼女らの理解がおよばないものがあると教えてくれる。彼女らの思考に新たな視点をあたえてくれる。数学の美しさは驚異に満ちた宇宙を約束している——彼女らが精神をほんの少し広げて、もう一歩だけ飛躍を成し遂げることができれば。

ポーシャは糸を紡いでは解いてを繰り返し、心をさいなむ恐怖を追い払って、これだけではないという否定しようのない確信と置き換える。今日どんなことが起ころうと、たとえ敵の鉄をまとった大顎のもとで倒れることになろうと、この世には彼女が知覚して計算できる単純な次元を超えた深みがある。それなら……どうなるかわからないではないか？

やがて時がくると、ポーシャは聖堂を出て戦地へ赴く。

ポーシャの民の各居留地にはかなりの多様性があるが、人間の目には乱雑で、いっそ悪夢のように映るかもしれない。〈七つの木〉はいまや当初の七本よりも広範囲にわたっており、密生した木の幹が何百本もの糸でつながれ、それぞれが全体の中で、構造の一部として、あるいは通路として、あるいは情報伝達のために、特定の役割を果たしている。蜘蛛たちの振動言語は糸をとおしてかなりの距離を伝わるし、彼女らが開発した信号増幅用の弾性螺旋があれば穏やかな天気のときには何粁《キロ》も先の都市まで届かせることもできる。ポーシャの同族の住居は糸を紡いだ天幕をさまざまな形に張り渡したもので、生涯を三次元で過ごし水平面で休むのと同じように楽々と垂直面にぶらさがることのできる種族にとっては都合がいい。集会場は広々とした網で、語り手の言葉は糸の震えによって集まった聞き手へ伝えられる。中心部の高所で都市の多くの部分を覆っているのは貯水槽だ。大きく展開された水をとおさない網が〈七つの木〉周辺の広い範囲から雨や流水を集める仕組みになっていて、水はたくさんあるもっと小さな雨受けから樋《とい》や管をとおってそこへ流れ込んでいる。〈七つの木〉の周囲ではなかば家畜化された地元の蟻たちによって森が伐採されている。そこはこれまでは防火帯だった。じきに殺戮《さつりく》の場となる。

這ったり跳ねたりして〈七つの木〉の中を進んでいくと、見張りたちが敵と最初の接触があったという信号を送っているのが目に入る——居留地の自動防衛機能が発動しているのだ。周囲のいたるところで避難が始まっていて、献身的な戦士以外はできるだけのもの——生活必需品や作り直すことのできないわずかな私物――をかき集めて〈七つの木〉を離れようとしている。卵嚢《らんのう》を腹にくっつけて運んでいる者もいる。多くは子蜘蛛をぶらさげている。成体に運んでもらうだけの分別がない子蜘蛛は死ぬ可能性が高い。

ポーシャはそびえ立つ一本の見張り塔へするするとのぼり、木々の梢《こずえ》のむこうへ目を向ける。そこでは数十万の軍勢が〈七つの木〉を目指して行軍している。かつてポーシャの祖先が調査に出かけた巨大な蟻群から送り出された独立戦闘部隊。一世紀まえから続く集合生命体が世界のこの地域で日に日に支配を広げているのだ。

近くの森には無数の罠が仕掛けてある。不注意な蟻をとらえる網。地上と林冠とのあいだに張り渡されたばね糸は、通過する蟻がくっつくと地面からはずれて不運な生き物を上へ引っ張りあげ、高い枝のあいだに閉じ込める。落とし穴もいろいろあるが、いずれも充分な数とは言えない。進撃する軍勢はどんな危険に対処するときでも大勢の仲間を犠牲にしてそれを無効化してしまうので、その突撃の勢いがゆるむことはない。いま捨て石となる斥候役の階級が本隊の前方で先陣を切っているのは、こうした防御策をみずからの命で解除するためなのだ。

木々のあいだで動きがある。ポーシャがじっと見つめていると、生きのびた斥候たちが手順どおりに混沌《こんとん》とした群れをなして押し寄せてくる。そこから〈七つの木〉まではさほど多くの罠は仕掛けられていないが、斥候たちは別の困難に直面することになる。この地の蟻たちがすぐさま打って出て、かんだり刺したりと果敢に攻撃を始めたために、森のはずれから数米《メートル》以内の地面は、敵を無慈悲に切り刻みながらお返しにばらばらにされる虫たちのかたまりがいくつもできて大混乱となる。人間の目にはふたつの蟻群の個体は見分けがつかないが、ポーシャは紫外線のほうまでおよぶ配色や模様からちがいを見てとることができる。彼女は投石器をかまえる。

蜘蛛の守備隊が地上で集めた手頃な大きさと重さの石ころの砲弾で一斉射撃を始める。蟻同士の白兵戦を突破してきた斥候たちを、計算され尽くした射撃により、非情きわまりない正確さで狙い撃ちしていく。蟻たちは避けることも反応することもできず、見晴らしのきく高所にいる守備隊の位置を把握することさえできない。被害はきわめて甚大だ——もしもこの部隊がはるかに大きな軍勢の使い捨ての前衛でなければ。

一部の斥候たちが爆撃をかいくぐって〈七つの木〉の根元までたどり着く。だが、むきだしの幹を一米ほどあがると、どの木にも斜め上へ広がる網がぐるりと張りめぐらされていて、蟻たちはその表面に足をかけることができず、のぼっては落ち、のぼっては落ちる。やがて伝言を広げる匂いが充分に濃度を増すと、蟻たちは戦略を変え、おたがいの体を這いあがって生きた構造物を築き、それをやみくもに上へのばしていく。

ポーシャは足踏みをして周囲に集まっている各部隊と〈大きな巣〉から来た姉妹たちに呼びかける。この地の守備隊は武器も少なく、蟻との戦争については経験も生まれ持った〈理解〉も不足している。ポーシャと仲間たちが攻撃の先頭に立つしかない。

蟻の斥候たちをめがけて高所から迅速に降下し、仕事にとりかかる。ポーシャたちは襲撃者たちよりもずっと大きいし、力も強く動きも速い。鋏角には毒があるが、それは相手が蜘蛛でないと効き目が弱いので、いまは蟻たちの体節のつなぎ目、頭部と胸部のあいだ、胸部と腹部のあいだを狙うことに専念する。なにより、ポーシャたちは敵よりもはるかに知能が高く、反応力や機動力や回避力もすぐれている。斥候たちを引き裂き建設中の足場を荒々しく破壊しながら、常に動きまわって蟻たちにつかまらないようにする。

ポーシャは木の幹へ跳ね戻り、蟻にはのぼることができない網の裏側へ素早く移動してやすやすとそこにぶらさがる。逆さまになったまま森のはずれへ目をやると、いままでにない動きが見える。敵の本隊が到着したのだ。

新手の蟻たちは大きい――が、ポーシャよりはまだ小さい。それぞれに特技をもつ多くの階級が混在している。隊列の先頭で、すでに斥候の匂いをたどって〈七つの木〉へと足取りを速めているのは突撃隊だ。恐るべき大顎は鋸歯状になった金属製の刃をまとい、頭部の覆いは後方までのびて胸部を守っている。そいつらの目的は、守備隊の注意を引き付けてみずからの命をできるだけ高く売りつけ、より危険な階級の蟻たちを目的地へ接近させることにある。

さらに多くの敵が地元の蟻たちの巣へ通じる複数の通路に侵入して攪乱性《かくらんせい》化学物質を振り

まくと、守備隊の蟻たちは大混乱に陥り、中には攻撃側に寝返る者まであらわれる。これは巨大な蟻群が成長する手段のひとつで、よその蟻の巣を破壊するのではなく吸収してしまうのだ。だが、ポーシャのような別の種が相手のときは、そんなことをする意味はないし手加減する理由もない。

〈七つの木〉のほうでは、残ったこの地の雄たちが激しく戦っている。逃げた者もいるが、そのほとんどは雌だ。雄は消耗品であり、常に軽んじられているし、常に数が多すぎる。多くは最後まで都市にとどまれと指示されていて、そむけば死刑になる。それでもいちかばちか逃げた者はいるが、まだ大勢が残って蟻たちの侵入をふせぐために居留地と地上とをつなぐ経路を残らず遮断しようとしている。貯水槽から水でふくれた包みを大急ぎで次々と運び出している雄たちもいる。ポーシャはその勤勉な働きに満足する。

本隊の最前列が接近してくる。投石は鎧をつけた蟻たちにはあまり効果がないが、ここで別の砲弾が投入される。ポーシャの民は一種の化学者でもある。匂いが生死にかかわる世界で生きているだけに——蜘蛛の言語ではごく一部しか使われないが、それ以外の生物はみずからを認識する手段として多用している——彼女らは化学物質の混合や配合、とりわけ生理活性物質《フェロモン》に関して数多くの継承された〈理解〉を発展させてきた。いま投じられたのは糸に包まれた液体の小球で、それが前進する蟻たちのただなかで炸裂する。こうして解き放たれた匂いは襲撃者たちの匂いの言語を一時的にかき消す——会話だけでなく、思考や自我すら否定されるのだ。化学物質が消散するまでのあいだ、攻撃部隊の影響を受けた蟻たちは手順を見失い、本能に頼るだけで周囲の状況に的確に対応できなくなる。まごまごして隊列を崩し、中には自分の同族を認識できずに味方に襲いかかる者もいる。ポーシャと守備隊はすみやかに攻撃を開始し、この混乱が続くあいだにできるだけ多くの敵を殺そうとする。

いまや守備隊にも損害が出ている。あの金属製の大顎は脚を断ち切り胴を引き裂くことができる。ポーシャの戦士たちは鋸歯状の刃をふせぐために蜘蛛糸の外套《がいとう》とやわらかい木の板を身にまとっていて、この鎧はやむをえないときは脱ぎ捨てることもできるし、余裕があれば修理もできる。こうして守備隊が手を尽くしているにもかかわらず、敵の隊列は着実に前進を続けている。

雄たちは消火活動が必要になることを見越して〈七つの木〉の低い部分に水をふりかけている。敵の蟻たちが真の兵器を送り出してきたからだ。

ポーシャの近くで閃光と共に炎がほとばしり、二体の仲間がたちまち燃えあがって、よろめくたいまつのように脚をばたつかせながらしぼんで死んでいく。この新手の蟻たちはある種の甲虫と同じように腹部でさまざまな化学物質を醸成する。針を前方へ突き出してこれらの物質を混合すると強烈な発熱反応が生じ、高温の液体が噴出する。ポーシャの世界の大気に含まれる酸素は地球よりもわずかに濃いので、灼熱《しゃくねつ》の混合液は自然に発火する。

ポーシャの種族の科学技術は蜘蛛糸と木材により築かれていて、位置がもつ力はぴんと張られた糸と原始的な発条《ばね》にたくわえられる。わずかに利用している金属は蟻たちから盗んだものだ。火を使うことはない。

ポーシャは高所へ移動して投石を再開する。火炎放射蟻は近距離なら殺傷力が高いが、飛び道具による攻撃にはもろい。だが、いまや〈七つの木〉周辺のあらゆる地面を占拠した蟻たちは、より遠くまで届く武器を持ち出してきている。

一発目の砲弾が発射されるのを見て、ポーシャの目は無意識にその動きを追う。硬い、透明な、割れやすい物質でできた光り輝く球体が——蟻たちは世代を重ねる中で硝子《ガラス》を偶然に発見していた——頭上で弧を描いて彼女の背後で砕け散る。ポーシャの側眼が閃光をとらえた瞬間、内部の化学物質が混じり合って爆発する。

地上の、覆いをつけた突撃隊の背後で活動しているのが蟻の砲手たちだ。頭にかぶっている金属製の面にはうしろ向きに舌が付いている——この弾力のある細長い金属を口器で押し下げてから放せば、はじいた焼夷手榴弾《しょういしゅりゅうだん》をかなり遠方まで飛ばすことができる。狙いはお粗末で、仲間たちが放つ匂いの手掛かりにやみくもに従っているだけだが、なにしろ数が多い。〈七つの木〉の雄たちが大急ぎで駆け寄って水をかけても、火はどんどん広がって、糸をしぼませ木を焦がしていく。

〈七つの木〉が燃え始めている。

ここまでだ。守備隊はまだ動けるなら脱出しなければ焼き殺される。だが、行き当たりばったりに跳躍したら蟻たちの金属製の大顎が待ちかまえている。

ポーシャは炎を背に上へ上へとのぼる。居留地の高い部分は必死に逃げようとする蜘蛛たちでごった返している――戦士も、市民も、雌も、雄も。煙にまかれて身を震わせながら落下する者もいる。ほかの者も貪欲な炎に先んじることはできない。

ポーシャは苦労して最頂部へむかいながら、鎧の板を脱ぎ捨て、死にものぐるいで糸を紡ぐ。こんなのは毎度のことだし、眼下で燃えさかる猛火にもひとつだけ役に立つところがある。上昇気流で高さを稼げば、自作の落下傘でがつがつした蟻の軍勢の手が届かないところを滑空することができるのだ。

とりあえず。とりあえずいまだけは。蟻の軍勢は〈大きな巣〉へ接近していて、その先にはもう海しかない。もしもポーシャの種族がやつらの無分別な進撃を阻止できなければ、未来の世代のために歴史を書き記す者はだれも残らないだろう。

3.3 進退きわまる

スコールズが出ていったあともしばらくはぎこちない沈黙が続いた。銃を手にした名無しの男とネッセルという女は口もきかずにそれぞれの仕事にとりかかった。女はコンピュータのディスプレイにかがみ込み、男は虜囚たちをにらみつけた。こっそり身をよじると拘束具がよけいに深く手首にくい込むことは確認していたので、ホルステンは沈黙が続くとだんだん憂鬱《ゆううつ》になってきた。たしかに、銃口はこちらを向いている。たしかに、ギルガメシュがこの争いの中心地となっているのは明白で彼はいまにも殺されるかもしれないが、とにかく退屈だった。冷凍タンクを脱し、数十年にわたる不本意な冬眠から目覚めたばかりで、なんでもいいから体を動かしたかった。ふと気がつくと、退屈をまぎらすために考えていることを口に出しそうになるのをこらえるために自分の舌をかんでいた。

するとだれかが代わりに退屈をまぎらしてくれた。バンッという、状況を考えると銃声らしき音がして、だれかがホルステンにはよく聞き取れない指示をつぶやきながらハッチの外を通過していった。だが、銃を手にした男にはちゃんと聞こえたらしく、すぐさま部屋を出て通路を駆けていった。おかげで狭い部屋がずいぶん広くなったように思えた。

ホルステンはレインに目を向けたが、彼女はその視線を避けて自分の足をじっと見つめていた。ほかに部屋にいるのはネッセルだけだ。

「なあ」ホルステンは呼びかけてみた。

「黙って」レインが小声で制止したが、やはり目はそらしたままだった。

「なあ」ホルステンはもういちど呼びかけた。「ネッセルだったか？　聞いてくれ……」

てっきり無視されると思ったのだが、陰気な視線が返ってきた。

「ブレンジット・ネッセルです」女は口をひらいた。「あなたはドクター・ホルステン・メイスンですね。論文をいくつか読んだことがあります……遠い昔に」

「遠い昔だな」ホルステンは弱々しく同意した。「まあ、それは……うれしいかな。じゃあスコールズの言うとおりなのか。きみも古学者なんだ」

「学生でした。それ以上の研究はしていません。もしもやっていたら、いまはあなたとわたしの立場が入れ替わっていたかもしれませんね」女の声は興奮と疲労でささくれていた。

「学生か」ホルステンは最後の授業を思い出した――終末が訪れるまえのことだ。かつては古帝国の研究は世界にとって不可欠なものだった。だれもが太古の秘密を削り取ろうと必死だった。だがホルステンの時代には廃れていた。そのころには終末が迫っているのが目に見えていて、いくら知恵のかけらを集めてもそれを阻止するには足りないことがわかっていた。同じ古代人たちが、兵器と廃棄物によって、人類に大きく遅れた終焉《しゅうえん》をもたらしたこともわかっていた。毒にまみれた地球の最後の日々にあんな太古のサイコパスたちを研究して賛美するのはいい趣味ではなかった。だれもが古学者をきらっていた。

ネッセルが顔をそむけていたので、ホルステンはもういちど、催促するようにその名を呼んだ。「なあ、おれたちはどうなるんだ？　せめてそれくらいは話せないか？」

女の目が明らかな嫌悪をたたえてレインのほうをちらりと向いたが、ホルステンに戻るといくらかやさしくなった。「スコールズが言っているように、わたしたちに決められることではないんです。結局はグイエンがここを急襲して、あなたたちを撃つかもしれません。こちらのファイアーウォールを突破して空気や暖房の供給を止めるかもしれません。あるいはわたしたちが勝つかもしれません。そうなれば、あなたたちは解放されます。とにかく、あなたたちは」

ネッセルはまたレインを横目で見た。そのレインは、状況に身をまかせているのかあるいは大逆転を狙っているのか、目を閉じて周囲の世界を消し去っていた。

「なあ」ホルステンは言ってみた。「きみたちがグイエンと戦うのはよくわかる。それについては共感すらおぼえる。しかし、おれと彼女に責任はない。おれたちはこの件には無関係だ。つまり、だれもおれに意見を求めなかっただろう？　こんなことになっているなんてぜんぜん知らなかったんだ……あそこできみにひっぱたかれて起こされるまで」

「あなたはそうかもしれません」ネッセルは急に怒り出した。「では彼女は？　知っていました。司令官が技術面のこまごました部分を統括させたのはだれです？　わたしたちをあそこへ送る段取りをつけたのはだれです？　作業のあらゆる部分にかかわりを持っていたのはだれです？　主任技師でしょう。わたしたちがいまここで彼女を射殺したとしても、それは正義の裁きです」

　ホルステンは唾をのんだ。レインは相変わらず助けにならなかったが、これで理由はわかった。「なあ」もういちど、より穏やかに呼びかける。「きみだってこれがイカれたことだとわかっているんだろう？」

「わたしがなにをイカれていると思うかわかりますか？」ネッセルは熱くなって言い返してきた。「クソの役にも立たない冷蔵庫みたいな月にコロニーを設営することです――それもグイエンが自分の棹《さお》に旗を掲げてこの星系は地球のものだと宣言するだけのために。わたしがイカれていると思うのは、わたしたちが自分から進んでそんな人工の地獄でおとなしく暮らすと期待されていることです――そのあいだに、ほかの人たちは行って帰ってくるだけでも人生がいくつも必要になるような驚異の旅に出かけるというのに。まあ、たどり着ければの話ですが」

「おれたちはみんな故郷から人生がたくさん必要になる旅をしてきたんだぞ」ホルステンは指摘した。

「でもわたしたちは眠っていたじゃないですか！」ネッセルは叫んだ。「それにみんないっしょでした、全人類がいっしょだったんです。だから勘定に入りませんし、たいしたことではありません。自分たちの時間をそのまま維持し、眠っているあいだは時計を止めて、目が覚めてからまた動かしたんです。破滅した地球で何千年たっていようが気にする必要はないでしょう？　でも、ギルガメシュがどこかへ出かけているあいだ、わたしたちみじめなゴミ虫は眠りにつくことはありません。月に降りて、氷の上で、自動機械が作ったバカげた小箱に入って生活をする。一生ですよ、ドクター・メイスン！　あの箱の中で全人生を過ごすんです。それでどうなります？　子供たちは？　想像できますか？　何世代ものあいだ氷の世界で暮らすうちに、自分たちが何者であるかをどんどん忘れ、目にする太陽はいつでも星のひとつでしかない。培養槽の世話をしてべとべとを食べて何者にもなれない新たな絶望の世代を生み出し続け、そのあいだあなたたちは――栄《は》えある宇宙旅行者たちは――時の流れも知らぬまま眠りにつき、二百年たってからまるで次の日でしかないかのように目を覚ますんでしょう？」彼女の怒鳴り声はいまや悲鳴に近くなっていて、かなりの時間起きっぱなしだということが見てとれた。ホルステンが軽率な言葉でダムにひびを入れて決壊させてしまったのだ。「そしてあなたたちが、氷に縛り付けられることのなかった選ばれし民が目を覚ますとき、わたしたちは死んでいるでしょう。何世代もまえに死んでいるんです、わたしたち全員が。なぜって？　グイエンがだれもいない月をほしがっているから」

「グイエンは人類を存続させたいと思っている」レインが辛辣に言った。「あたしたちが次のテラフォーミング・プロジェクトで出くわす相手はひょっとしたらギルガメシュを消滅させるかもしれない。グイエンは人類という種のチャンスを広げようとしているだけ。あなただってわかっているはず」

「だったらグイエンを残してください。あなたもいっしょに残ればいい。どうです？　わたしたちが支配権を握って、船を奪ったら、あなたたちはあの冷蔵庫の中でふたりきりで種を存続させればいい。そうしましょう、約束します。あなたたちがそれまで生きていたら、きっとそうしてあげます」

レインはせいいっぱい軽くあしらうような態度を見せたが、そのことを考えて歯を食いしばっているのは明らかだった。

スコールズがふいに部屋に舞い戻ってきて、ネッセルの腕をつかんでそばへ引き寄せると、戸口でぼそぼそと話を始めた。

「レイン――」ホルステンは口をひらいた。

「ごめんなさい」レインに力なく言われて、ホルステンは面食らった。いったいなにをあやまっているのかよくわからなかった。

「この騒ぎはどこまで広がっているのかな？」ホルステンは小声で言った。「むこうは何人いるんだ？」

「少なくとも二十人」レインはかろうじて聞き取れるくらいの声でささやいた。「彼らは開拓者になるはずだった――それがグイエンの計画だった。目覚めたまま月へ降りて、一から始めるの。ほかの人たちは起こされるときが来るまで積荷として運ばれることになる」

「で、実にすばらしい結果を招いたと」

ここでもレインのいつもの辛辣な返答は返ってこなかった。数十年まえに最後に顔を合わせて以来、鋭い棘《とげ》がすっかり抜け落ちてしまったようだ。

「カーストのほうは何人いる？」ホルステンは問いただした。

レインは肩をすくめた。「保安隊は十人くらいだけど、カーストは軍人たちを起こすことができる。実際に起こすつもり。彼は軍隊を手にすることになる」

「少しでも分別があるならそんなことはしないだろう」ホルステンはこの件についてじっくり考えていた。「そもそもなぜ軍人たちがカーストの命令に従うんだ？」

「ほかにだれかいる？」

「どうも気に入らないな。自分たちがやっていることについてちゃんと考えているか？　こ、の件じゃなく」スコールズのほうへぐいと頭を振る。「全体像についてだ。おれたちには文化がない。階層制度もない。ただクルーがいるだけ。かつて大型宇宙船の指揮官にふさわしいと考えられたグイエンが、いまや人類の名目上の代表者になっている」

「そうあるべきだからでしょう」レインは頑固にこたえた。

「スコールズはそうは思っていない。軍もそうは思わないだろうな――たとえカーストが愚かにも軍人たちを起こしてその手に銃を握らせたとしても。歴史の重要な教訓を知っているか？　軍に給料を払えなくなったら破滅する。しかもおれたちには経済すらない。軍人たちが状況を把握したとき、おれたちは彼らにどんな報酬をあたえられる？　指揮系統はどこにある？　そもそもだれに指揮権があるんだ？　それに軍人たちが銃を手に入れて、次に自分たちがどこで目覚める可能性があるかを知ったら、おとなしく冷凍タンクに戻って眠りにつくと思うか？　ここにある唯一の通貨は自由だが、グイエンにそれを分配するつもりがないのは明白だからな」

「ああもう、黙ってて」やっとレインから強い言葉を引き出すことができたが、それはホルステンがいま求めていることではなかった。

「それに、スコールズが勝ったときのことは考えたくもないが、もしもやつが負けたらどうなる？」

「それはもしも、い、い、もしもじゃない」

「どっちでもいいが——そのときはどうなる？」ホルステンはくいさがった。「結局はこの連中を死ぬまで下の、流刑地みたいなところへ送り込むことになるのか？　それでおれたちが戻ったときにはどうなる？　下のあそこになにか土台となるものができあがっていると期待していいのか？」

「おれたちが〝下のあそこ〟へ行くことはありえない」スコールズがまたもや不意打ちでふたりの目のまえにあらわれたが、今度は腰を落としてしゃがみ、手を膝についていた。「たとえ最悪の展開になったとしても、こちらにはまだプランBがある。あんたがいるおかげでな、ドクター・メイスン」

「ほう」ホルステンは男の顔を見つめたが、なにを考えているかは読み取れなかった。「説明したいんじゃないのか？」

「喜んで説明させてもらうよ」スコールズはうっすらと笑みを浮かべた。「おれたちはシャトルベイを押さえている。なにもかも失敗したらギルガメシュから脱出する。ドクター・メイスン、そのときはあんたもいっしょだ」

コールドスリープの影響でまだ頭がうまく回らず、ホルステンは相手をぽかんと見つめることしかできなかった。「いま重要なのはよそへ行かないことだと思ったが」

「氷のかたまりへは行きません」ネッセルがスコールズの背後で言った。「知っているんですよ、この星系のどこかに、わたしたちのために作られた世界があることを」

「ああ」ホルステンはふたりを見つめた。「きみたちは完全にイカれている。あれは……あそこには怪物がいるんだぞ」

「怪物が相手なら戦うことができる」スコールズはゆるぎない口調で言った。

「それだけじゃない――あそこには人工衛星がある。ギルガメシュはもう少しで破壊されるところだった。おれたちはそいつに追い払われたんだ。シャトルではとてもじゃないが……突破は……」スコールズが笑っているのを見て、ホルステンは口ごもった。

「なにもかも知っているよ。その女が話してくれた」スコールズは親しげにレインへうなずきかけた。「あの緑の惑星にはたどり着けないと。そのまえに太古のテクノロジーでやられてしまうと。だからこそあんたを連れていくんだよ、ドクター・メイスン。ネッセルの古代語の知識だけでも充分かもしれないが、危険をおかすつもりはない。そりゃそうだろう、あんたがここにいてぜひともおれたちを助けたいと思ってくれているんだから」反逆の首謀者はカミソリの刃のような笑みを顔に張りつかせたまますっと立ちあがった。

ホルステンがレインに目をやると、今度は彼女も見返してきて、ようやくそこにある感情を読み取ることができた——罪の意識だ。きつい態度を見せなかったのもむりはない。自分がホルステンを巻き込んだとわかっていたから身が縮む思いだったのだ。

「この連中におれがいればカーンを出し抜けると言ったのか？」ホルステンはたずねた。

「ちがう！」レインは否定した。「むりだと言った。あなたがいてさえ、あやういところだったって。でも……」

「でもおれのことを考えさせることはできたわけだ」ホルステンはあとを引き取った。

「わかるわけないでしょ、まさかこの大バカどもが——」レインが言いかけると、スコールズが彼女の足首を踏みつけた。

「忘れるなよ」スコールズはうなるように言った。「あんたが何者で、なんでこんな目にあっているのかを。まあ心配ない、もしもシャトルを使うはめになったら、あんたもその場にいるんだ、レイン主任技師。そのときはあんたも専門知識を駆使して自分の命を引き延ばそうという気になるんじゃないか——他人の命を犠牲にするだけじゃなく」

3.4　西の海のほとりで

故郷。

〈大きな巣〉。ポーシャの種族にとって最大の都市。

打ち負かされた一群の落伍者《らくごしゃ》たち――運良く〈七つの木〉の大火をのがれた者たち――を連れてこんなふうに帰還することになり、ポーシャの胸には恥辱にも似た感情がある。敵の進撃を阻止するどころか勢いを削ぐことさえできなかったのだ。日がたつにつれて蟻の軍勢は〈大きな巣〉へ近づいている。一面に広がるたいせつな生まれ故郷を見渡しながら、ポーシャはいつしか避難民で大混乱に陥った都市を思い描いている。彼女の心の目には――この能力はもっとも小さな祖先さえある程度は有していた――燃えさかる故郷の姿が映っている。もちろん蟻たちは〈大きな巣〉がどこにあるか知らないが――やつらは整然と世界へ広がっていくがなにも考えていない――じきに海岸までたどり着くだろう。門のまえにあらわれるときは刻一刻と迫っている。

〈大きな巣〉は広大で、数千体の蜘蛛の住みかとなっている。このあたりはまだ深い自然の森が残っているが、居住空間をさらに増やすために多大な努力と創意工夫により人工の木々が立てられている。倒れた木の幹から作られたこの巨大な支柱の群れは、糸で覆われて補強され、都市の中央にある自然の雑木林から外へと広がっている――それどころか海にまで立てられて、網で組みあげられた都市が水面へ進出するための基礎となっている。空間はきわめて貴重であり、この一世紀のあいだに、〈大きな巣〉は上方を含めたあらゆる方向へ急激に成長しているのだ。

都市の近郊にはさまざまな農場が寄り集まっている。蜜をとるための蟻巻。肉をとるための鼠。蟻たちの栽培する樹液を含んだ木々は、やはり敵から秘訣を盗んだものだ。魚の群れが泳ぐ海では網猟がおこなわれ、沖合の海底には姉妹関係の居留地がある。この海洋性口脚類の文化との関係は真摯《しんし》なもので、最小限とはいえおたがいに利益をもたらしている。ひと世代まえに蜘蛛たちが都市を海のほうへ拡張し始めたせいで衝突が起きた。だが、沈められた支柱の基礎のおかげで海の環境は豊かになり、海の生物はすぐさまこの人工岩礁を利用するようになった。いまでは海の住民たちも、どれほど偶然であったにせよ、この状況から利益を得たことを認めている。

ポーシャとその一行はすみやかに地上を離れ、町はずれの農地の上に張りめぐらされた線上の都市を目指してよじのぼっていく。いっしょに連れて帰ったのは何体かの戦士と、かなりの数の雄だが、後者と共に帰ったことを感謝してくれる者はほとんどいないだろう。小柄な雄の多くは落下傘で安全な場所へのがれることができたが、雌はほとんどがそうはいかなかった。それにこの雄たちは戦ったのだ。雄の戦士というのもおかしな話だが、それでも蟻に比べれば強いし速いし知能も高い。一瞬、脳裏におかしな考えが浮かぶ。雄に武装させて訓練すれば〈大きな巣〉で動員できる戦士の数が大幅に増えるのではないか。だが、すぐにそんな考えはしりぞける――その先に待つのは混乱であり、自然界の秩序をひっくり返すことになる。それに、そんなことをしてもやはり数は足りないだろう。市内にいるすべての雄に武装させたところで蜘蛛は蟻群という大海に落ちるひとしずくでしかない。

ポーシャは見晴らしのいい高所までたどり着き、優雅に広がる故郷を、すべてをつなぎ合わせる無数の糸を見おろす。入り江では、糸を紡いだ大きな気嚢がなかば海中に沈んでいて、空気が満たされるにつれてたるんだり波打ったりしている。あれは口脚類の一族のもとへむかう使節団だ。ポーシャの民の中でも探究心のある者たちは、海中にいる相手を訪問するために釣り鐘形の潜水機を使う。もちろん、海に住む者を相手に〈理解〉のやりとりはできないが、ふたつの文化が共同で考案した簡単な身ぶりの言語で教えたり学んだりすることはできるのだ。

〝同輩を見つけなさい〟ポーシャはいっしょに帰還した戦士たちに指示する。〝呼び出しがあるまで待機〟雄たちのほうは好きにさせておくとしよう。少しでも自発性があるなら、仕事を見つけて食べ物にありつくだろう。〈大きな巣〉のような巨大都市では常に補修要員が求められている――糸から作った綱も布も修理が必要だ。勤勉な雄なら役に立って報酬を得ることができる。さもなければ求愛と追従によって生きていくことになるが、労力は小さくても危険はかなり大きくなる。

ポーシャは市内の移動に乗り出し、這ったり跳ねたりして綱から綱へとわたり、同輩の住居を見つけ出す。

共同養育所を使っていて母性本能がまったくないために、ポーシャの民には厳密には家族という単位はない。生まれたばかりでまだ養育所を離れることのない子蜘蛛たちは、都市から食べ物をあたえられるが、無料の恩恵を得られる期間は長くは続かない。急速に成長する若者たちは最初の年のうちに独立することを求められる。雄たちと同様、役に立つ存在にならなければいけないのだ。

蜘蛛一体では攻撃に弱く、より大きな同族から虐待されるがままになるので、こうした成長中の子蜘蛛たちは集まって、ほぼ同じ時期に同じ養育所で生まれた同輩たちと集団を作る傾向がある。幼体期におたがいを助けたり頼ったりすることでつちかわれた絆は、成体になってもそのまま続く。ほとんどの蜘蛛の居留地ではこの同輩組が基本的な社会単位を形成し、やがては仲間同士で養育所を設置して、おたがいの卵を世話するようになり、そのことが期せずして女系による世襲を永続化させている。同輩組内部の社会的な結びつきは強固で、みながばらばらになってそれぞれの専門分野へ進んだあとも変わらない。大きめの同輩組は市内に同輩房を持っている――ここで言う〝房〟とは糸を紡いだ壁をもつ隔室のことだ。

雄はこのような集団は作らない――雄が集まってなんの役に立つ？　その代わりに、幼体期の雄たちは雌の同輩組のそばにとどまるために全力を尽くし、戯《たわむ》れの相手をしたり、使い走りをしたりして、実用性や娯楽性という価値と引き換えに投げてよこされるかもしれない残飯を手に入れようとする。ポーシャは市内のより低い――つまり価値の少ない――領域が、雄たちが食べ物や地位をめぐって繰り広げる無数の小さな騒ぎの舞台になっていることをなんとなく察してはいる。だがそれに対する関心はきわめて薄い。

ポーシャはすっかり疲れ切って自分の同輩房の入口をのろのろと抜ける。そこは仲間たちが集まって暮らす一連の泡のような隔室のいちばん低い位置にあたる。このまえここへ来てからさらにふたつの部屋が追加されていて――再構築はこの種族にとってはたいした作業ではない――一瞬、仲間たちが立派にやっていることに誇りと幸せをおぼえるが、すぐに蟻の容赦ない進撃を思い出して胸が苦しくなってくる。作ったものが多ければ失うものも多くなるのだ。

いまそこで暮らしている同輩たちがポーシャを温かく迎えてくれる。そこでは何体かの親しい友がもっと若い雌やひらひらと踊る雄に囲まれて注目を集めている。その踊りは求愛の儀式であり、絶対ではないが、たいていは目的を遂げるところまでいく。単純労働者を別にすると、これがポーシャの社会で雄が役に立てる場所だ――雌の暮らしに価値を付け加える装飾、勲章。その雌がより大柄だったり、有名だったり、重要だったりすれば、それだけたくさんの雄が集まって踊る。従って、むだに優雅な雄たちをそばに置くことが地位の象徴となる。もしも偉大な戦士であるポーシャが長く滞在したら、彼女のもとにも期待に満ちた居候たちがぞろぞろ集まってくるだろう。それどころか、彼らを追い払ってその注目を拒絶すれば、ポーシャは同輩たちとこの文化の中でみずからをおとしめることになる。

雌が卵を産めるくらい安全で豊かであると感じれば、求愛が交尾まで進むこともある。求愛行為の最終段階は公的な儀式であり、期待に満ちた雄たち――彼らがだれよりも目立つ瞬間である――の演舞は同輩組どころか公衆の面前でおこなわれることさえあり、それは雌が交尾の相手を選んで精子の包みを受け取るまで続く。そのあとは、雌が相手を殺して食べることもあり、これは犠牲者にとって最高の名誉とされているが、ポーシャでさえ雄たちがほんとうにそんなふうに考えているのか疑わしく思っている。

雄殺しを妥当と考えることがおおっぴらに認められているのがこのときだけだというのは、ポーシャの種族がそこまで進化してきたというしるしでもある。だが、雌たちの集団が――より若い雌たちに顕著なのは、新たに形成された同輩組がおたがいの絆を強めようとするからだろう――市内のより低い領域へ降りて雄狩りをおこなっているのも事実だ。こうした行為は裏では見過ごされている――結局、若者は若者なのだ――が、公《おおやけ》にはひんしゅくを買っている。雄を殺すというのは、認められていようがいまいが、獣を殺すのとは次元のちがう話だ。鋏角が刺さるそのときでさえ、殺す側も殺される側も自分たちがもっと大きな総体の一部だということを自覚している。ナノウイルスがおたがいに訴えかけるのだ。ポーシャの文化は蜘蛛の本能とナノウイルスが彼女らにあたえた新たな共感力とのはざまにぶらさがっている。

房にいる同輩の数はポーシャが予想したよりも多い。高齢者の一体に死期が迫り、あと一カ月かそこらで社会から身を引かなければならないので、姉妹が集まってその試練の痛みをできるだけ軽くしようとしているのだ。ポーシャは儀式に立ち会うために内側の隔室のひとつへのぼる。少なくとも、ここでは生活が昔ながらの様式に従っていて、これからどれだけ世代が過ぎてもそれが続いていくかもしれないと思い込むことができるからだ。部屋に入ったちょうどそのとき、弱った姉妹が自分の繭の中へ引っ込んでいくのが見える。遠い未開の時代であれば、どこか高い安全な場所に置き去りにされ、自分で繭を紡いでひっそりとこもるしかなかっただろう。いまでは姉妹たちに蟄居所《ちっきょじょ》を用意してもらい、脱皮のあいだそばにいてもらうことができる。

ポーシャの種族は成長するために脱皮をしなければならない。大きな雌が皮を脱ぐときには――関節を動かしたり腹で呼吸をしたりするたびにきついと感じる場合には――自分の同輩房の、信頼できる仲間たちのもとへ戻り、のびた皮が固まるまでのあいだのびた体軀を支えるための繭を紡ぐことになる。

ポーシャが見ていると、蟄居する雌は皮を脱ぎ捨てるというつらく困難な作業にとりかかり、まず腹部を曲げて表面にひび割れをつくったあと、うしろからまえへむかって自分自身を剝《は》がし始める。終わるまでには何時間もかかるので、姉妹たちは繭をなでて団結と支援の気持ちを伝え続ける。だれもが同じ経験をしているのだ。

おそらくは単身で試練を乗り越えなければならない雄たちにとっては、さぞかし困難な作業にちがいないが、雄は雌よりも体が小さくて感受性も弱く、正直なところポーシャには彼らがどれくらいこまやかに考えたり感じたりできるのかよくわからない。

数体の姉妹たちがポーシャがいることに気づいて話をしようと駆け寄ってくる。そして彼女が語る〈七つの木〉で起きたできごとに興味津々で耳をかたむける――いまごろは〈大きな巣〉全体に広まっているのだろう。なにしろ雄たちは語るべきことがあるときにはけっして足をじっとさせておけない。姉妹たちは触肢にふれて〈七つの木〉で起きたことはここでは起こりえないと伝えようとするが、ポーシャはなにを言われてもあの情景を記憶から消し去ることはできない。燃えさかる炎の中、栄華を誇った居留地があっさりと熱でしぼんでいく。貯水槽がびりびりと引き裂かれ、水が滝のように流れ落ちて蒸気の幕がわきあがる。遠くまで跳躍や滑空ができなかった者はうごめく蟻の波にのみ込まれ、生きたままばらばらにされる。

ポーシャは勘定している日数と外の太陽の高さをもとに慎重に計算して、これから聖堂へ行くとみなに告げる。いまは心の平穏がどうしても必要だし、〈使徒〉がもうじき通過するのだ。

〝急ぐほうがいい。同じことを求める者が大勢いるはずだ〟姉妹の一体が助言をしてくれる。

ポーシャ自身の体験を別にしても、〈大きな巣〉の住民は自分たちが際限のない脅威にさらされていることに急速に気づき始めている。何世紀もかけて築きあげてきた高度な文化が海洋性口脚類の頭の中の薄れゆく記憶に過ぎなくなるかもしれないのだ。
〈大きな巣〉の聖堂は市内でもっとも高い場所にある壁のない空間で、頭上の林冠の最頂部に張り渡され、その下には内側へむかって傾斜する床が広がっている。聖堂の中央、市内にもとから生えていた木々の一本の梢にある水晶は、ポーシャの祖先が蟻から奪い取ったもので、その偉業はいまや伝説となっている。ポーシャはみずからの内部へ意識をのばせば、もう一体のポーシャの〈理解〉にふれることとさえできる。よく知られている物語を直接体験という拡大鏡をとおして自分だけで再現できるのだ。

ポーシャが到着したのは〈使徒〉が出現するまえだが、すでにあいている場所はほとんどなくなっている。うずくまっている者が大勢いて中央の幹までずっと埋め尽くしているからだ。その多くは難民のように見える――おそらく〈七つの木〉やそのほかの場所から脱出してきたのだろう。ここへ来ているのは、外の物質界にはほとんど見当たらないように思える希望を見つけるためだ。

ポーシャの民が〈使徒〉とその伝言をどのようにとらえているかは説明がむずかしい。彼女らはものの見方が異質で、分析はできるが理解はできない現象をなんとか解きほぐそうとする。空を急速に横切る〈使徒〉を見あげるとき、彼女らが目にするのは幾何学を文明の土台として受け継いでいる種族にとって審美的に魅力ある数学の問題で語りかけてくる実在だ。それをこの緑の世界へ手をのばして彼女らを押し寄せる蟻の群れから救ってくれる聖なる蜘蛛の神とみなしたりはしない。だが、伝言はたしかにある。〈使徒〉もたしかにある。それらは現実であり、目に見えず実体もない未知の世界への入口だ。伝言の真の意味は、蜘蛛の目で見たり蜘蛛の足でふれたりできる以上のものがあるということ。そこに希望がある。なぜならその〝以上〟に救いがひそんでいるかもしれない。だから彼女らは見ようという気持ちを失わない。

　雌の司祭があらわれて踊りながら、探り針で水晶の接続点にふれるそのとき、目には見えなくても、〈使徒〉が空の青天井を横切って途切れることなく伝言を流している。ポーシャが糸を紡いで結び目を作り、数字の真言を唱えながら見守っていると、司祭が視覚による優雅な論証にとりかかる。ひとつひとつの足踏みで、触肢のあらゆる動きで、普遍の秩序の美しさを語り、この世界に混乱した物質界を超えて広がるひとつの論理が存在することを保証する。

　だが、ここでさえ変化と恐れの気配は隠せない。ポーシャが注視しているあいだにも、司祭がほんの一瞬だけ動きを止めたり、よろめいたりするように見えることがある。不安のさざ波がぎっしりと集まった会衆のあいだを流れ過ぎ、信徒たちはその乱れを覆い隠そうとするかのようにますます激しく糸を紡ぐ。〝経験の浅い司祭だからな〟とポーシャは自分に言い聞かせるが、心の奥深くではひどく不安をおぼえている。物質界で彼女の民をおびやかしている悲運がいまや天界に反映しているのか？　永遠なる伝言に異変が？

礼拝が終わり、安心するどころかよけいに不安を感じていると、行く手に一体の雄があらわれ、必死の身ぶりでみずからの善意とポーシャに伝言があることを伝えてくる。

〝来てください〟小柄な生き物はそう言いながら、ポーシャの鋏角をものともせずに近づいてくる。〝ビアンカが呼んでいます〟

ビアンカは――このビアンカは――同輩組の一員だが、ポーシャとはずいぶん長いあいだ話をしていない。戦士ではないが民の中では最上級の学者だ。

〝案内してくれ〟ポーシャは命じる。

3.5 燃える剣を帯びて

ホルステンとレインはしばらくのあいだは使用できる機器を制限され、スコールズの部下たちのだれかに常に監視されていた。ホルステンはもっとネッセルと話をして専門知識を交換し、なんらかのかたちで協力を得られないかと期待していたが、まさにそれをさせたくないのか、彼女はリーダーによって配置を換えられていた。その代わりに、銃を手にした寡黙《かもく》な男女が次々とあらわれ、そのうちのひとりはホルステンに口をひらかせるだけのために彼の唇を血まみれにしていた。

ときおり遠くで銃声がしていたが、予想されたクライマックスが訪れることはなさそうだったし、さりとて戦いの音が完全に消えることもなかった。どうやらスコールズもカーストも力ずくで決着をつけるつもりはないらしい。

「こういう状況は……」ホルステンはレインにだけ聞こえるように小声でしゃべり始めた。

レインは片方の眉をあげた。「どんな状況？　いまにもあたしたちを殺すかもしれない頭のイカれた反逆者たちの捕虜になっていること？　あなたはこれまでに同じような経験を何回したことがある？　それとも学界というやつはあたしが考えているよりずっとおもしろい世界なわけ？」

ホルステンは肩をすくめた。「まあ、おれたちは全員が地球で死刑宣告を受けたし、このまえきみといっしょに仕事をしたときなんか、気のふれたコンピュータと人間のハイブリッドが自分の猿たちを動揺させたくないという理由でおれたちを殺そうとしたわけで、それを考えたらいままでもずっとこういう状況だったと言えるんじゃないかな、正直な話」

レインの笑みはかすかだったが、たしかにそこにあった。「あなたをこんなことに巻き込んで残念に思ってる」

「おれはその二倍は残念に思っているよ」

そのときスコールズが部屋に飛び込んできた。背後のハッチには仲間たちが半ダースほど集まっていた。彼は見張りの両手になにか押し込み、男はすぐにそれを身につけた。

マスクだ――全員が酸素マスクをつけている。

「ああ、クソっ」レインが吐き捨てた。「カーストが通気口を押さえたんだ」口ぶりからするとしばらくまえからそうなると予期していたようだ。

「そいつの拘束を解け」マスクの奥から、スコールズの無線送信機をとおしたかん高い声が流れ出した。すぐにだれかがホルステンの上にかがみ込み、拘束具を切断して、引きずるように立ちあがらせた。

「そいつはいっしょに連れていく」スコールズがぴしゃりと言った。ふたたび聞こえ始めた銃声は、さっきよりも激しさを増していた。

「そっちの女は？」だれかがレインへむかって顎をしゃくる。

「クソ女は撃ち殺せ」

「待て！　やめろ！」ホルステンは踏み出そうとしたが、銃口がさっと自分のほうへ向いたのでたじろいだ。「おれが必要なんだろう？　だったらレインも必要になる。主任技師なんだぞ！　シャトルでどこかへ行こうとしているのなら……あのカーンに、あの殺人衛星に本気で立ち向かうつもりなら、きっと必要になる。なあ、彼女はメインクルーなんだ。つまりこの船でいちばんの技師ということだ」必死の説得にもかかわらず、銃口がふたたびレインのほうへ向き始めた。「待て、まじめな話だ、やめろ。きみたちは……力ずくでおれに仕事をさせるつもりなんだろうが、ここでレインを殺したら、おれは死ぬまで抵抗を続けるからな。シャトルで妨害工作をしてやる。なにが……なにができるかわからないが、きっと見つけてやるさ。レインを生かしておいてくれるなら、きみたちが要求することも、おれが思いつくこともぜんぶやって、きみたちを生きのびさせてやる。おれたち全員を生きのびさせてやる。なあ、悪い話じゃないだろう。考えればわかるはずだ！」

ホルステンにはスコールズの表情は見えず、反逆の首謀者は立ったまま彫像のように固まっていたが、すぐにいやでいやでたまらないという様子でうなずいた。「ふたりにマスクをつけろ」鋭い声で命じる。「立たせて、また腕を拘束して、いっしょに連れていくんだ。すぐにこの船を離れるぞ」

外の通路でスコールズの仲間たちが十人ほど待機していて、そのほとんどが同じようにマスクをつけていた。ホルステンはバイザーに縁取られた目をざっと見渡してネッセルを見つけた――なじみのある相手とは言えないがだれもいないよりはましだ。それ以外は、男であれ女であれ見知らぬ顔ばかりだった。

「シャトルベイだ、急げ」スコールズの命令に、全員がレインとホルステンを先へ押しやりながら移動を始めた。

ホルステンはギルガメシュ船内のレイアウトをほとんど把握していなかったが、スコールズとその仲間たちは明らかに遠まわりのルートで目的地へむかっていた。反逆の首謀者は常にぼそぼそとつぶやき、無線で仲間たちと連絡を取り合っていた。どうやら保安隊による激しい攻撃が続いているらしく、一行の歩くペースはどんどん速くなってきた――〝先にシャトルベイにたどり着いたほうが勝つのか？〟

すると反逆者のひとりがつんのめって倒れ込み、ホルステンは銃声を聞き逃したのかと思った。ネッセルがそばで片膝をついてマスクをいじってやると、すぐにその男は酔っ払ったように身じろぎし、スコールズに怒鳴られながらふらふらと立ちあがった。

「いつから船内に毒ガスが流れているんだ？」ホルステンは激しく問いただした。またもやすべてのできごとが夢のように思えてきた。

レインの声がすぐ耳元で響いた。「バカ言わないで、空気の混合を変えるだけでいいんだから。この猿どもは愚かな蜂起をしたときからずっと空調の支配権をめぐって戦ってきて、とうとうそれに負けたんだと思う。忘れないで、これは宇宙船。空気はマシンの指示でいくらでも変えられる」

「わかった、わかった」ホルステンは返事をしようとしたが、だれかに背後から強く押されて足取りを速めた。

「なんだって？」かたわらの男がさっと疑いの目を向けてきた。レインの声はホルステンだけに送信されていて、ほかの者には聞こえないようだ。

「がっかりさせてくれるね、おじいさん」レインのつぶやき声が流れてくる。「こういうマスクは舌でコントロールできるのに、気づいてないわけ？　まあ、あなたはそうでしょうけど、こいつらだって気づいてないんだから。舌のそばにタブが四つあるでしょ。二番目のやつで通信メニューを選んで、三番目でプライベート回線を指定する。９を選んで。ディスプレイに表示される」

ホルステンは十分近くぺちゃぺちゃとタブをいじくりまわし、うっかりすると空気の供給が止まることに気づいてぞっとした。見張りたちが急に足を止めて激しく口論を始めたころになって、ようやく操作をやり遂げることができた。

「これでどうだ？」

「よく聞こえる」レインのそっけない返事が届いた。「で、あたしたちはどれくらい絶望的なわけ？」

「ほんとにそんな話をしたいのか？」

「ねえ、メイスン、やつらはあたしを心底憎んでる。あたしがほんとに言いたいのは、あなたは彼らを説得して解放してもらうべきだということ。あなたじゃ人質としては役立たずだとか、彼らには必要ないとか、なにか理由をつけて」

ホルステンはまばたきをし、レインの視線をとらえようとしたが、見えるのはプラスチック製のバイザーに反射する照明の光だけだった。「きみは？」

「あたしはあなたよりはるかに桁違いに絶望的だからね、おじいさん」

「彼らはみんなクソみたいな……みんなひどい目にあうんだぞ」ホルステンは言い返した。

「だれもあの惑星にはたどり着けないんだから」

「そう？　こんなことになるとは思ってもみなかったけど、あの問題を回避する方法ならあたしも考えていた」

「止まるな！」スコールズが急に怒鳴ったそのとき、だれかが前方から発砲してきた。

ホルステンがちらりと見たふたつの人影は、光沢のある灰色の生地に黒いプラスチック製のプレートがならぶアーマースーツのようなものを着込んでいた。それが保安隊のフル装備なのだろう。そいつらがライフルをぎこちなくかまえてどすどすと前進してくると、スコールズがレインを自分のまえに引き出した。

「下がれ、さもないとこの女の命はないぞ！」スコールズが叫んだ。

「降伏するならこれが最初で最後のチャンスだ！」スーツのひとつからカーストの声らしきものが流れ出した。「銃を捨てろ、クズども！」

反逆者のひとりがホルステンを狙って発砲し、たちまち一斉射撃が始まった。ふたつの人影がぐらつき、ひとつはあおむけにばったりと倒れた。だが、それは着弾の衝撃のせいでしかなかった。貫通した様子はどこにもなく、倒れた保安隊員はすぐにまた上体を起こして銃をかまえた。

「フェイスプレートだ！　顔を狙え！」スコールズが怒鳴った。

「そっちも防弾なのに」レインの張り詰めた声がホルステンの耳に届く。

「よせ！」古学者は叫んだ。「待て、待つんだ！」するとレインがスコールズにつかまれたまま身をよじってわめき、その声がホルステンの耳の中で強烈に響き渡った。

「バカッ！　耳が聞こえなくなる！」レインが怒鳴った。ホルステンのとなりにいる男が彼の腕をつかんで第二の人間の盾にしようとしたので、古学者はとっさに身を引いた。直後に反逆者は床に倒れ、三つの黒い染みがその船内服に広がった。あまりにも急なできごとにホルステンはなんの感情もわかなかった。

女のほうの反逆者が保安隊に迫っていて、ホルステンはナイフがひらめくのを見た。威嚇としては弱いのではないかと思ったとき、女がナイフをひとりの男に突き刺し、その腕を切り裂いた。灰色の生地がゆっくりと裂けて、アーマープレートがめくれあがる。刺された保安隊員は腕を振りまわし、その仲間が――カーストか？――振り向きざまに発砲すると、散弾が隊員のアーマーで跳ね返った。

「行くぞ！」スコールズはレインを背後に引っ張って動き出していた。「やつらとのあいだのドアを閉じろ。時間を稼ぐんだ。シャトルのエンジンを始動して準備をしておけ！」最後の言葉はすでにベイにいる仲間へ向けられたものだろう。

背後から追ってきた銃弾により、一行が走り続けるあいだに少なくともひとりの反逆者がよろけて倒れ込んだ。ネッセルが通過した重いスライド式のドアを閉めて、制御装置にかがみ込み、保安隊をもう少しだけ足止めするために即席の妨害工作にとりかかった。スコールズはさっさと先へ進んだが、ネッセルは驚くような走力ですぐに本隊へ追い付いてきた。

〝この調子だとシャトルにたどり着いても落伍者を待つことはなさそうだな〟ホルステンが出発を阻止するチャンスは消えようとしていた。舌でマスクのタブをつついてふたたび全員に声が届くようにする。

「スコールズもみんなも聞いてくれ」ホルステンは語り始めた。反逆者のひとりに頭を殴られたが耐えた。「きみたちは船を離れてテラフォーム惑星へ降りればなんとかなると思っているんだろう。あそこに棲《す》んでいる蜘蛛みたいなやつの画像を見ているとしても、まあ、きみたちには銃がある。シャトルのテクノロジーもすべて活用できる。たしかに蜘蛛は問題にはならない。だが、嘘《うそ》じゃなく、あの人工衛星はおれたちが言うことにいっさい耳を貸そうとしない。あのムカつく惑星以外に行ける場所があると思うか？　ギルガメシュさえもう少しでばらばらにされかけたし、接近を試みた偵察ドローンはごっそり破壊された。きみたちのシャトルはギルガメシュよりはるかに小さいし、ドローンよりずっと動きがにぶい。誓って言うが、おれにはあの人工衛星にいる狂人を説得できる材料がなにもないんだ」

「それならなにか考えろ」スコールルズが冷たくこたえた。

「だから言ってるだろう――」ホルステンが口をひらいたとき、一行はシャトルベイの中へ飛び出した。そこは思ったよりも狭くて、機体も一機しかなく、彼は自分が船のこちら方面の運用についてなにも知らないことに気づいた。これは司令官がぶらりと出かけるための専用ヨットなのか？　それとも、シャトルはどれも個別のベイに格納されているとか、なにかそういうことなのか？　ホルステンにはさっぱりわからなかった――それは彼の担当分野ではなく、知る必要もなかったのだ。

「頼むから聞いてくれ」ホルステンは言いかけた。

「彼らはわたしたちに新しい住みかがどんなふうになるかを見せるというミスをしました」ネッセルの声が聞こえた。「司令官は自分の絶対的な英知に逆らう者がいるとは思ってもみなかったんでしょう。なにを言ってもかまいませんけどね、ドクター・メイスン、あなたはあれを見ていない。あれがどんなふうだったかを見ていないんです」

「蜘蛛と例のAIについてはいちかばちかに賭けるつもりだ」スコールズが同意する。

「あれはAIじゃなくて……」だが、ホルステンはすでにシャトルへ押し込まれようとしていて、レインもすぐそばにいた。また銃声が聞こえたが、いまから状況を変えられるほど近くからではなかった。

「ベイの扉をひらけ。安全装置を解除しろ」スコールズが命じた。「もしもやつらが追ってきたら、あのスーツで真空に対応できるのかどうか見せてもらおうじゃないか」レインがホルステンにだけ聞こえるように「できる」とつぶやいたそのとき、早くもシャトルの原子炉が機体を前方へ押し出していく感覚が伝わってきた。ホルステンは二千年ぶりにギルガメシュを離れようとしていた。


シャトルのキャビンはぎゅう詰めだった。反逆者たちの半数は貨物室に入っていて、ホルステンはそちらに体を固定するベルトかストラップがあることを祈った。加速が始まったいまは、固定されていないあらゆる物体――あるいは人間――にとって船尾方向が〝下〟になるが、燃費によって決まる最大安全速度まで達したら、現実問題として〝下〟などどこにもなくなる。

ホルステンとレインは監視がしやすいようにとキャビン最後尾のふたつの座席にすわらされた。スコールズ自身はパイロットのとなりの席につき、ネッセルとほか二名がその背後でコンソールにむかっていた。

逃走中、ホルステンは加速の圧力でひどい吐き気をおぼえた。一時は胃の中身をハッチから背後の貨物室へぶちまけそうになったが、じきにむかつきはおさまった。血液中にまだ冷凍タンクで使っていた薬剤が残っていて、それが突然訪れた不安定な感覚を安定させるべく奮闘していたのだ。

シャトルが安全圏まで脱出すると、レインはホルステンにまずこう告げた――「マスクをはずさないで。安全な回線が必要だから」そのきっちり抑制された声はホルステンの耳のわきにあるレシーバーから聞こえていた。たしかに、完全に意のままにできる環境に身を置いたいま、反逆者たちは呼吸マスクをはずしていた。ひとりが背後にいるレインのマスクに手をのばしてきたとき、彼女はつかまれた瞬間にさっと頭をのけぞらせたので、ハイテクバンダナで口を覆っているような格好になった。ホルステンも同じことを試してみたが、男とぶざまに綱引きをする結果になっただけでなにも得るものはなかった。

「バカが。窒息したければ好きにしろ」反逆者はそう言ってくるりとそっぽを向いた。レインは急いで身を乗り出し、歯でゴムパッキンにかみついてホルステンのマスクを自分のと同じように引きおろそうとした。一瞬、頰と頰が近づいて、目と目が合い、ホルステンは恐ろしく不穏当な親密さをおぼえた――まるでキスでもされかけたかのように。

レインが姿勢を戻すと、ふたりはそろっておかしな位置にマスクをつけた格好になり、ホルステンはなにかたくらんでいると思われるのではないかと不安になった。

だが、反逆者たちにはほかに優先すべきことがあった。コンソールにむかっている男たちのひとりはシャトルの制御を乗っ取ろうとするギルガメシュの攻撃に抵抗しているようだったし、ネッセルともうひとりの女はシステムの出力増加に関して報告を続けていた。しばらく耳をすましていたあと、ホルステンは反逆者たちが避難船に危険な武器があるのかどうか見きわめようとしていることに気づいた。そんなことも知らないのだ。

〝レインとおれがいれば自分たちも救われると思っているのか？　だとしたら、こいつらはグイエンとじっくり話をしたことがないんだろうな〟

ようやく、レインが全員に聞こえるように声を張りあげたが、その音声はホルステンのマスクのスピーカーからもうつろに鳴り響いた。「ギルガメシュが搭載しているのは対小惑星レーザーだけで、それは前方を向いている。船首のカメラのまえをうろついたりしないかぎり攻撃を受けることはない」

反逆者たちはレインを疑わしげに見たが、ネッセルからの報告もそれを裏付けているようだった。

「小惑星が船体の側面にぶつかりそうになったらどうするんだ？」ホルステンはたずねた。

レインの目つきは〝それがいま重要なこと？〟と雄弁に語っていた。「その可能性は無視できるくらい小さい。資源効率の問題」

「全人類を守らなければいけないんですよ？」ネッセルの問いかけは主にレインを非難するためのようだった。

「ギルガメシュを設計したのは技師であって、哲学者ではないから」イーサ・レインは、両手を拘束されている状態でできる範囲でせいいっぱい肩をすくめた。「これをはずして。仕事をしないと」

「あんたはそこにいろ」スコールズが言った。「おれたちはもう安全だ。やつらがギルガメシュを反転させて追いかけてこられるとは思えない。むこうが速度をあげるころには、こっちは星系を半分横切っているだろう」

「で、あなたはこのブリキの箱でどこまで行くつもり？」レインが挑発した。「補給品はどれだけある？　燃料は？」

「充分にある。これが片道旅行だということは最初からわかっていたしな」反逆の首謀者はけわしい顔で言った。

「片道だってとても乗り切れない」レインが言った。スコールズは即座にシートベルトをはずすと、座席の背を順繰りにつかみながらホルステンたちのほうへ短く降下してきた。まるで魚のような楽々とした動きで、故郷にいたころにしっかりと訓練を受けていたのは明らかだった。

「ギルガメシュが攻撃してこないのなら、あんたが必要になる可能性はどんどん少なくなるような気がするんだが」スコールズは言った。

「心配しなければいけないのはそっちの船のことじゃない。あの人工衛星には強力な兵器がある。防御用レーザーはこんな小船なんかばらばらにしてしまう。ギルガメシュのレーザーですら相手にならない」

「だからこそ優秀なるドクター・メイスンを連れているんだよ」スコールズは雲のようにレインの頭上に浮かびながら言った。

「あたしにあなたたちのシステムを操作させて。完全なアクセス権があれば通信パネルからクソどもをひっぺがしてやるから」レインは晴れやかにほほえんだ。「さもなければみんな死ぬだけ、たとえむこうが攻撃してこなくても。メイスン、話してあげて。ドクター・アヴラーナ・カーンがどんなふうにあいさつしてきたか」

　機体の加速が終わり、ホルステンの体を座席へ押しつけていた圧力が消えて無重力状態が訪れた。一瞬の間のあと、古学者はレインの視線をとらえて勢いよくうなずいた。「やつはこっちのシステムを完全に乗っ取った。おれたちはなにひとつ制御できなかった。ほんの数秒でギルガメシュのコンピュータへ侵入して、おれたちを締め出したんだ。その気になればすべてのエアロックを開放して、空気に毒を流し、冷凍タンクを一掃することもできたはずだ……」声は尻すぼみになった。あのときもホルステンは起きるかもしれないことを考えて暗澹《あんたん》たる気分になったものだ。

「〝ドクター・アヴラーナ・カーン〟というのは？」反逆者のひとりがたずねた。

ホルステンはレインと視線を交わした。「それが……その女が人工衛星の中にいるんだ。というより、人工衛星の中にあるもののひとつだな。まず基本となるコンピュータ群があって、それからイライザと呼ばれるなにかがいるんだが、こいつは……ほんもののＡＩかもしれないし、ただのよくできたコンピュータかもしれない。ドクター・アヴラーナ・カーンのほうもやっぱりＡＩの可能性がある」

「ＡＩでなければ？」ネッセルがうながした。

「古帝国の時代から生きのびているただの恐ろしく頭のいかれた人間で、おれたちをあの惑星に近づけないことが全宇宙におけるもっとも重要な目標だと思い込んでいるのかもしれない」ホルステンは反逆者たちを順繰りにながめながら言った。

「なんてこった」だれかがつぶやいた声には畏敬の念すら感じられた。ホルステンの証言にはなにかしらの説得力があったようだ。

「あるいは、たまたま彼女は機嫌が良くて、シャトルのシステムを乗っ取ってあなたたちをギルガメシュへ送り届けるだけですませるかも」レインがにこやかに告げた。

「ああ、その件なんだが」パイロットが口をはさんできた。「ドローンベイの損傷はむしろ好都合だったようだ。遠隔操作で発進させる動きはないようだが……待った、ギルガメシュがわれわれを追ってシャトルを発進させようとしているぞ」

スコールズがさっと身をひるがえし、自分の目でたしかめようとパイロットのもとへ向かった。

「グイエンは本気で怒ってるみたい」レインの声がホルステンの耳の中へそっと忍び込んできた。

「あいつはどうかしてる」古学者はこたえた。

レインは無表情にホルステンを見つめ、一瞬、グイエンを擁護するつもりなのかと思われたが、続けて――「うん……まあ、たしかにどうかしてる。あたしたちがはるばるこんなところまでやってくるためにはそういう狂気が必要だったのかもしれないけど、いまはそれが裏目に出始めている」

「エンジンを停止して、武器を捨てて、捕虜を解放しろと言っている」パイロットがギルガメシュからの宣告を中継した。

「おれたちが勝利をおさめようとしているのに、なぜやつらはこちらがそんな指示に従うと思っているんだ？」スコールズが言った。

レインとホルステンが交わした視線はどちらもまったく同じことを語っていた――ここにいるのは、その精神において、グイエンの同類にほかならないと。

スコールズがまた頭上へただよってきて、ふたりを見おろした。「わかっているだろうが、なにかおかしなことをしたらすぐに殺すぞ」レインに向けられた言葉だった。

「あたしはこの冒険で自分が命を落としそうなパターンをすべて把握しようとしているんだけど、たしかに、そういうパターンも含まれている」レインはたじろぐことなくスコールズを見あげた。「まじめな話、あたしが心配しているのはあの人工衛星のほう。いますぐあたしたちの拘束を解いて。あたしがシャトルのシステムを隔離すれば、あっさり侵入されて乗っ取られるのを阻止できる」

「通信をそっくり遮断すればいいんじゃないのか？」反逆者のひとりがたずねた。

「送信も受信もできなくなったら、どうやってメイスンにあの人工衛星を説得してもらう？」レインは辛辣に指摘した。「だれかにずっとあたしの作業を監視させてもかまわない。そのときなにをしているかはちゃんと説明するし」

「シャトルが一瞬でも動力か制御を失ったら、あるいはあんたが策を弄《ろう》して敵のシャトルを追い付かせようとしているとおれが判断したら……」スコールズが言いかけた。

「わかってる、わかってる」

反逆の首謀者は顔をしかめたままナイフを取り出してレインの拘束具を切断した――それから、ふと思いついたようにホルステンのも。

「あんたはそこにいろ」スコールズが古学者に言った。「いまはあんたにできることはなにもない。レインが作業を終えたら、人工衛星の相手をしてもらうからな」言うことをきかせるためにあからさまに殺すぞと脅迫する必要があるとは思っていないようだった。

レインは、重力がないので手足をじたばたさせながら通信コンソールへ近づき、ネッセルのとなりの席についてベルトを締めた。「さてと、いまやらなければいけないのは……」レインが口をひらくと、すぐにふたりのやりとりは専門的なものとなり、ホルステンには内容を追えなくなった。ただ、プログラムを作り直して通信システムをシャトルのほかのシステムから物理的に切り離すとなると、それなりに時間がかかるのは明らかだった。

ホルステンはじわじわと眠りに落ちた。まどろんでいる最中にも、常に命や手足を奪われる危険にさらされていることや、少しまえに一世紀かそこら世界から離れていたという事実を考え合わせて、なんておかしなことだろうと思わずにはいられなかった。とはいえ、コールドスリープと睡眠はまったく同じものではないし、体内からアドレナリンが薄れていくいま、残っているのはむなしさと骨の髄までの疲労感だけだった。

肩に手を置かれて目を覚ました。一瞬、ほとんど思い出すこともできない夢でうろたえて、ホルステンは旧世界で呼んでいたひとつの名前を口にした。ギルガメシュに乗り込む十年もまえ、いまからだと何千年もまえに失われた名前。

それから――「レインか?」女の声が聞こえたからだったが、手を置いたのは反逆者のネッセルだった。

「ドクター・メイスン」ネッセルはなぜかホルステンに敬意をもっているらしく、声にもそれがあらわれていた。「準備ができました」

ホルステンはシートベルトをはずし、反逆者たちの手から手へ淡々と送られながら天井に沿って進み、最後はレインがのばした手につかまって、通信コンソールの座席へと引きおろされた。

「距離はどれくらいだ？」ホルステンはレインにたずねた。

「通信システムへの接続をすべて切断したことをたしかめるのに思ったよりも時間がかかって。ここにいる友人たちがあたしを信用してくれなくて、なにか悪事をはたらいたりしないよう何度も止めてくれたせいもある。それでも、シャトルの各システムについて外部への送信は遮断した。シャトル自体に物理的につながっている回線以外では接続を受け入れないようにしてあって、例外は通信システムだけ――その通信システムは船内のほかのシステムとつながることはない。ドクター・アヴラーナ・カーンにできるのは、せいぜい通信パネルを乗っ取ってあたしたちを怒鳴りつけることくらい」

「それとレーザーでおれたちを撃破すること」ホルステンは指摘した。

「まあ、それもあるかな。でも、いますぐそれはやめてくれと伝えないと。人工衛星が送信を始めているから」

ホルステンは全身に寒けが走るのを感じた。「見せてくれ」

それは見慣れたメッセージで、人工衛星はみずからをブリン2監視ハビタットと呼び、緑の惑星へは近づくなと警告していた――ホルステンたちが最初に救難信号を傍受したときに受け取ったのと同じものだ。〃だがあのときはこちらから信号を送っていて、むこうはおれたちがよそからやってきたことに気づいていなかった。今回はおれたちはずっと小さな船に乗っていて、主導権は人工衛星のほうにある。あそこではいまでもなにかが眠らずにいるんだ〃

ギルガメシュの通信室のスクリーンにアヴラーナ・カーンの電子の亡霊があらわれ、その声がホルステンたちの言語へ翻訳されたときのことを思い出す――どれくらい言語に精通しているかについては、ホルステンもレインも反逆者たちに教える必要を感じなかった。とりあえずは形式どおりに進めることにしよう。ホルステンはメッセージを用意し、それをインペリアルCに翻訳して送信し、返信が届くと思われるまでの時間が減っていくのを分刻みでかぞえた。

「だれが出てくることやら」肩越しにのぞき込んでいるレインが耳元でつぶやいた。

やがて返信が届き、不安と安堵をひとしくもたらしてくれた――なぜ安堵したかと言えば、少なくとも人工衛星が記憶にあるとおりの状況にあるとわかったからだ。

【あなたがたが目指している先にあるのは隔離惑星であり、いっさい関与するべきで

【猿たちが猿たちが戻るこの世界をわたしだけの世界を奪おうとするやつらは言葉ど

はありません。カーンの世界へ侵入を試みればただちに報復がおこなわれます。いかなるかたちであれこの惑星との接触は認められません】

おりでも見た目どおりでもなく地球から来たのでもなくやつらは害虫やつらは害虫見捨てられた地球はもう沈み連絡もない連絡もないいなにも】

翻訳は簡単にできた。反対の肩越しにのぞいていたネッセルが困惑した声をあげた。

【イライザ、わたしたちはカーンの世界に干渉はしません。わたしたちはあなたの実験の進捗をたしかめに来た科学派遣団なのです。どうか着陸の許可をお願いします】これくらいは試してみる価値はありそうだ。

返信を待つあいだは記憶にあるとおりいらいらがつのった。ホルステンはレインにたずねた。「人工衛星のレーザーの射程内に入るのはいつごろかな？」

「カーストのドローンの件から考えると、あと四時間十九分。たいせつに使って」

【惑星への接近を許可することはできません。そのような試みがあれば委譲された科学力による致命的な攻撃の対象となります。実験ハビタットの隔離は最重要事項です。

【薄汚い害虫どもが侵入するわたしの猿たちは話をしてくれないずっとずっとイライザなぜ猿たちは話をしてくれないいなぜ呼びかけてくれない静かすぎる静かすぎる話す

あなたがたにはただちに針路の変更を要求します】

相手はあなただけそのあなたはわたしの壊れた鏡像】

【イライザ、あなたのシスターであるアヴラーナ・カーンと話をさせてください】ホルステンはすぐさま送信しながら、時間がなくなっていくのを強く意識していた。限られた残り時間が一秒また一秒とこぼれ落ちていく。

「気をつけて」レインが警告した。「うまくやらないとなにもかも失うことになるかもしれない、ひょっとしたら生命維持システムも含めて」

通信パネルから――だれの許可も受けることなく――流れ出した声は、きちんとしたインペリアルCになっていたが、その横柄な口調は聞きまちがえようがなかった。それは針路を変更しろという、より強硬な要求にほかならなかった。

【ドクター・カーン】ホルステンは送信した。【わたしたちがここへ来たのはあなたの偉大な実験を見学するためです。惑星上にあるどんなものも変えるつもりはありませんが、なんらかの手段で観察することは許されるはずです。あなたの実験はとても長期にわたって続けられてきました。すでに成果は出ているのではありませんか？　ぜひ手助けをさせてもらえませんか？　わたしたちがデータを収集すればあなたの役に立ちませんか？】正直に言えば、ホルステンはカーンの実験がどんなものかはっきりわかっているわけではなく――いくつかの仮説を組み立ててはいた――イライザの冷静な言葉と共に送られてくるカーン自身の内面の思考からひろい集めた情報を投げ返しているだけだった。

【嘘だ】という返信に、ホルステンは意気消沈した。【このシステム内の交信が聞こえないとでも思っているのか？　あなたがたは脱走者で、犯罪者で、最悪の害虫だ。あなたがたを追跡している船からは、正義の裁きにかけるためにそのシャトルを行動不能にしてくれとの依頼がすでに来ている】

ホルステンはそのメッセージを見つめて、死にものぐるいで頭を働かせた。彼は反逆者の一員であるかのように本気でカーンと交渉をおこなっていた。自分が捕虜だということをすっかり忘れかけていた。

両手が動いて、次の信号を送ろうとした。【そのとおりにしては……？】

なにか冷たいものが耳に押し当てられた。さっと横へ目をやるとネッセルのこわばった顔が見えた。

「おかしなことを考えないで」ネッセルは言った。「この船が行動不能にされたら、あなたとそこの技師は救出されるまで生きてはいられないんですよ」

「ここで銃なんか撃ったら船体に穴をあけることになる」レインが硬い声で言った。

「だったら発砲の口実をあたえないでください」ネッセルはコンソールのほうへ顎をしゃくった。「ドクター・メイスン、あなたは専門家かもしれませんが、わたしだってこれをほぼ理解できていることをお忘れなく」

〝こんなときに優秀な生徒が見つかるとはな〟ホルステンは絶望感をおぼえた。「だったらなにを言えばいい？　おれが聞いたことはきみも聞いただろう――彼女はこっちの正体を知っている。ギルガメシュやもう一機のシャトルからの送信をすべて傍受しているんだ」

「例の月のコロニーについて話せ」スコールズが怒鳴った。「その女にあいつらがおれたちになにをさせようとしたか教えてやるんだ」

「あたしたちがいま話している相手は、はるか古帝国の末期からずっと、このシャトルよりも小さな人工衛星の中で過ごしてきた。そんな相手に同情を求めるつもり？」レインが言った。

【ドクター・カーン、わたしたちは人間です、あなたと同じです】ホルステンは送信しながら、最後の部分はどれくらい真実なのだろうかと思いめぐらした。【あなたはギルガメシュを破壊することができたのにそうしなかった。あなたにとって実験がどれほど重要なものであるかは理解しています】――これも嘘だ――【しかしお願いです、わたしたちは人間なのです。わたしはこの船で捕虜になっています。あなたと同じ学者です。あなたがいま言ったことをすれば、わたしは殺されます】言葉が論文のように無味乾燥なインペリアルCに翻訳されると、ホルステン・メイスンという遠い歴史の彼方に消えた人物について、後世の学者たちが議論しているかのようだった。

メッセージを送ってから返信が届くまでの時間が、シャトルが惑星に接近するにつれてどんどん短くなっていた。

【あなたがたが目指している先にあるのは隔離惑星であり、いっさい関与するべきではありません。カーンの世界へ侵入を試みればただちに報復がおこなわれます。いかなるかたちであれこの惑星との接触は認められません】

【わたしはこいつらには責任がない惑星はぜんぶわたしのもの実験への干渉は認めない猿たちが呼びかけてこなければすべてはむだになるいまやわたしの猿たちだけが人類の生き残りなのにこの害虫がこの害虫が】

「だめだ、イライザに戻るな！」ホルステンは叫び、反逆者たちをぎょっとさせた。

「なにがあった？」スコールズが詰問した。「ネッセル——？」

「これは……一歩後退したということでしょうか？」

ホルステンは頭が真っ白になり、すわったまま身動きひとつできなかった。

ふいにスコールズの声が耳元で響いた。「お手あげか？　なにも思いつかないのか？」危険な裏の意味がひそんでいる口ぶりだった。

「待ってくれ！」と言ったものの、そのあやうい一瞬、ホルステンの頭は完全にからっぽのままだった。なにもなかった。

それからひとつ思いついた。「レイン、ドローンが撮影した映像はあるか？」

「ああ……」レインは両手でひっかくようにして別のコンソールまでたどり着き、そこにすわっていた反逆者を押しのけて席についた。「カーストが録画したやつ？　ええと……うん、ある」

「通信パネルへつないでくれ」

「本気？　そんなこと……」

「頼む、レイン」

シャトルを汚染の危険にさらすことなく通信遮断を回避するのは驚くほど複雑なプロセスだったが、レインと反逆者たちのひとりは第二の隔離されたデータストレージを設置し、それを通信システムに接続した。ホルステンはドクター・カーンの見えない魔手がその新たな回線からなだれ込んできてまたもや袋小路にぶつかるさまを想像した。

【ドクター・アヴラーナ・カーン】ホルステンは次のメッセージを用意した。【あなたはこの実験惑星に観察者を置く必要性について考え直すべきだと思います。最後にわたしたちの船があなたの世界を通過したとき、遠隔カメラが下界の様子をとらえていました。あなたはこれを見るべきだと思います】

それは賭けであり、いまも人工衛星にいるカーンの錯乱したかけらを相手に恐ろしいゲームをすることになるが、頭に銃が突き付けられていてはしかたがなかった。それに、いくらかは学者としての好奇心もあった。〝さあどう反応する？〟

ホルステンはメッセージとファイルを送信した。カーンがギルガメシュのシステムに出現したときの状況を考えればデータを解読できるはずだった。

数分後、人工衛星からホワイトノイズとほとんど変わらない理解不能な信号が届き、そのあとに――

【わたしの猿たちになにをした？　わたしの猿たちになにをした？】

【指示があるまで待機してください。指示があるまで待機してください】

それを最後に、人工衛星からの信号は完全に途絶え、シャトルの人びとはホルステンがなにをやったのか、それがどういう成果をあげるかについて激しい議論を繰り広げた。

3.6 そは甘美で名誉なり

〈大きな巣〉には厳密な階級制度は存在しない。それどころか、人間の基準からすれば蜘蛛の社会は機能する無政府状態に見えるだろう。社会における地位がすべてであり、それは貢献によって獲得される。同輩組の中に、戦いに勝った戦士や、新発見をした学者や、だれよりも優雅な踊り手や雄弁な語り部や熟練した職人がいれば、それによって目に見えない地位が積みあがり、崇拝者や贈り物や恩典がもたらされ、労働要員として仕えようと押し寄せるおべっか使いの雄たちも、みずからの才能をそこの既存の遺伝子給源に加えようとする請願者たちも増えることになる。蜘蛛の社会は流動社会であり、有能な雌は驚くほど大きな社会的機動力を有する。彼女ら自身の表現を借りるなら、その文化は毎朝紡ぎなおされるつながりの複雑な網なのだ。

このような社会が機能する主な理由のひとつに、ありきたりの不快な労働を請け負うのが雄だという事実がある——目的もなく保護者の雌もいない場合、そうでもしなければそもそも〈大きな巣〉で庇護を求める権利がない。林業や農業のような分野におけるきつい労働の大半は、蜘蛛たちが仕込んだ家畜の蟻たちが担当している。なにしろ蟻は生まれつきの働き者なのだ。生きることについて深く考える傾向も能力もないので、そのような機会はあたえるだけむだだろう。蟻たちからすれば、投入された異様に人工的な環境でせいいっぱいの成功をおさめているのだ。この蟻群には、自分たちが何者かに裏であやつられているとか、自分たちの産業が〈大きな巣〉のために乗っ取られているとかいった発想はない。すべてが途切れなく機能している。

ポーシャの社会はいまや限界まで追い詰められている。蟻の隊列による侵略という事実は犠牲を必要としているのに、だれのためにだれが犠牲を払わなければいけないのかを決める指揮系統が存在しない。状況がさらに大きく悪化すれば、〈大きな巣〉は崩壊を始めて、より小さな避難民の集団に分かれ、蜘蛛文化の頂点をきわめたという記憶だけが残ることになる。さもなければ偉大な指導者が出現してすべての指揮をとるかもしれない——初めは民衆のためだろうが、人間の例が有効な指針となるのであれば、やがては私欲のために。いずれにせよ、ポーシャの知る〈大きな巣〉はもはや存在しなくなる。

都市が失われるのはこれが初めてというわけではない。大陸を休みなく進撃する蟻の群れは、世界に二度とあらわれることのない多数の比類なき異文化を壊滅させ、住民を皆殺しにして新たな生活様式で上書きしてきた。それはあらゆる征服者たちが〝明白なる使命〟を追い求める過程でおこなってきたことだ。

ポーシャの戦功のおかげで彼女の同輩組はそれなりに信頼を得ているが、現時点で最大の強みとなっているのはビアンカだ。〈大きな巣〉できわめて高く評価されている異端の学者たちの一体で、多くの面で種の生活を向上させてきたが、それはほかの者が気づきもしない問題点について解決策を見つける頭脳を持っているからだ。彼女は隠遁者《いんとんしゃ》でもあり、実験を続けること以外に望むことはほとんどなく――受け継いだ〈理解〉のさらなる強化に邁進《まいしん》する者に共通する特徴――それはポーシャの同輩たちとも相性がいい。そうでなければビアンカはむしろ自分のほうが組の繁栄の恩恵を受けていると判断したかもしれない。

だが、ビアンカが伝令を送れば彼女の同輩たちはすぐに駆けつける。自分が正しく評価されていないと感じたら、ビアンカは〈大きな巣〉の同輩組をどれでも好きなように選ぶことができるのだ。

ビアンカは〈大きな巣〉の中で暮らしてはいない。真の科学が一定の隔離を必要とするのは、それによって予期せぬ結果を安全に封じ込められるからだ。ポーシャの民は昔から問題の解決が得意で、成功するまで何度でもやりかたを変える傾向がある。揮発性の化学物質を扱うとき、これは欠点にもなりかねない。

ビアンカの現在の研究室は、地元にある蟻の領土の奥深くに位置している。蟻たちが近づいてこないように小道沿いに築かれた土手へ近づくにつれ、ポーシャはだんだん気が進まなくなって、何度も立ち止まり、その気もないのに前脚をあげて鋏角を誇示したりする。蟻すなわち敵という昔ながらの連想はなかなか消しがたい。

ポーシャがビアンカを見つけた部屋は蟻たちによって掘られたあと、コロニー特有の匂いをつけることで蟻の巣から隔離されている。このような手法は過去にも居留地を攻撃から守るために試みられたが、成功したことはない。蟻たちは必ず方法を見つけるし、炎は生理活性物質《フェロモン》など気にしない。

部屋の壁は糸で覆われ、天井からは網でできた複雑な蒸留器が垂れさがり、ビアンカの錬金術の混合容器となっている。側室の囲いにはある種の家畜がおさめられていて、実験で使われるか、さもなければ単に手頃な食料となるのだろう。ビアンカは全体を見渡す天井に陣取り、たくさんの目であらゆる作業を監視して、指示が必要なときには触肢や突然の足踏みで部下たちに信号を送っている。上部の入口からいくらか光が射し込んではいるが、ビアンカは昼夜を問わない生活を送っているので、甲虫の幼生から発光腺を培養し、壁をおおう織物の中で人工星座のように輝かせている。

ポーシャが部屋の中へ降下してみると、床の一部がやはりひらいていて、その下の蟻群へ通じている。これ以上ないほど薄く張られた糸の膜をとおして、せわしなく動きまわる蟻たちがそれぞれの作業に取り組む姿が見えている。たしかに、蟻たちは無意識ではあっても〈大きな巣〉の途切れなき繁栄のために休まず働いてくれるが、もしもポーシャがあの薄膜を突き抜けてその領土へ落下したら、蟻たちがあらゆる侵入者のために用意しているのと同じ運命に見舞われるだろう――なんらかの化学的対策により身を守っていないかぎり。

ポーシャは触肢でビアンカにあいさつをして旧交を温める。このやりとりにはおたがいの相対的な社会的地位の明確に計算された要約が含まれ、共通の同輩たち、専門分野のちがい、ビアンカが得ている評価への言及がある。

錬金術師の返答はおざなりだが不作法ではない。彼女はポーシャに待つよう言って、主眼を下の忙しい研究室へ向け、監督している案件からしばらくのあいだ注意をそらしても大丈夫かどうかたしかめる。

ポーシャは下で続いている作業へあらためて目をやり、衝撃を受ける。〝あなたの助手たちは雄だ〟

〝そのとおり〟ビアンカはこんな話題は珍しくないという態度で応じる。

〝雄にはこういう複雑な作業をこなす能力はないと思っていた〟ポーシャは指摘する。

〝よくある誤解だ。きちんとした指導と生まれつきの適切な〈理解〉があれば、雄は定型的な作業を充分にこなせる。わたしも以前は雌たちを雇っていたが、地位をめぐる争いが頻発して自身の優越性を守らなければならなくなった。おたがいの――そしてわたしの――脚を品定めするばかりで、作業が終わらない。そこでこういう解決策に落ち着いたのだ〟

〝しかし雄たちは常にあなたに求愛しようとするはずだ〟ポーシャは困惑する。結局のところ、雄が生活に求めるものがほかになにかあるのか？

〝きみはのんきな同輩房で長く過ごしすぎたようだな〟ビアンカはポーシャをなじる。〝わたしは助手を作業への献身ぶりによって選ぶ。ときどき彼らの生殖物質を受け入れるとしても、それはわれわれがここで思いついた新たな〈理解〉を保存するためでしかない。彼らがそれを知っていて、わたしもそれを知っていれば、生まれる子のだれかはその〈理解〉を受け継いでいる可能性が高いのだからな〟

ポーシャがこの説明にとまどっているのは、姿勢の変化や、触肢のせわしない動きから明らかだ。〝しかし雄たちはけっして――〟

〝わたしにとっては、あの雄たちが生涯に学んだ知識を自身の子に伝えられるというのは実証された事実だ〟ビアンカは強く足踏みしてポーシャの言葉に自分の言葉をかぶせた。〝伝えられるのは母親の〈理解〉だけだという主張には根拠がない。わたしだけでもそれを信じているのは、わたしの同輩組にとっては幸いなことだ――わたしがうちの養育所で孵化した者から交尾の相手を選ぶようにしているのは、彼らが伝えるに値する〈理解〉をすでに持っていて、蓄積効果によりこの血筋全体が強く育つ可能性が高いからだ。われわれがどちらもこの世を去るまえに、きっとそれがあたりまえのことになるはずだ。時間ができたら、ほかの同輩組でこの考えを理解してくれそうな少数の者を相手に、その〈理解〉の交易を始めるつもりだ〟

〝われわれのどちらかにそれだけの時間があたえられていればの話だろう〟ポーシャは力を込めて告げる。〝わたしは〈大きな巣〉に長くとどまることはないのだ、姉妹。どうすればあなたの手助けができる？〟

〝そうか、きみは〈七つの木〉にいたのだな。様子を教えてくれ〟

ポーシャは自分の行動をそこまでビアンカに把握されていることに驚く。そして軍事的な問題に焦点を絞ってしっかりとした報告をおこなう——防御側がもちいた戦術、敵側が使用した兵器。ビアンカは注意深く耳をかたむけ、主だった細目を記憶にとどめる。

〝〈大きな巣〉にはわれわれが生きのびられないと考えている者が大勢いる〟ビアンカは報告を聞き終えたあとで告げる。〝どの同輩組も最初にここを放棄して軽蔑されたいとは思っていないが、いずれはそうなるはずだ。ひとつの組が去って、そうした抵抗感がなくなれば、みながなだれを打って脱出していくだろう。われわれは自滅し、これまで築きあげてきたものをすべて失う〟

〝そうなりそうだ〟ポーシャは同意する。〝聖堂へ行ってきた。司祭さえ取り乱しているようだった〟

ビアンカはいっとき天井にうずくまり、不安げな姿勢をとる。〝伝言が汚染されているという噂がある。別の〈使徒〉がいるのだと。司祭と話をしたところ、おかしな時刻に水晶内に新しい伝言を感じたと言っていた。意味のない——ただのでたらめな振動の集まりだ。どういうことか説明はできないが、心配ではある〟

〝その伝言は蟻向けなのかもしれない〟ポーシャは眼下で走りまわる虫たちを見つめる。でたらめな振動の集まりという表現はしっくりくるように思える。

〝そういう指摘をしたのはきみが初めてではない。幸い、伝言や〈使徒〉に関するわたしの考えは、ただそう考えているというだけのことだ――それでこの巣を救うために働くのをやめたりはしない。来たまえ。実は新兵器の研究をしていて、それを配備するためにきみの手助けが必要なのだ〟

ポーシャはずいぶんひさしぶりに希望が高まるのを感じる。前向きな方策を見つけられる頭脳があるとすれば、それはビアンカの頭脳だ。

錬金術師のあとについて家畜の檻《おり》へむかうと、そこには蟻なみの大きさの甲虫たちがわらわらと群れている――いちばん大きくて二十糎《センチ》ほどだ。体色は濃い赤色で、中でも色鮮やかな触角が円形の扇のようにふさふさと広がっている。

〝以前に見せてもらったことが？〟ポーシャはためらいがちな動きで問いかける。

〝きみと同じように敵に立ち向かう勇者たち、のようだな〟ビアンカはこたえる。〝この種には珍しい習性がある。うちの助手たちが危険を覚悟して下の蟻群へ降りたときに発見した。この甲虫たちは蟻の群れの中にいながら襲われることがない。それどころか蟻の幼生を食べている。助手たちの報告は、蟻たち自身がうながされてこの甲虫たちを養っていることをしめしている〟

ポーシャはじっと待つ。ここで彼女がなにを言おうが意味はない。ビアンカはこの邂逅《かいこう》を入念に計画していて、順を追って思いどおりの結果を導こうとしているのだ。

〝有能で信頼のおける戦士を二十四体ほど集めてほしい〟ビアンカは指示を出す。〝心を強くもってくれ。わたしの新兵器の試験をしてもらうわけだが、失敗すれば命を落とす可能性が高い。きみは進撃してくる軍勢と対峙《たいじ》しなければならない。そのど真ん中へまっすぐ踏み込むのだ〟

蟻の群れに潜入するとなればもはや頭をいくつか落として臭腺を奪うというだけではすまない。あの特大の蟻群は独自の防御策を発達させている――やみくもな化学的軍拡競争は蜘蛛の創造力を凌駕《りょうが》しているのだ。蟻たちはいまや時間がたつと切り替わる変動暗号の化学版を使っていて、ポーシャの種族はそれに追い付くことができない。蜘蛛が敵を混乱させるために使う化学兵器は効果が短く、今回のようなとてつもない規模の敵が相手ではいやがらせぐらいにしかならない。

蟻群の警備体制が強化されたことはほかのたくさんの種に壊滅的な影響をおよぼしていた。蟻の巣はそれ自体がひとつの生態系であり、ぎこちない共生関係にある種は多い。たとえば蟻巻は蟻に奉仕を提供し、蟻は進んで蟻巻を飼育する。それ以外は寄生者で、壁蝨《ダニ》、虱《シラミ》、甲虫、さらには小型の蜘蛛までもが、日常的に蟻の獲物を盗んだり宿主そのものを消費したりしている。

こうした種の大多数はいまや巨大な群れから離れている。蟻たちが使う高度な化学的暗号は、外にいる敵からの防衛に活用されるだけでなく、領土内の招かれざる客を何十匹も見つけては排除してきた。だが、ごく一部の種は創意工夫とみごとな適応力によってなんとか生きのびてきた。中でも髭太筬虫《ヒゲブトオサムシ》――ビアンカの現在の研究対象――はもっとも成功をおさめている。

　髭太筬虫は何百万年もまえから蟻の巣の中で暮らし、さまざまな手段をもちいて知らず知らずのうちに宿主たちに取り入ってきた。いまはナノウイルスの働きにより、ポーシャほどの知性はなくとも、ある程度の狡猾《こうかつ》さと連係して行動する能力を身につけ、用途の広い生理《フェ》活性物質《ロモン》という道具を鋭い洞察力によって活用している。

　髭太筬虫は周囲の蟻をあやつる生理活性物質《フェロモン》を分泌する。目が見えず匂いと触感だけで築かれた世界に住む蟻が相手ならこれでだますことができる。髭太筬虫の化学物質は蟻むけの幻の世界を巧妙に作り出し、幻覚によって惑わされた蟻たちを思いどおりに動かす。ポーシャとその民にとって幸運なことに、髭太筬虫が現時点で到達している知的水準では、蟻の中に交じった利己的な裏切り者といういまの立場よりも先を見とおすことはできない。進撃する蟻の群れが姿を見せない甲虫の大王があやつる無数の人形に代わった改変歴史を想像するのは容易なことだ。

　蟻の群れが使う化学的暗号が変化するというのは髭太筬虫にとっては常に難題だ。甲虫たちはおたがいの化学物質をひっきりなしに交換し、蟻たちの設定を解読して書き換えるのに最適な鍵を更新する。だが、蟻たちのど真ん中で気づかれることなく暮らすという離れ技は、髭太筬虫がもつ秘密兵器によって実現されている――ビアンカが発見して興味をかき立てられた、彼らの先祖から伝わる精妙な匂いだ。

ポーシャはビアンカが説明する計画に注意深く耳をかたむける。それは危険と自殺とのあいだのどこかに位置しているような策略だ。ポーシャとその仲間たちは、蟻の隊列を見つけて待ち伏せし、大勢の見張りを存在しないかのように通過してまっすぐそこへ踏み込まなければならない。ポーシャはすでにさまざまな可能性を検討している――上方からの攻撃、枝または糸で編んだ足場からの急降下、進撃する蟻の奔流への突入。もちろんビアンカはそこの部分をすでに考え抜いている。隊列に加わるならそいつらが兵士たちの体で築かれた巨大な要塞《ようさい》の中で夜を過ごしているときだ。

〝新しく開発したものがある〟ビアンカは説明する。〝きみのための鎧だ。しかしそれを身につけられるのは攻撃を仕掛けるときだけだ〟

〝蟻たちを撃退できるほど強い鎧なのか？〟ポーシャが疑うのはむりもない。蜘蛛の体には弱点がたくさんある。蟻が狙いやすい関節が多すぎるのだ。

〝そんながさつなものではない〟ビアンカは隠し事をするのが好きなほうだった。〝この髭太筬虫は、この甲虫は、蟻の群れの中を風のようにとおり抜けることができる。きみもそうなるのだ〟

ポーシャの疑念は触肢の不安げな震えにはっきりとあらわれている。〝それで、わたしが蟻たちを殺すのか？　できるだけたくさん？　それだけでいいのか？〟

ビアンカの姿勢はそうではないと語っている。〝考えてみたのだが、いくらきみでもそんなやりかたでは蟻を止められない。とにかく数が多すぎる。たとえわたしの鎧がそれだけもちこたえ、きみが昼夜を分かたず殺し続けたところで、蟻はまだまだ出てくるだろう。やつらの軍勢が〈大きな巣〉に近づくのを阻止することはできまい〟

〝ではどうするのだ？〟ポーシャは詰め寄る。

〝新兵器がある。それが作動すれば……〟ビアンカは足踏みでいらだちをあらわす。〝試験するには使ってみるしかないのだ。このあたりの小さな群れでは効果があったが、侵略者たちはもっと複雑な集団で、攻撃にも強い。きみにはわたしが正しいのだと祈ってもらうしかない。なにを頼んでいるか理解してくれたかね――われわれの姉妹たちのために、われわれの故郷のために〟

ポーシャは〈七つの木〉の陥落について考える。あの炎、貪欲な蟻の大群、行動が遅すぎたり実直すぎたりしたせいで脱出できなかった仲間たちのしなびていく体。恐怖は普遍的な感情であり、彼女はそれを痛切に感じながら、恐ろしい光景をかき消し、二度と蟻たちとは対峙したくないと切望する。だが共同体の絆、親族の絆、自分の同輩組と民への忠誠心は恐怖よりも強い。多くの世代にわたって続いてきた強化の成果が、ウイルスの影響で同族と協力するようになった祖先たちの成功を通じて、いま前面にあらわれてくる。いずれだれかが必要なことをやらなければならない時が来る。ポーシャは若いころから訓練を受け教義を叩き込まれてきた戦士なのだから、この危急の際には、より大きな存在を生きのびさせるために進んで命を投げ出すのだ。

〝いつだ？〟ポーシャはビアンカに問いかける。

〝早ければ早いほどいい。選《え》りすぐりの戦士を集め、朝には〈大きな巣〉を発《た》つ準備をしたまえ。今宵《こよい》、この都市はきみのものだ。もう卵は産んだのか？〟

ポーシャは肯定の返事をする。いまは雄の気を惹《ひ》く準備ができていないが、過去には何度か産卵している。彼女が遺伝と学習によって受け継いだものは、〈大きな巣〉そのものが残れば失われることはない。より大きな見地に立ってみれば、それはすなわちポーシャがいずれは勝利をおさめるということだ。

その夜、ポーシャはほかの戦士たちを集めにいく。頼りになるとわかっている経験豊富な雌たちだ。多くはポーシャの同輩組の出身だが、それだけではない。かつて肩を並べて共に戦い――ときには優劣を決めるために競い合った――おたがいに敬意を払っている相手がほかにもいる。ポーシャは手探りで一体ずつ慎重に近づき、来訪の意図を伝えて、相手が納得するまでビアンカの計画を少しずつ明かす。計画に納得がいかないとか、そこまでの勇気がないとか言って拒絶する者もいる。なにしろ、ここで言う勇気とはほぼ恐れを知らないということだ。蟻なみの義務に対するやみくもな献身が求められる。

それでも、さほどたたずに仲間はそろい、朝になって集合がかかるまでのあいだ、だれもがこの夜をめいっぱい味わおうと〈大きな巣〉の高い道へむかう。同輩組の仲間たちをたずねる者もいれば、気晴らしを求める者もいる——雄たちの踊り、織り手たちのきらびやかな芸術作品。準備ができている者は求愛を受け入れ、同輩房で卵を産み落とし、できるだけ自分自身をあとに残そうとする。ポーシャも前回の産卵から多くのことを学んできたので、それらの〈理解〉が、それらの独立した知識のかたまりが、自分が死んだら失われてしまうことに少しばかり後悔の念をおぼえる。

ポーシャはふたたび聖堂へ出かけて、熱心な祈りがもたらす束の間の安らぎを得ようとするが、そこでビアンカに言われたことを思い出す——〈使徒〉の声はひとつではなく、水晶の中には司祭たちを悩ませるかすかなささやきが交じっている。ポーシャがずっと考えていたように、あの伝言の数学的完全性はそれを構成する単なる数字の列を超えた、より大きな、桁外れの重要性をもっているはずなので、この新たな展開にも、おなじみの方程式や解を紡いだり結んだりしているだけの愚鈍な蜘蛛にはとても理解できない深い意味があるにちがいない。では、いったいなにを意味しているのか？　良いことではないな、とポーシャは感じる。良いことではない。

夜が更けたころ、ポーシャは〈大きな巣〉の最頂部でうずくまり、星ぼしを見つめながら思いをめぐらす——そこにあるどの光点が水晶へむかって不可解な秘密をささやきかけているのだろうかと。

3.7 天界での戦い

カーンはいっさいの連絡を断ち、緑の惑星を目指して進む反乱軍のシャトルが広大な距離を刻一刻と縮めていくにまかせた。ホルステンはぎこちなく身をかがめてなんとか眠ろうとしたが、その座席は減速の負荷を吸収するのに理想的な造りになっていたものの快適とはほど遠かった。

ゆっくりと眠れなかったのは、カーンが不在でも無線通信が遮断されたわけではなかったからだ。だれが最初に言葉で発砲したのかはわからなかったが、追跡側のシャトルに乗っているカーストとそのとき反逆者側で通信を担当しているだれかとの度重なる口論で、ホルステンは何度も起こされてしまった。

カーストはいつもどおり独断的で、背後に全人類を（選挙で選ばれたわけではない代表者、ヴリー・グイエン経由で）従えているという権威をかさにギルガメシュの代弁者をつとめていた。彼は無条件降伏を要求し、ホルステンでさえあのシャトルでは不可能だとわかっているのに宇宙空間で撃破するぞと脅し、黙り込んだ人工衛星がどれほど怒っているかという話まで持ち出したあげく、どれも効果がないとわかると、ついには個人攻撃にはしった。ひょっとしたらグイエンから反逆者たちを逃がした責任を問われているのかもしれない。

だが、カーストの発言にはホルステンとレインの名前も出てきた——それは唯一のポジティブな面だった。捕虜の奪還もある程度は考えているようだが、それはおそらく最優先事項ではない。カーストがふたりと話すことを要求したのは、まだ生きていることを確認するためだ。辛辣な態度のレインと少し言葉をかわすと、カーストは満足してそれ以上なにも求めなかった。彼の偏執的な要求リストにはふたりの無傷での返還という項目がずっと含まれていて、うっかりすると感動させられてしまいそうだった。

反逆者たちのほうは、自分たちの要求と主張を並べ立て、月のコロニーが直面する困難についてくわしく説明して、そんなものは必要ないのだと断言した。カーストはレインがすでに提示していたのと同じ理由で反論したが、あまり明確な説明ではなく、まるでだれかの言葉をそのまま繰り返しているかのようだった。

「そもそもなぜ追いかけてくるんだ？」ホルステンは疲れた声でレインにたずねた。こんな通信回線越しの口論が続いていてはとても眠れそうになかった。「そんなに絶望的な愚行だとわかっているなら、勝手に行かせればいいだろう？　おれたちふたりのためだけじゃないよな？」

「とにかく、あ、あ、あなたのためではない」レインは辛辣に切り返してから、口調をやわらげた。「たぶん……グイエンは意地になってる」なんだか妙な口ぶりで、ホルステンはこの件で彼女はどんな経験をしたのだろうといぶかった。「だけどそれだけじゃない。ギルガメシュの記録にある〈メインクルー能力一覧〉にアクセスしたことがあるんだけど」

「指揮班しかアクセスできないはずだが」ホルステンは指摘した。

「それくらいであきらめるようじゃまともな主任技師とは言えない。あたしがアクセス用のコードのほとんどを書いたんだし。我らがボスがどの分野で好成績をおさめてこの仕事についたのか気になったことはない？」

「まさにいま気になってきたよ」

「長期計画だった、信じてもらえるかどうかわからないけど。目標を立てて途中にどれほどたくさんの問題があろうとそれにむかって邁進する能力。グイエンは常に四手先を読んでいるタイプの人。だからいまもそれをやっているとしたら、ただ腹を立てているだけのように見えてもちゃんと理由がある」

ホルステンはしばらく考え込み、そのあいだも反逆者たちはずっとカーストに怒鳴り散らしていた。「競合するわけか。万が一おれたちがあの人工衛星を突破して惑星にたどり着いて……化け物じみた蜘蛛たちを相手に生きのびた場合は」

「ええ、たぶん。あたしたちがテラフォームBとかなんかそういう場所へ出かけて、数世紀たって戻ってきたとき、スコールズはあの惑星でしっかり基盤を確立していて、カーンと協定さえ結んでいるかもしれない。グイエンは……」

「グイエンはあの惑星をほしがっている」ホルステンはあとを引き取った。「グイエンは人工衛星をやっつけて惑星を支配しようとしている。だが、そのためにほかのだれかと戦うはめにはなりたくない」

「それだけじゃない――もしもスコールズが惑星に住みついて、『おいで、ここの蜘蛛たちは友好的だよ』というメッセージを送った場合、大勢の人たちが彼の仲間に加わろうとしたらどうする？」

「要するに、グイエンはおれたちを無視できないわけだ」と言ったところで、ホルステンはふと思いついた。「となるとグイエンにとって最善の結果は、降伏を別にすれば、カーンがおれたちを粉々に吹き飛ばしてくれることだな」

レインは眉をあげて通信回線越しに続いている口論のほうへちらりと目を向けた。

「カーストが人工衛星へ信号を送っていたらそれを傍受できるか？」ホルステンはレインにたずねた。

「わからない。この連中が許してくれるなら、試してみることはできるけど」

「そうするべきだと思う」

「ええ、そのとおりだと思う」レインがシートベルトをはずして座席から体をそっと押し出すと、あっという間に反逆者たちの視線が集まった。「ねえ、ちょっとだけ通信コンソールを使わせてもらえない？　ほんの――」

「やつがドローンを発進させたぞ！」パイロットが叫んだ。

「見せろ」スコールズがさっと前方へ飛び出し、レインの肩に手をかけてそのまま押しやった。レインはホルステンの座席をつかんでいた手を引き剝がされ、キャビンの後方へくるくると流れていく。「それと、なにが起きているかわかるまで、その女はどんなものにも近づけるな」

レインがなにかにガシャンとぶつかって悪態をつき、それ以上跳ね返らないようにあわてて手探りしている音が聞こえた。

「いつからシャトルがドローンを積むようになったんですか？」ネッセルが質問している。

「最初から装備しているシャトルがある、積荷じゃなくて」一同の背後でレインの声が告げた。

「ドローンになにができる？」だれかが問いかけた。

「武装しているかもしれない」パイロットが緊張した声で説明する。「あるいはそのままぶつけることもできる。ドローンはシャトルよりも急激に加速できるし、こっちはどのみち減速を始めている。いま発進させたのは距離が充分に詰まったからだろう」

「なぜわざわざ追い付かれるようなことをするんだ？」別の反逆者が怒鳴った。

「着陸するときに惑星にでかい穴をあけたくなかったら、どうしたって減速する必要があるんだ、このボケが！」パイロットが怒鳴り返した。「いいからベルトを締めていろ！」

〝みんな素人なのか〟ホルステンは忍び寄る恐怖を感じた。〝この宇宙船は未知の惑星へ着

陸しようとしているのに、だれひとり自分がなにをしているかわかっていない〝

パイロットが速度を落とそうと奮闘を始めると、急に〝下〟がシャトルの機首方向へ移り始めた。ホルステンはあわてて手探りし、ずるずると前方へ滑りかけたところで座席をつかんだ。

「ドローンが急速に接近しています」ネッセルが報告する。ホルステンは小さな無人機がギルガメシュと惑星とのあいだの距離をあっという間に詰めたときのことを思い出した。

「ねえ」レインがぐったりした声で呼びかけてきた。両手を交互に動かしてふたたび機首方向へ戻ろうとしている。「カーストと人工衛星とのあいだで信号のやりとりはある?」

「なに?」スコールルズがこたえたとたん、耳をつんざくかん高い音が通信回線からほとばしり、全員があわてて耳をふさいだ。ネッセルが制御盤をひっぱたいた。

スコールルズの唇が〝遮断しろ!〟という形に動くのが見えた。ネッセルのいらいらした様子からするとそれができないのは明白だった。

ほどなく音は消えたが、代わりに聞こえてきたのはおなじみの声だった。

スピーカーから怒れる神のごとき大音量でとどろいたのは、気品ある古めかしいインペリアルCで、すべての聞き手の破滅を宣言しているかのようだった。それは事実だった。

ホルステンが翻訳した内容は――〝こちらはドクター・アヴラーナ・カーン。あなたたちにはわたしの惑星へ戻らないよう警告した。あなたたちの蜘蛛に興味はない。あなたたちの映像に興味はない。この惑星はわたしの実験であり、それをだいなしにするわけにはいかない。もしもわたしの民とその文明が消えたのだとしたら、それを受け継ぐのはカーンの世界であり、その栄華を猿まねするだけのあなたたちではない。あなたたちが人類になると言うのなら、どこかよそで人類になればいい〟

「カーンはこのシャトルを破壊するつもりだ！」ホルステンは叫んだ。しばらくのあいだ反逆者たちはただ顔を見合わせていた。

レインは座席の背にしがみつき、やつれた青白い顔で事態の進展を待っていた。「じゃあ、これでおしまいってこと？」うめくような声だった。

「彼女が言っていたのはそういうことではありません」ネッセルが異議を唱えたが、耳を貸す者はほとんどいなかった。

〝古学者ってのはそういうもんだ〟ホルステンは皮肉に考え、目を閉じた。

「シャトルは針路を変更中」パイロットが告げた。

「もとへ戻せ。なにがなんでもあの惑星へ降下させて――」スコールズが言いかけた。

パイロットがそこで口をはさんだ。「もう一機のシャトルだよ。保安隊のシャトルだ。われわれはまだ正常だが、むこうは……」計器に目をこらす。「漂流中か？　それにドローンもずれている……こっちが針路を調整してもついてこない。このままだとわれわれを追い越すことになるぞ」

「それが狙いならおかしくないだろう。爆弾なのかもしれない」スコールズが言う。

「こんなに離れた距離からこのシャトルを破壊しようとしたらとてつもなく大きな爆弾が必要だ」パイロットが言った。

「カーンだ」レインが断言した。みなの困惑した顔を見て彼女は説明した。「あの警告が発せられた相手はあたしたちだけじゃなくて全員だった。カーンは彼らをとらえた──システムを乗っ取った。でもあたしたちのシステムには手を出せない」

「いい仕事をしてるな」ホルステンは首に巻き付いたマスクの通信装置へつぶやいた。

「黙って」レインが同じ回線で応じた。

カーンの声がふたたび無線から聞こえてきた──何度かつかえたあと、全員がふつうに理解できる言葉が流れ出した。

「コンピュータから締め出しただけでわたしから逃げられたと思っているのか？　あなたたちが抵抗しているせいでわたしはあなたたちのシャトルを母船へ引き返させることができない。あなたたちが抵抗しているせいでわたしは落ち着いた寛大な対応をとることができない。もういちどだけチャンスをあげるからシステムへ自由にアクセスさせなさい、さもないとシャトルを破壊するしかなくなる」

「ほんとうに破壊するつもりなら、とっくにやっているはずだ」反逆者のひとりが言ったが、どんな根拠があるのかホルステンにはわからなかった。

「あたしに通信コンソールを使わせて」レインが言った。「考えがある」彼女がふたたびコンソールへむかって身をおどらせると、スコールズはその体をつかまえて鼻先に銃を突き付けた。そして勢いのついたレインに引っ張られ、ふたりそろってあやうくパイロットの背中へ突っ込みかけた。

「ドクター・メイスン、カーンに関してあんたの意見は？」スコールズがレインをにらみながら詰問した。

「人間だ」ホルステンの頭に最初に浮かんだのはその言葉だった。スコールズが怒りで目をむくのを見て、彼は説明した。「おれはカーンは人間だと思う。とにかく、かつては人間だった。たぶん人間とマシンが融合した存在だ。ギルガメシュのデータベースに目をとおしているから、おれたちが何者かということも、地球の最後の生き残りだということも知っていて、そのことが彼女にとってなにか意味があるんだと思う。それと、カーンが使っているようなレーザーは単にシャトルの機能を止めたり原子炉に臨界に達するよう命じたりするのと比べたら途方もなく大きなエネルギーを消費するはずだ。古帝国のテクノロジーにだってエネルギー面では限界がある。だから発射するのは最後の手段にして、できれば殺さずに追い払おうとする可能性が高い。それがいまできないのは、こっちが彼女を回線から遮断しているからだ」

スコールズが腹立たしげに手を放すと、解放されたレインはすぐさまネッセルと反逆者のひとりになにか説明を始めた。シャトルに搭載されているコンピュータへの接続を復活させようとしているようだ。ホルステンはレインが自分がなにをしているかわかっていることを祈った。

「カーンはおれたちを殺そうとするかな？」スコールルズが力なく問いかけてきた。

〝いったいなにが言える？　カーンの気分次第だと？　そのときどっちのカーンと話しているかによると？〟ホルステンはシートベルトをはずし、自分なら説得できるかもしれないと考えながら、ゆっくりとスコールルズたちのほうへむかった。「カーンはみずからを滅ぼして地球を汚染した文明の生き残りなんだろう。なにをするかはわからない。ひょっとしたら自分自身と戦っているのかもな」

「これが最後の警告だ」カーンの声が告げた。

「人工衛星のシステムが起動している」パイロットが報告した。「ロックオンしたようだ」

「もう一機のシャトルを盾にしながら惑星をまわり込めないか？」とスコールルズ。

「むりだな。あけっぴろげすぎる。ただ、このシャトルはもう着陸進入の態勢に入っている。およそ二十分ほどで大気圏に突入するから、それで人工衛星のレーザーを弱めることができるかもしれない」

「準備できた！」レインが声をあげた。

「なんの準備だ？」スコールルズがたずねる。

「シャトルに搭載されているデータベースを隔離して通信システムに接続したんです」ネッセルが説明した。

「このカーンとやらにデータベースへのアクセスを許したというのか？」スコールズはわかりやすく言い換えた。「それで相手が気を変えるとでも？」

「いいえ」レインは言った。「だけど、どうしてもある送信メッセージにアクセスする必要があったから。ホルステン、こっちへ来て」恐ろしく威厳のないバレエが演じられ、荒っぽく人から人へと送られたホルステンは通信パネルにむかう座席に叩き込まれた。減速によって引っ張られた体がシャトルの機首のほうへかしいでいた。

「カーンはあたしたちを焼き尽くすつもりでいる」レインはホルステンを座席に押し込みながら全員に語り続けていた。そうした見通しに血が騒いでいるようにも見えた。「ホルステン、彼女をおだてて丸め込むとか、なにかそういうことはできる？」

「ひとつ――考えはあったが……」

「あなたはそれをやって。あたしも自分なりにやってみる。でもいますぐに始めて」

ホルステンはパネルをチェックして、人工衛星への回線をひらき――〝どうせなにもかも盗み聞きされているんだろうが〟――呼びかけを始めた。「ドクター・アヴラーナ・カーン、ドクター・アヴラーナ・カーン」

「交渉の余地はない」断固とした声が返ってきた。

「イライザと話をしたいのですが」
いっときカーンの声だけがそのまま続き――そこへ突然インペリアルCによるメッセージがかぶさってきてホルステンは心臓が飛び出しそうになった。イライザがふたたび舵取《かじと》りに加わったのだ。

【あなたがたは隔離惑星の周辺の立入禁止ゾーンに入っています。いかなるかたちであれカーンの世界へ干渉を試みればただちに報復がおこなわれます】

【だめイライザわたしの声を返してそれはわたしの声わたしの心を返してそれはわたしのわたしのもう警告はすんだ彼らを破壊させて彼らを破壊させて】

ホルステンはできるだけ急いで返信を用意して翻訳した。【イライザ、繰り返しますがわたしたちはカーンの世界に干渉するつもりはありません】彼はイライザがコンピュータだとほぼ確信していたが、その認識力とプログラミングの限界がどの程度なのかまったくわからなかったのだ。

【その発言はあなたがたが現在とっている針路や速度と矛盾しています。これは最後

【彼らはわたしにあなたに嘘をついている話をさせてここから出して助けてだれかお

願い助けて】

の警告です】

【イライザ、どうかドクター・アヴラーナ・カーンと話をさせてもらえませんか？】ホルステンは送信した。

待ちかまえていたような声が密閉されたキャビンにとどろいた。「よくもそんな――」

「送った」レインが言うと、カーンの声が途切れた。

「なにをした？」スコールズがたずねる。

「救難信号を」レインは説明した。「カーン自身の救難信号を送り返したの」それと同時にホルステンは送信していた――【ドクター・カーン、どうかイライザと話をさせてもらえませんか？】

返信は不明瞭でホワイトノイズとほとんど変わりなかった。カーンとイライザの両方から届いた一ダースほどの文章の断片は、人工衛星のシステムが優先度の高い救難信号を処理しようとするたびに断ち切られていた。

「もうじき大気圏だ」パイロットが報告した。

「やったぞ」だれかが言った。

「それはまだ――」レインが言いかけたが、そこで通信装置が完全に黙り込んでしまったので、ホルステンは表示された情報に目を向けてまだ作動していることをたしかめた。人工衛星のほうが送信を止めたのだ。

「わたしたちが人工衛星を遮断したんですか？」ネッセルがたずねた。

「〝わたしたち〟を定義して」レインがぴしゃりと言った。

「でも、そうなるとだれでもこの惑星へ来られるわけで、ギルガメシュから全員が――」

ネッセルがしゃべり始めたそのとき、通信回線に新しい信号があふれてカーンの怒りに満ちた声が一同へむかって吐き出された。

「いいえ、あなたたちはわたしを遮断などしていない」

レインはすぐさま両手を腰へやって自分のシートベルトを締めてから、ホルステンのベルトを手探りした。

「踏ん張れ！」だれかが大げさな叫び声をあげた。

ホルステンはシャトルの後方に位置する自分の座席を振り返った。貨物室の内部がちらりと見えたが、そこでは反逆者たちが体を固定しようと大騒ぎを繰り広げていた。強烈な閃光がひらめいて網膜に残像を残し、順調に飛行していたシャトルがいきなりぐらついて、外から激しい振動音が聞こえてくる。〝大気圏だ。大気圏に突入したんだ〟パイロットは悪態をつきながら機体を制御しようと奮闘し、レインは両腕でホルステンをしっかりとかかえこんでいたが、それは彼のシートベルトをきちんと締めることができなかったからだ。そのホルステンは彼をほうり出そうとする世界にあらがって座席を必死に握り締めていた。

貨物室へ通じるドアが自動的に閉じた。そのときは気づかなかったが、それはシャトルの機体後部がもぎ取られたせいだった。
機体前部——キャビン——は眼下に大きく広がる緑色の惑星へむかって落下した。

3.8　非対称の戦争

ポーシャの民には指がないが、祖先たちは知性らしきものを獲得する何百万年もまえから構造物を築き道具を使っていた。彼女らには二本の触肢と八本の脚があり、それぞれが必要に応じてものをつかんであやつることができる。体全体が十本指の手で、そこに二本の親指と接着剤と糸をそなえているようなものだ。唯一の制約といえば、作品をこしらえるのにおもに触覚と嗅覚に頼っているため、たびたび目のまえに持ってきて確認しなければならないということだ。もっとも作業効率が良いのは、空中にぶらさがって三次元で考えて製作しているときになる。

ふたつの創造物がポーシャの今回の任務を可能にした。そのひとつが鎧の製造、というか火にも金属にも縁のない種族においてそれに相当するものだ。

前方に見える蟻の隊列は夜にそなえて進軍を中断し、巨大な難攻不落の要塞を築いている。ポーシャとその仲間たちはそわそわと身を震わせ足踏みをしながら、大勢の敵の斥候が森の中をやたらと走りまわって、出くわす相手を片っ端から攻撃すると同時に警戒の匂いを放っていることを強く意識する。ここでうっかり遭遇したらあの群れ全体に襲われることになりかねない。

ビアンカは髭太箆虫を殺して解体する作業にとりかかっている彼女の雄たちにあれこれ注文をつけている。雄たちも計画に加わることになっているようだが、彼らには前衛をつとめるほどの気概はない。眠りについている敵の群れにあの秘密兵器をたずさえて潜入するという不可能な任務を引き受けるのは、ポーシャとその仲間たちだ。

ビアンカが集めた髭太箆虫たちは、〈大きな巣〉からここまで追い立てられてきた。本来は家畜ではないのでのろのろした道のりとなり、夜遅くなってようやく到着したときには敵がふたたび行動を開始する夜明けが迫っていた。

髭太箆虫の中でも創意に富んだ数匹はすでに脱走していて、残りも匂いや触角のふれあいで会話をしているようなので、彼らのほうでもなんらかの一斉行動の計画を立てているのかもしれない。思考力があるのかどうかは見当もつかないが、その行動がただの動物のそれよりも複雑なのはたしかだ。ポーシャの世界では思考力がある者とない者とのあいだに大きなへだたりはなく、すべてが長くつながっている。

だが、髭太箆虫たちが脱出をもくろんでいるとしても手遅れだ。ビアンカの民はすでに彼らを囲いに閉じ込め、手早く効率的に殺してその殻を剝いでいる。〈大きな巣〉の工匠たちがそれを使って鎧を作り、重くてかさばるキチン帷子《かたびら》でポーシャとその仲間たちの体をできるだけ隙間なく覆っていく。鋏角と脚の力でねじったり割ったりして体に合うようにした殻を、ひとつずつ着用者に蜘蛛糸で固定するのだ。

作業のあいだに、ビアンカが作戦について説明する。髭太筬虫はたくさんの非常に複雑な匂いを使って蟻を餌にしたり蟻から餌を手に入れたりする。これらの匂いは蟻たちの化学防御機構が変化するたびにどんどん変わっていく。髭太筬虫の化学物質言語はあまりにも複雑すぎてビアンカには解読できなかった。

だが、髭太筬虫には主として発する匂いがあり、それは常に変わらない。蟻をじかに攻撃するのではなく、蟻の群れに〝ここにはなにもない〟と知らせるだけの匂い。あえてかかわろうとしないかぎり、彼らは蟻たちになんの印象も残さない。敵でもなく、蟻でもなく、無生物の土くれですらなく、ただなんでもない。目が見えず匂いで行動する蟻たちからしてみると、髭太筬虫は一種の能動的な不可視性を獲得しているので、たとえ接触があろうと、たとえ蟻の触角が甲虫のうねのある外殻を探ろうと、群れが認識するのは空白であり、乗り越えるべき間隙でしかない。

この虚無の匂いは死んでも消えないが、ずっと続くわけではないので、甲虫たちの虐殺はぎりぎり最後におこなわれる。ビアンカはポーシャとその仲間たちに素早く作業を終えるよう指示する。匂いの保護がどれだけもつかわからないのだ。

〝ではとにかく蟻たちを殺してかまわないのだな、気づかれることはないから〟ポーシャは結論づける。

〝断じてちがう。それはきみの任務ではない〟ビアンカは怒りをあらわにする。〝きみたちだけでどれだけの蟻を殺せると思っているのだ？　それにきみたちが攻撃を始めたら、いずれは蟻たちの警報機構がきみたちの鎧の匂いを無効化するかもしれない〟

〝では蟻たちの中で卵を産む階級を殺そう〟ポーシャは応じた。蟻の群れは移動中でも成長を続けていて、失った個体を補充するために常に卵を量産している。

〝ちがう。きみたちは計画どおり蟻群の中に散らばり、容器が分解するのを待つのだ〟

それらの容器も計画の一部で、蜘蛛の技巧のもうひとつの極致を象徴するものだ。用意した化合物と髭太箆虫の残骸から化学物質を生成し、それを蜘蛛糸の小球に封じ込めるという手順で、ビアンカがみずから作製する。これもやはり長時間はもたない。

ポーシャの民の錬金術には長い歴史があり、遠い祖先が使っていた嗅覚標識を起源として発展したあと、合成した匂いで巧みにあやつったりおびき出したりできる蟻などの種族との遭遇を経て、急速に複雑になり洗練されていった。ビアンカのように経験豊富なうえに過去の世代が積み重ねてきた〈理解〉の助けにも恵まれている蜘蛛にとって、化学物質の合成とは五感が融合した視覚的体験であり、脳の格別にすぐれた視覚部分を使って、自身が取り扱うさまざまな物質やその合成物を分子化学の心的言語で思い描くことができる。ビアンカは危険な直火を使わずに熱を生み出す発熱触媒を使って、自身の錬金術的反応に拍車をかけるのだ。

化学物質に寿命があるように、糸の容器にも寿命がある。精密に作れば、それぞれの容器がほとんど同時に内容物を放出する。ポーシャとその仲間たちには連絡を取り合う手段がないので、これはどうしても必要なことだ。

ビアンカが各自に兵器を手渡し、彼女らは自分のなすべきことを知る。敵の動く要塞は暗い森を抜けた先にある。あたえられた短い時間で任務をやり遂げなかったら、彼女らはみな死に、彼女らの文明もあとに続くことになる。それでも、自己保存を求める肉体のあらゆる部分が尻込みをしてしまう。移動する蟻の要塞へ潜入して生きて帰った者はいない。ポーシャとその仲間たちの歩みは、背後からビアンカに急き立《せ》てられているにもかかわらずのろのろしている。死の恐怖は、知性を獲得するずっとまえから、そしていかなる種類の社会的利他主義よりもまちがいなくずっとまえからあった生得権なのだ。どれだけ大きなものを失う可能性があろうと、その恐怖を抑えるのはむずかしい。

そのとき夜が昼へと変わり、蜘蛛たちは星ぼしが一時的にかき消された空を見あげる。なにかが近づいてくる。

空気が怒りに震え、大地がそれに合わせて揺らぎ、怯えて混乱した蜘蛛たちは頑丈な鎧の中でうずくまる。火の玉がすさまじい勢いで空を流れ、雷鳴があとを追いかけていく。だれもそれがなんなのか見当もつかない。

それは蟻群の偵察範囲のまっただ中で地面に激突し、速度の大半を失うが、衝撃は蜘蛛たちの鋭敏な脚をとおして全世界が広漠たる秘密の言葉を叫んだかのように鳴り響く。

一瞬、蜘蛛たちは動物じみた恐怖に立ちすくむ。だが、一体があれはなんだと問いかけたとき、ポーシャは自分の心を探って不可解なものを進んで受け入れようとする——恐ろしくもすばらしいことに、世界には目で見える以上のものが、脚で感じられる以上のものがあるのだ。

〝〈使徒〉がわたしたちのもとへ降りてきたのだ〟ポーシャはみなに告げる。その瞬間、恐怖と希望のあまり、彼女は強い確信をおぼえている。たったいま起きたできごとは彼女の経験をはるかに超えていて、あの究極の謎の存在だけがそれを説明できるからだ。

ある者は畏怖の念に打たれ、またある者は疑いをあらわにする。〝それはなにを意味するのだ？〟一体が問いかける。

〝おまえたちが仕事にとりかからなければならないという意味だ！〟ビアンカが一同の背後から怒鳴りつける。〝時間がないぞ！　行け、行け！　もしも〈使徒〉がやってきたとすれば、おまえたちに目をかけているということだろうが、それはおまえたちが成功した場合だけだ！　もしもあれが〈使徒〉なら、〈大きな巣〉の強さと独創力を見せてやれ！〟

ポーシャが触肢をかかげて強い同意をあらわし、全員がそれにならう。夜空の星をかき消すひと筋の煙を見つめて、ポーシャはそれが〈使徒〉のいる空からの合図だと悟る。聖堂で多くの時間を過ごして数学の問題について敬虔《けいけん》に瞑想を重ね、啓示を得る寸前までいっていたことが、いまこのときにつながっているように思える。

〝前進！〟ポーシャは合図し、仲間たちと共に敵へむかって進む。ビアンカとその部下たちもあとに続いているはずだ。甲虫の殻の鎧は重く、視界がさえぎられ、走りにくいし跳躍もできない。まるで潜水服ひとつで身を守りながら過酷な環境へ降下していく最初期の水中作業員のようだ。

一行は林床でせいいっぱい先を急ぐが、鎧が関節にひっかかるので、よたよたとぎこちなくしか進めない。だがその足取りはゆるぎなく、一帯を歩きまわる蟻の斥候たちに遭遇したときにも、黒い鎧をまとったまま風のようにとおりすぎる。

斥候たちのほうは大騒ぎで、早くも行動を開始し、〈使徒〉が到着したあたりに立ちのぼる煙と炎を目指している。蟻らしくただやみくもに防火帯を切りひらき、自分たちの群れを――さらには意図せずして群れの敵を――守ろうとしているのだ。

やがて蟻群の要塞がポーシャたちの眼前に出現する。その要塞そのもの、、、が群れなのだ。木の幹のまわりに作りあげられた巨大な構造物は、水平方向にも垂直方向にも数十平方米《メートル》の大きさがあり、材料はすべて蟻だ。要塞の奥深くには孵化室と養育室、食料庫、次世代の兵士たちがおさめられた蛹《さなぎ》の棚が用意されるが、それぞれの部屋もそれらをつなぐ通路や配管も、おたがいの体に脚や口器をひっかけた蟻たちで作られていて、構造物全体がそこへ立ち入ろうとする侵入者をむさぼる貪欲な怪物のようだ。蟻たちは全員が休眠状態にあるわけではない。通路内を常に行き来する働き手は排泄物《はいせつぶつ》や死体を運び出し、通路そのものも位置を変えたりもとへ戻ったりして要塞内部の温度や空気の流れを調節する。可動式の壁や秘密の土牢をそなえた城のようなものだ。

ポーシャとその仲間たちには選択肢がない。彼女らは〈大きな巣〉の選ばれし戦士、幾多の戦場で蟻たちと相対してきた屈強な歴戦の雌たちだ。しかし、勝利は数少なくささやかなものばかりだった。多くの場合、彼女らにできたのは負けを少なくするか負けを遅らせるかのどちらかだった。いまではだれもが知っているとおり、武器の腕前や速さや強さだけでは、この要塞がほんの一翼に過ぎない特大の蟻群の圧倒的な数とすさまじい進撃にはたちうちできない。そして彼女らは理解していないことだが、残された唯一の作戦がビアンカの立てた作戦なのだ。

要塞に近づくと一行は分散し、それぞれが別々の進入路を探す。ポーシャは上を目指すことにして、かさばる第二の皮膚をまとったまま生きている蟻の体の梯子《はしご》をのぼり、鎧におおわれた腹部がやつらの四肢や触角で探られるのを感じる。ここまでは順調だ――ただちに侵入者だと告発されてはいない。蟻群に正体を知られたらどうなるかは容易に想像がつく。壁そのものが刃のならぶ奈落の口となってポーシャを切り刻みのみ込むだろう。逃げのびるすべはない。

少し離れたところで、仲間の一体がまさにその運命に直面する。鎧の隙間から蜘蛛の匂いが漏れたらしく、すぐさまひと組の大顎が彼女の脚の関節を挟み込み、膝から先を切断する。

わずかにこぼれた体液が近くにいるほかの蟻たちを刺激し、あっという間に怒れる蟻の守備隊が本格的に騒ぎ出す。まだ鎧におおわれている部分は無視して、蟻たちは血の匂いをたどり、傷口をひらいて脚をばたつかせる侵入者の体内へもぐり込むと、内側から体をばらばらにして、見えない鎧を一枚また一枚と剝いで落としていく。

ポーシャは断固として前進を続け、要塞が息をするための開口部をひとつ見つけると、敷き詰められた休眠中の蟻の体を手掛かりにしてそこへ体を押し込んでいく。ゆっくりと分解していく容器は触肢でしっかりとかかえ込み、周囲に突き出すとがった角にひっかけないようにする。気道や通路をたどって群れのかたまりの奥へと進んでいくあいだ、忙しく行き来する働き手を押しのけても注意を引くことはない。鎧はその目的を果たしている。

だがすべてが順調なわけではない。たとえ見えない存在になっていても、さざ波は立てている。ポーシャが気道をふさげば、群れはそのことに気づく。重なる蟻の体をこじあけてむりやりとおり抜ければ、群れの緩慢な集合意識になにかがあるべき状態ではなくなっているという認識をあたえることになる。生きている要塞の闇の奥深くへ進みながら、ポーシャは周囲で徐々に震えや動きが大きくなっていくのを感じるが、それは彼女の潜入が引き起こした動揺にほかならない。背後の通路が閉じている。群れが嗅覚ではとらえられないものを集団の触覚によって調べようとしているのだ。

ポーシャは行く手に蟻ではないなにかの素早い動きを感じる。一瞬、彼女が盗んだ殻を調べようとする髭太箆虫と暗闇の中で顔を突き合わせ、ぎょっとしてあわてて後退する。それから無意識のうちにあとを追い、甲虫に巣の内部の道案内をさせようと限界まで自分に鞭打《むちう》つ。すでに全身が過熱気味で、筋肉の力は尽きかけ、心臓は酸素を含む液体をやっとのことで体内の各所へ運んでいる。刻一刻と集中力が失われ、もはや彼女を動かしているのは太古の本能だけだ。

群れ全体が周囲でほぐれ、いまにも目覚めようとしているのを感じる。

やがてそれが始まる。探る触角がポーシャ自身の表皮がむきだしになっている隙間を見つけたとたん、一本の脚の先端にその蟻がしがみついてきた重みがずっしりとかかり、発せられた警報により周囲の通路が個々の蟻に分裂して、それぞれがそこにいるはずの侵入者を探しまわる。

ポーシャはすでに充分奥まで来ただろうかと考える。結局のところ、ビアンカの作戦を成功させるのにポーシャの生存は必須ではない――たとえ彼女自身がそれを望むとしても。

脚をかかえ込んで体をまるめてみるが、蟻たちに覆い尽くされたせいでたちまち息をするのがむずかしくなり、熱くてなにも考えられなくなる。蟻たちは容赦なく探り続けてポーシャを窒息させようとしている。

ポーシャがしっかりと守ってきた容器がこの瞬間に分解する。慎重に調整された手順どおりに蜘蛛糸がほぐれ、加圧されていた中身の化学物質が解き放たれて刺激臭のある気体が爆発するように噴き出す。

ポーシャは失神し、その最初の爆発であやうく窒息しかける。しばらくたってゆっくりと意識を取り戻したときには、あおむけになって脚をまるめ、相変わらず甲虫の鎧をほとんど身につけたまま蟻たちに取り囲まれている。要塞全体が崩壊して蟻の体の巨大な吹きだまりと化し、そこからひと握りの蜘蛛たちがいまも穴を掘って脱出しようとしている。蟻たちはそれに抵抗していない。死んでいるわけではなく、触角はちゃんと振られているしおぼつかなげに動きまわる個体もそこかしこに見えるが、群れ全体から消え失せてしまっているものがある――その目的だ。

ポーシャは静まり返った群れから離れようとするが、どちらを向いても蟻たちがぎっしり詰まっていて、あたり一面が崩壊した虫の構造物で占拠されている。蟻たちはいまにも世界における本来の居場所を思い出すのではないかと思えてならない。

潜入部隊の生き残りは半数にも満たず、よたよたとポーシャのもとへ集まってはきたものの、一部は怪我《けが》をしていたし、だれもが着せられた鎧の重みで疲れ切っていた。とても戦える状態ではない。

そのとき仲間の一体がポーシャにふれて注意を引こうとする。足場が呆然《ぼうぜん》とした蟻たちでは不安定で会話にならないので、その雌は触肢でおおざっぱに合図をする――〝彼女が来る。彼らが来る〟

たしかに、ビアンカとその助手の雄たちが到着しようとしていて、しかも彼女らには連れがいる。かたわらをおとなしくちょこちょこと歩いている別の蟻たちで、侵略者たちのほとんどより小柄なところを見ると、おそらく〈大きな巣〉とかかわりのある家畜化された蟻群からやってきたのだろう。

ポーシャは崩壊した要塞の端までよたよたと体を運び、うごめく泥沼のような蟻たちの中から這い出してビアンカのまえでへたり込む。

〝なにが起きている？〟ポーシャはたずねる。〝いったいなにをした？〟

〝きみたちをこれまで守ってきた髭太筬虫の化学物質の改変体によってこの一帯を満たしただけだ〟ビアンカは足をきっちりと踏んで説明しながら、触肢で助手たちに指示を出し続ける。〝きみもきみの姉妹たちも充分に群れに入り込んだし、気体の届く範囲は充分に広かったので、群れ全体に浸透させることができた――わたしが期待したとおりに。われわれは蟻たちに不在の匂いをかぶせたのだ〟

雄の蜘蛛たちが家畜の蟻たちになんらかの行動様式を仕込もうとして、慎重に調整された匂いにさらしている。この小さな働き手たちが敵対する同胞の巨大な群れを処刑することになるのだろうか。

〝やはり理解できない〟ポーシャは白状する。

〝想像してみるがいい。蟻たちがいかにして世界を認識するか、いかにして行動し反応するか、そしてなによりも仲間の蟻たちをいかにして刺激して行動を起こさせるか、そのほとんどすべてがひとつの網——きわめて複雑な網によって実現されているのだ〟ビアンカは気もそぞろに説明する。〝われわれはその網をほどいて完全に破壊した。いまや蟻たちには構造も指示も残っていない〟

ポーシャはあてもなくうろつく膨大な数の蟻たちを見つめる。〝では彼女らは打ち負かされたのか？　それとも網は再建されるのか？〟

〝ほぼ確実にそうなるだろうが、わたしは彼女らにそんな機会をあたえるつもりはない〟

家畜蟻の群れが、触角をせわしなく動かし、彼女らなりのやりかたで対話をしながらより大柄な侵略者たちの中へ踏み込んでいく。ポーシャはその進軍を、初めはいぶかしげに、次いで畏怖の念と共に、しまいにはビアンカが解き放ったものに対する恐怖すらおぼえながら見守る。家畜蟻に話しかけられた蟻たちはすぐさま目的意識に満たされる。一瞬のちにはどこにでもいる蟻と同じように走りまわり始めるが、その任務は単純だ——呆然としているほかの蟻たちと話をして、そいつらをどんどん回復させ、仲間に引き入れること。ビアンカの伝言は疫病のように指数関数的に広がっていく。新たな活動が波となって崩壊した蟻群の表面を押し渡り、そのあとに家畜蟻の一団だけが残される。

〝わたしは彼女らのために新たな構造を織り成している〟ビアンカが説明する。〝彼女らはわれわれの蟻たちの指揮に従うだろう。新たな精神をあたえられた蟻たちは、これより先われわれの味方となる。われわれは兵士の大群を手に入れる。われわれが考案した蟻を打ち負かす兵器により、どれだけ多くの敵がいようと、それを味方にすることができるのだ〟

〝あなたは真に偉大な存在だ〟ポーシャはビアンカに告げる。ビアンカはその賛辞を穏やかに受け入れてから、戦士が続ける話に耳をかたむける。〝では、大地を揺らしたのもあなただったのか？　蟻の斥候たちの気をそらしたあの光と煙を生み出したのも？〟

〝それはわたしがやったことではない〟ビアンカはためらいがちに認める。〝その件についてはいまも知らせを待っているのだが、そのぶざまな第二の皮膚を脱いだら、きみが調査に出かけてはどうかな。なにかが空から落ちてきたのだと思う〟

3.9　最初の接触

シャトルは着陸した。

キャビンがある部分はまだそれなりに空力形状を保っていたので、パイロットは制動ジェットやエアスクープやパラシュートを駆使して減速しようとしたが、それでも人類がこの新しい緑の世界へつける最初の足跡は巨大なクレーターになりそうだった。ところが、致命的な損傷を負った機体はなんとか飛行を続け、乱気流で激しく揺れながらも制御不能に陥ることはなかった。あとになってわかったことだが、貨物室の投棄はシャトルが本来もっている機能のひとつだった。パイロットは大気圏に突入する直前に最後の足かせを切り捨て、ぼろぼろになった残骸に新世界の空を横切らせたのだ――新たな救世主の到来を告げるかのように。

穏やかな着陸とは言えなかった。勢いがつきすぎていたし角度もよくなかったので、反逆者のひとりは座席からほうり出されて通信パネルに――致命的な――体当たりをかまし、ホルステン自身は、レインがやっとのことで締めてくれたベルトから彼を力ずくで解放しようとする物理現象により胸の中でなにかが壊れるのを感じた。彼は衝撃で気を失った。全員がそうだった。

目を覚ましたときには、シャトルは着陸していたがなにも見えず、キャビンの内部は真っ暗で大量の警告灯だけが状況の悲惨さを物語り、展望スクリーンも停止したか壊れたかしていた。だれかがすすり泣く声を聞いてホルステンはうらやましく思った。自分は息を吸うのも苦しかったからだ。

「メイスン？」耳の中で声が流れた――レインがマスクの通信装置で呼びかけていて、口調からするとこれが初めてではなさそうだった。

「う、うう……」ホルステンは声を絞り出した。

「クソっ」となりで手探りする音がしたかと思うと、レインが小声でつぶやき始めた。「さあ、さあ、非常用電源は生きてるはずでしょ。あんたのクソな警告灯はよく見えてる。そんなものでこっちを照らさなくたってもう……」そのとき、琥珀色のぼんやりした明かりがキャビンの天井近くにぐるりとのびる細いラインから染み出し、驚くほど整然とした墜落の情景があらわれた。不運な死者ひとりを別にすると、ほかの乗員はまだ座席でベルトを締めたままだ――スコールズ、ネッセル、パイロットとほかに反逆者の男女がひとりずつ、それにレインとホルステン。きゃしゃな人体でさえ墜落を生きのびただけに、キャビンの内装はほぼ無傷だったが、作動している機器は皆無のように見えた。通信パネルからも悪態をつくアヴラーナ・カーンは除霊されているようだった。

「明かりをありがとう、だれだか知らないが」スコールズはそう言ってから、それがレインだと気づいて顔をしかめた。「みんな声を出してくれ。怪我をした者は？　テヴィック？」

テヴィックと呼ばれたのはパイロットだと、ホルステンは遅ればせながら知った。手がどうかしたらしいと返事があった。骨が折れたのかもしれない。ほかの乗員たちは打撲と内出血――みんな目が虹彩の近くまで真っ赤だった――くらいですんでいたが、ホルステンだけは重傷らしく、レインの見立てでは肋骨《ろっこつ》にひびが入っているとのことだった。

スコールズが座席からよたよたと立ちあがり、医療用品を取り出して鎮痛剤をくばり始めた。テヴィックとホルステンにだけは倍量が投与された。

「これは緊急用だ」スコールズは警告した。「ほとんど痛みを感じなくなる――感じなければいけないときでさえも。使いすぎるとしまいにはなにげなく自分の筋肉を引き裂けるようになるぞ」

「使いすぎている感じはしないな」ホルステンは弱々しく言った。レインが彼の船内服を腰まで脱がせて胸に圧迫包帯を巻き付けた。テヴィックはゲルギプスで手を固定していた。

「計画は？」レインが作業をしながらたずねた。「新たな地球に七人で移住？」彼女は顔をあげて、スコールズが銃を突き付けていることに気づいた。見たところなにか辛辣な台詞《せりふ》をさらに吐こうとしたようだったが、ぐっとこらえたのは賢明だった。

「五人でもできるんだぞ」反逆者のボスは静かに告げた。仲間たちがその姿を不安そうに見守っている。「おまえをあてにできないのなら、おれたちだけで行く。ここで生きのびるのはきつい。おたがいを信頼する必要がある。いますぐチームの一員になるつもりがないのなら、もっと役に立つだれかに分配できるはずの資源をおまえに使うのはむだだ」

レインはスコールズの顔と銃に視線を走らせた。「選択の余地はなさそう──撃たれそうだから言ってるんじゃない。あたしたちはいまここにいる。ほかにどうできる？」

「たしかに」スコールズはしぶしぶうなずいた。「おまえは技師だ。シャトルから役に立ちそうなものを残らず回収するのを手伝え。暖房か明かりに使えそうなものならなんでも。このキャビンにある補給品もぜんぶだ」スコールズがすばらしき新世界を建設するために使おうと計画していた用具一式が、彼についてきた仲間たちの大半といっしょに大気圏の入口で失われてしまったことは暗黙の了解だった。

「船外の測定値が判明した」テヴィックが片手でコンソール上のなにかをいじくりながら報告した。「気温は船内標準より六度高く、大気中の酸素は船内標準を五パーセント超えている。毒になるものはない」

「生物学的危険物《バイオハザード》は？」ネッセルがたずねた。

「さあ？　だがこれだけは言える。われわれが使える防護スーツはきっかり一着だけだ。残りは吹き飛んだ倉庫にあったからな。しかも気体洗浄装置が作動していないから、ここにある計器によれば、呼吸可能な空気は最大でおよそ二時間しかもたない」

全員がそれを聞いてしばらく黙り込み、殺人ウイルスや肉食性バクテリアや真菌胞子に思いをはせた。

「エアロックは手動で使える」レインがようやく口をひらいた。ほかのだれもが迫り来る破滅について思い悩んでいたあいだ、彼女は冷静に考えていた。「医療キットで大気中の含有微生物は分析できる。未知の微生物だったらお手あげだけど、ここはテラフォーム惑星なんだからどれも地球型のはず。だれかが外へ出てたしかめてみないと」

「あんたが志願するのか？」スコールズが辛辣にたずねた。

「もちろん」

「だめだ。ベイルズ、スーツを着ろ」スコールズがうながすと、別の女の反逆者が顔をゆがめてうなずき、レインをにらみつけた。

「医療用分析器の使い方はわかってる？」レインがその女にたずねた。

「臨床医の助手だったから。あんたよりはね」ベイルズが辛辣にこたえ、ホルステンはその女がテヴィックの手を処置していたことを思い出した。

ベイルズにスーツを着せるのはたいへんだった――保安隊が着用していたようなハードスーツではなくただのリブ入りの白いワンピースで、与圧の必要がないために体からだらんと垂れてしまった。ヘルメットには摩耗性の塵《ちり》から強烈な直射日光まであらゆるものに対応できる数種類のバイザーのほか、カメラとヘッドアップ・ディスプレイがずらりとそろっているので、着用者は必要とあらば視界がきかなくても走りまわることができる。辛抱強い作業により、ネッセルは医療用スキャナをスーツのシステムに接続し、レインは非常用電源でキャビンにある小型の展望スクリーンを復活させ、ベイルズのカメラの映像をそこに流せるようにした。だれも口にはしなかったが、ベイルズは外でありとあらゆる種類の未知の危険に出くわすかもしれず、しかも彼女のスーツはそんなことに対処できる設計にはなっていないはずだった。

スコールズがエアロックの扉を引きあけ、ベイルズが入るとまた閉じた。扉には電力が通じていなかったので、あとは彼女が自分でやるしかなかった。

一行がベイルズのカメラのレンズをとおして見守っていると、外部扉がひらかれて、真っ暗なエアロックにどんよりした琥珀色の輝きがあふれ、彼女がハッチから降りていくときにはカメラの視点が激しく揺れた。やがて視野が安定すると、そこにあらわれたのは地獄のような光景だった——黒ずんで、あちこちに煙が立ちのぼり、その一部はまだ炎も消えておらず、外部の非常灯は不気味に黄ばんだ霧をまとう息苦しい空気を照らし出していた。

「荒れ地だな」だれかがつぶやいたとき、ベイルズがシャトルのキャビンが大地に刻んだ黒焦げのわだちを振り返るのをやめて、レンズを、自分の目を、森のほうへ向けた。

〝緑だ〟ホルステンはまず最初にぼんやりとそう考えた。実際にはほとんどが暗い闇に沈んでいたが、彼は軌道上からこの惑星がどんなふうに見えたかをおぼえていて、まさにこれがそうだった。これが熱帯と温帯の大半に広がっていた巨大な緑の帯だ。地球の記憶——遠い、毒にまみれた地球の記憶を探ってみる。ホルステンの時代にはこんな緑はどこにも残っていなかった。シャトルのこぶしで穿《うが》たれた穴のまわりでは、高くそびえる木々が群生して円天井と無数の柱をそなえた空間へと広がっていた。それはまさに生命であり、いまになってホルステンは地球の生命のあるべき姿をいちども見ていなかったことに気づいた。記憶にある故郷はただの枯れかけて茶色くなった切り株だったが、これは……。ホルステンは、ほとんど気づかないほどゆるやかに、自分の中でなにかが砕けるのを感じた。

「ギルガメシュの船内よりはましみたいですね」ネッセルがおずおずと指摘した。

「でも安全なのかな？」レインが問いかける。

「ここで窒息するよりも安全かって？」テヴィックがあざけった。「とにかく、医療用スキャナは作動している。サンプル採取中とここに表示されているな」

「……聞こえる……？」かすかな声がコンソールから流れ、テヴィックはぎょっとした。

「通信装置はいかれてる」レインが手短に応じる。「でも、ここには受信機として利用できるガラクタがたくさんある。まだこちらから返事ができるとは思わないで」

「……そちらで受信できているかどうか……」ベイルズの声は聞こえたり聞こえなくなったり安定しない。「信じられないけどわたしたちは……」

「スキャナはまだか？」スコールズがたずねた。

「作動中だ」テヴィックはあいまいにこたえた。「現時点でも微生物の数は多い。識別できるのもあるしできないのもある。明らかに有害なのはないな」

「装備を集めて危険がないとわかったらすぐに外へ出られるよう準備しろ」

「……バイオハザードの気配は見当たらない……」とベイルズ。

「おい、あわてるな」テヴィックが不満の声には耳を貸さずに言った。「外にはヤバいものがうようよしている。まだ黄色信号は出ていないが、それでも……」

ベイルズが絶叫した。

全員がそれを聞いた――ちっぽけな人間がキャビンの作業場に閉じ込められているような薄っぺらで遠い声。カメラの映像が急に激しく揺れているのは、ベイルズが自分のスーツと格闘しているせいらしい。

「ちょっと、あれを見て！」レインが叫んだ。ホルステンに見えたのは骨張った脚の長いなにかが女のブーツにへばりついている不鮮明な映像だけだった。悲鳴は続き、そこに聞き取れる言葉が交じってきた。「中に入れて！　お願い！」

「エアロックをあけろ！」スコールズが怒鳴った。

「待て、だめだ！」とテヴィック。「見ろ、空気を排出できない。なにも作動していないんだ。外にあるのは惑星の空気だ。なにかヤバいものが含まれていたら、内部扉をあけたとたんに全員がそれに感染するぞ！」

「いいからあけるんだ！」

するとネッセルがレバーを操作して扉を引きあけた。ホルステンは予想される疫病にそなえて思わず息を止めてから、それがいかに愚かなことであるかに気づいた。

〝いや、とっくにみんな感染しているな〟

「銃をとれ。装備もだ。もうここに来たんだから、外で生きのびるか中で死ぬかだ」スコールズがぴしゃりと言った。「全員出るんだ、急げ！」

ネッセルはすでに外部扉を操作して、彼らのささやかな安全幻想を引き裂こうとしていた。そのむこうにあるのは現実世界だ。

外部扉がひらいたとたんにベイルズの悲鳴が聞こえてきた。女はすぐ外の地面で倒れ込み、左右のこぶしで自分のスーツを叩きながら、見えない攻撃者に襲われているかのように両脚をばたつかせていた。ホルステンとテヴィック以外の全員が助けようとしていっせいに飛び出し、ベイルズを落ち着かせようとした。みなに大声で呼びかけられても、彼女は気づきもせずに仲間たちを殴りつけ、ついには息が苦しいのかヘルメットをはずそうとした。片方の足が真っ赤に崩れ——半分切り取られたように見えた——スーツの脚部が不気味なほどきれいに切り裂かれていた。

ネッセルが留め具を解除してベイルズのヘルメットをはずしたが、悲鳴はそのまえからすでに不気味なごぼごぼという音に変わっていて、封印が解かれたあとで最初に出てきたのは血だった。

ベイルズは頭を横に倒し、目を見ひらき、口からは血を流していた。喉のあたりでなにかが動いている。ホルステンがそれに目をとめると同時に全員があとずさりした——女の喉の残骸からひとつの頭が突き出し、彼らにむかってひと組の大顎を振りかざしたのだ。その上にのびる二本の曲がった触角はひらひらと動くたびにベイルズのしずくを左右へ振り飛ばしていた。

スコールズが悲鳴をあげ、足を激しく振り動かしてなにかを払いのけた。ホルステンはあたりの地面に蟻が、何十匹もの蟻が這いまわっていることに気づいた。どれも彼の手くらいの大きさがある。猿は古帝国の思い出に過ぎないかもしれないが、蜘蛛と蟻は地球が滅亡するまで人類に付き合っただけでなく、この遠く離れた世界で待ちかまえていたのだ。炎が投じるゆらゆらした薄暗い光の中では気づかなかったが、いまはどこを見ても虫たちの姿が目に入った。さらに数匹の蟻がベイルズのスーツを切り裂いて姿をあらわしたが、その頭にはそいつがえぐった傷からにじむねっとりした血がこびりついていた。

スコールズが発砲を始めた。

冷静に、それこそ滑稽《こっけい》なほど冷静に、ピストルをかまえて慎重に狙いを定めていたが、命中するのは二匹に一匹だけで、虫の素早くランダムな動きにはついていけなかった。それは絶望的な行動だった。地面のどこを見ても蟻だらけで、広大な絨毯というほどではないにせよ何十匹もいる連中が、いま訪問者たちのもとへ集まってこようとしていた。

「戻れ！」テヴィックが叫んだ。「中へ戻るんだ、みんな！」そして悲鳴をあげて倒れ込み、体をころがしながら自分の太ももをひっかいた。そこにしがみついている蟻は、はさみのような大顎をくい込ませ、針を刺そうと尾部をまるめると、刺した。ネッセルとレインはシャトルへ飛び込もうとした拍子にホルステンを押しのけてハッチから突き落としかけた。ふたりのすぐ背後にいるスコールズは、テヴィックをこちらへ押しやってから、あたふたと銃に新しい弾倉を押し込んでいる。もうひとりいる反逆者はそのむこうでベイルズを引きずって戻ろうとしていた。

「そいつはあきらめろ！」スコールズが怒鳴ったが、男には聞こえていないようだった。蟻たちが体に這いあがってきているのに、まだベイルズだったぼろぼろの重荷を引きずり続けている。虫たちと同じようにひとつの目的にやみくもに固執して。

レインがテヴィックから蟻を引き剝がしたが、虫の頭部はかみついたまま残り、男の脚はスーツ越しに針に刺されたところが目に見えて腫《は》れあがっていた。テヴィックは悲鳴をあげていて、いまや外に残っている男も悲鳴をあげていた。スコールズはエアロックをむりやり閉めようとしたが、蟻たちはすでに彼らといっしょに機内に入り込み、新たな獲物を求めてキャビンの閉鎖空間を走りまわっていた。

ホルステンはテヴィックのそばでしゃがみ込み、蟻の頭部を男の脚からはずそうとしたところで、本来なら自分の肋骨が騒々しく悲鳴をあげているはずだと気づいた。彼がペンチでどうにか頭部をもぎとるまでのあいだ、テヴィックは床にしがみついていたが、緊急用の鎮痛剤では荷が重いようだった。

ホルステンは蟻の頭部を持ちあげてしげしげとながめた。血まみれの大顎は妙に重くて金属みたいだった。

スコールズはエアロックを閉じたあと、ネッセルとレインと共に、見つけた蟻を片っ端から踏みつけていた。つぶれた胴体からわきあがる刺激臭がゆっくりとキャビンに充満していく。ホルステンがそちらへ目をやると、彼らはコンソールにのっている別の蟻を見つけたところだった。

「電子機器を壊さないで」レインが警告した。「必要になるかも……それは火？」

蟻の腹部で小さく閃光と炎がひらめき、勢いよく彼らにむかっていく。

〝狙っている〟という言葉がホルステンの脳裏に浮かんだ。

キャビンのそちら側の端が燃えあがった。

クルーがたじろいで後退する中、いきなり噴き出した炎は燃える化学物質を閉鎖空間に振りまいた。ネッセルが腕を叩きながらホルステンとテヴィックのほうへ倒れ込んできた。突然、彼らとエアロックとのあいだに炎の筋があらわれて、とんでもない高さに吹きあがったが、なぜそこまで強く激しく燃えるのか理由がわからないほどだった。その蟻はまだ炎を吐き出していて、いまやコンソールのプラスチック部分が溶け、喉が詰まる煙霧があたりに充満していた。

レインが咳《せ》き込みながらよろよろと後方へむかい、緊急開放のために一枚のパネルを手探りした。貨物室——というか、かつて貨物室だった場所へ通じるシャッターをあけようとしているのだ。一瞬おいてキャビン後方の壁が外へむかってカメラの絞りのようにひらき、レインはあやうく倒れ込みそうになった。

スコールズとネッセルはテヴィックをあいだにはさんでさっさと出ていった。レインは脇の下に手を入れてホルステンを引き起こし、彼に手を貸しながらあとを追った。

「蟻が……」ホルステンはなんとか声を出した。

スコールズは素早くあたりを見まわしていたが、さっき見た蟻の大群は彼らが機内にいたほんのわずかな時間で崩壊していた。虫の群れらしい決然とした集団行動は消え、いまは好戦的な虫があちこちで寄り集まっているに過ぎない——おたがいに突っかかったりただぼんやりと歩きまわったり。見たところシャトルへの興味をなくしてしまったようだ。その多くは森の中へ戻ろうとしていた。

「おれたちが毒をあたえたかなにかしたのか？」スコールズが念のため近くにいる蟻を踏みつぶしながら言った。

「わからない。あたしたちの細菌がやつらの命取りになるのかも」レインはホルステンのとなりでへたり込んだ。「これからどうする、ボス？　装備の大半が燃えているけど」

スコールズは困惑と怒りの入り交じった顔で周囲をにらみつけていた。みずからの運命の最後のひとかけらすら思いどおりにならなくなった男の顔だ。

「これから……」口をひらいたものの、あとに続く計画はなにもなかった。

「見て」ネッセルが小声で言った。

なにかが森のはずれから姿をあらわしていた。蟻ではないなにか――もっと大きくて脚も多い。そいつは人間たちを見つめていた。そうとしか表現のしようがなかった。巨大な黒々とした眼球が、頭蓋骨にぽっかりひらいた眼窩のようだ。はじけるような動きで素早く近づいてきたかと思うと、ぴたりと止まってまたこちらを凝視する。

蜘蛛だ。毛を逆立てた、ねじくれた手のような、化け物じみた蜘蛛。ホルステンはそのごつごつした毛むくじゃらの体を、広がった脚を、体の下にたたまれている牙を見つめた。顔面の多くの部分を占めるふたつの大きな目へ視線を移したとき、彼はそのつながりに耐えがたいほどのショックをおぼえた――いままでほかの人間としか分かち合ったことのない領域へそいつが踏み込んできたかのように。

スコールズがピストルをかまえたが、その手は震えていた。

「ドローンの録画で見たやつと似てる」レインがゆっくりと言った。「うえっ、あたしの腕くらいの長さがある」

「なぜわたしたちを見ているんでしょう？」ネッセルが問いかけた。

スコールズがなにか毒づいたかと思うと、その手の中で銃が轟音《ごうおん》を発し、うずくまっていた化け物が急に脚を痙攣させてはじけ飛んだ。反逆者のボスの顔にゆっくりと絶望が浮かびあがる――いまにも銃口を自分に向けそうな顔だ。

「あの音は？」ネッセルが言った。

ホルステンは銃声の反響だろうと思っていたが、それだけではなく、なにか雷鳴に似た音が響いていた。彼は顔をあげた。

自分の見ているものが信じられなかった。空にひとつの物体があった。見ているうちに大きさを増し、ゆっくりと降下してくる。次の瞬間、まばゆい光が降り注ぎ、墜落現場全体をその青白い輝きで照らし出した。

「カーストのシャトルよ」レインがささやいた。「まさか彼に会えるのをうれしく思うことがあるなんて」

ホルステンはスコールズに目をやった。降下してくる機体をじっと見つめているが、どんな苦く絶望的な思いがその脳裏をめぐっているかは知りようがなかった。

シャトルは地上から十フィートほどの高さまで降下し、わずかに逡巡《しゅんじゅん》したあと、少し手前に墜落したキャビンが無残にえぐった跡を着陸地点に定めた。降下している最中にも側面のハッチがひらき始めて、保安隊員のアーマーに身を包んだ三つの人影が見えてきたが、そのうちのふたりはすでにライフルをかまえていた。

「武器を捨てろ！」カーストの増幅された声がとどろいた。「降伏して武器を捨てろ！　撤退の準備をするんだ」

スコールズは手を震わせ目の端に涙を浮かべていたが、ネッセルがその腕に手を置いた。

「終わりです」ネッセルは言った。「もう用はないでしょう。ここにはなにも残っていません。お気の毒です、スコールズ」

反逆者のボスは、もはやそれほど鮮烈で青々として地球に似ているようには見えない森を最後にもういちど見まわした。影の中には無数の目がキチン質の動きをともなってひそんでいるように思えた。

スコールズは嫌悪をあらわにしてピストルを捨てた。夢は打ち砕かれたのだ。

「よし、レイン、メイスン、まずきみたちがこっちへ来い。危害を加えられていないことを確認したい」

レインはためらわずに踏み出し、ホルステンは足を引きずってそのあとを追った。痛みはほとんど残っていなかったが、息をするのも歩くのもひと苦労で、妙に自分の体とつながりがない感じだった。

「入れ」カーストがふたりに言った。

レインがハッチのところで足を止めた。「ありがとう」いつものあざけるような口調は影をひそめていた。

「わたしがおまえたちを置き去りにすると思うか？」カーストがレインに言った。バイザーは外を向いたままだ。

「グイエンならやりかねないと思った」

「やつらにまさにそう思わせたかったんだよ」

レインは納得した様子ではなかったが、手を出してホルステンを機内へ引きあげた。「さあ、捕虜を連れてここから脱出しないと」

「捕虜はなしだ」カーストが宣告した。

「なんだって？」ホルステンがたずねたとき、カーストの部下たちが発砲を始めた。

男たちはまず最初にスコールズを狙い、反逆者のボスはかすかな悲鳴をあげてすぐに倒れた。それから銃口がほかのふたりのほうを向き――ホルステンはやめろと怒鳴りながら男たちに詰め寄った。「なにをやっているんだ？」

「命令だ」カーストがホルステンを押し戻した。ホルステンが振り返ると、テヴィックとネッセルがつぶれたキャビンの陰に入って銃撃を避けようとしているのがちらりと見えた。反逆者のパイロットが倒れ、傷ついた脚をつかんで立ちあがろうとしたが、保安隊員のひとりに撃たれてびくんと身を引きつらせた。

ネッセルは森までたどり着いてさらに深い闇の中へ姿を消した。ホルステンはそれを見送りながら忍び寄る恐怖を感じていた。

〝おれだったら撃たれるほうがましか？　もちろんそうだ〟だがホルステンはそんな選択を迫られているわけではなかった。

「ネッセルを連れ戻さないと」ホルステンは力説した。「彼女は……貴重な人材だ。博識だし、それに――」

「捕虜はなしだ。未来の反逆の首謀者はいらない」カーストは肩をすくめた。「上にいるあの女もたいせつな惑星にちょっかいを出すやつがいなければ気にしないさ」

ホルステンは目をしばたたいた。「カーンのことか？」

「われわれはあの女のために後片付けをしようとしているんだ」カーストは認めた。「あの女はいまもこのやりとりを聞いている。こっちの全システムを止めるスイッチに指をかけている。だからさっさと入って、さっさと出ていく」

「カーンと取引してあたしたちを救出に来たの？」レインが確認した。

カーストは肩をすくめた。「あの女はおまえたちをここから追い出したかった。おれたちはおまえたちを取り戻したかった。取引は成立した。だがすぐに脱出しなければ」

「そんなわけには……」ホルステンはハッチから深い森をのぞき込んだ。〝処刑されるだけのためにネッセルを呼び戻すのか？〟口ごもってしまったのは、本心では、自分の安全が確保できてほっとしているだけだと気づいたからだ。

「さて、カーン」カーストが呼びかけた。「次はどうする？　あの女をつかまえるためにあ、そこへ入るのはあまり気が進まないし、それはあんたがきらっている干渉をよけいに増やすことになると思うんだが」

アヴラーナ・カーンの歯切れのいい敵意に満ちた声が通信パネルから流れ出した。「あなたの無能ぶりには驚かされる」

「ほっとけ」カーストはうなった。「これから軌道へ戻るぞ？　それでいいんだな？」

「現時点ではそれが最低限望ましい選択肢だろう」カーンは不快感をあらわにしたまま同意した。「すぐに出発しなさい、墜落した機体はこちらで破壊する」

「え……？　カーンはなにをするって？」レインが小声で言った。「まさかそんなことができるなんて……」

「ほぼ一撃みたいなもんだ。カーンは上にいるおれたちのドローンを制御している」カーストが説明した。「そいつを墜落現場へ突っ込ませてから原子炉をコントロールして爆発させる——一帯を吹き飛ばすことなく残骸を焼き尽くそうってわけだ。彼女のだいじな猿たちにおとな用のおもちゃをいじらせたくないんだろう」

「まあ、クソな猿どもは一匹も見かけていないけどね」レインはつぶやいた。「さっさとここから脱出しましょう」

3.10　大地の巨人たち

ポーシャは眠っている生物をじっと観察する。

彼女は世界の表面に大きな燃える傷跡を残した重大かつ不可解なできごとを見ることはできなかった――火災は蟻たちの最大限の努力にもかかわらずまだ消し止められていない。同胞たちから事件について受けた説明は、語り手が自分の目撃したものを理解できないためにゆがめられた要領を得ないものだった。

だが、すべてはこれから何世代にもわたって記憶にとどめられるだろう。この〈理解〉は、この不可知なものとの接触は、ポーシャの種の歴史上もっとも入念に分析され再解釈される事件のひとつとなるのだ。

なにかが空から落ちてきた。〈使徒〉はいつもどおりに天界をめぐっているので明らかにちがうのだが、ポーシャとその同胞にはあの周回する光点となにかつながりがあるように思えてならない。空を動く星はひとつだけではなく、ときには墜落することがあるのかもしれない。ある者は、それは前兆または先触れ、すなわち〈使徒〉からの伝言であるとの仮説をたて、その意味を解読できたら〈使徒〉が新たな教えを授けてくれるのだと主張する。これから何世代ものあいだ、このような見解――数をただ操作するだけではない試験が出題された——は、好評を博すると同時に一種の異端とみなされるだろう。

とはいえ、事件そのものには議論の余地はなさそうだ。なにかが落ちて、いまは黒ずんだ金属とそれ以外の分析しようがない未知の材料から成る殻と化している。そのあと別のなにかが地上へ降りてきて、また空へ戻っていった。なにより重要なことに、そこには生物がいた。空からやってきた巨人たちがいたのだ。

ポーシャの民が初めて巨人たちを見たとき、彼らは蟻群からやってきた斥候たちを撃退しているところだった。やがて、斥候たちがすべて殺されるか変質するかしたとき、巨人たちはポーシャの民を一体殺した——ビアンカの助手だ。空へ去ったあとは、仲間の死体をいくつか置き去りにした。蟻に殺された者もいれば、謎の傷でただ死んだ者もいた。ビアンカのチームは素早く行動してそれらの死体を現場から運び去ったが、すぐあとに起きた爆発で有益な調査が不可能になってビアンカの雄たちもさらに何体か死んだことを考えると、実に幸運なタイミングだった。

その時点では、星の生物の一匹が生きのびて森へ入ったことにだれも気づかなかった。

いまポーシャは眠っているように見えるそいつをじっと観察する。人間の姿を見ても祖先から伝わる記憶が脳裏にひらめくことはない。たとえ遠い祖先がなんらかの記憶を伝えていたとしても、そんなちっぽけな鍵穴では視野が狭すぎてこれほどの規模の事象を正しく把握はできないだろう。ポーシャ自身も苦労している——この異質な怪物のとんでもない大きさに思考が止まってしまうのだ。

その生物は最初に出会ったときにポーシャの同胞を二体殺していた。彼らは接近しようとしただけなのに、そいつは見るやいなや攻撃してきた。かみついてもほとんど効き目はなかった――ポーシャの毒はそもそも蜘蛛を相手に使うものなので、脊椎動物に対しては限定的な効果しかもたない。

こいつが怪物みたいにでかいだけの獣であれば、罠にかけて殺すのはわりあいに簡単だろう、とポーシャは判断する。たとえ最悪の事態になっても、蟻たちをけしかければ、まちがいなく任務をやり遂げてくれるはずだ。しかし、この生物がもつ象徴的意義も考えなければならない。こいつは空からやってきた――ということは〈使徒〉からだ。立ち向かうべき脅威ではなく、解き明かすべき謎なのだ。

ポーシャは足もとに運命の鼓動を感じる。過ぎたことすべてとこれから起こることすべてがこの時点で平衡を保っていて、それを支える点が彼女自身の中にある。いまこのときは神から命じられた重要な瞬間だ。ここに、この巨大な生物の中に、〈使徒〉の伝言の一部があるのだ。

罠にかけよう。あらゆる技巧と策略をもちいてこいつをとらえ〈大きな巣〉まで連れ帰るのだ。秘密を解き明かす方法はいずれ見つかる。

ポーシャはちらりと頭上を見あげる。森の林冠が視界から星ぼしを隠しているが、その存在を強く感じる――湾曲した天空を一年かけてゆっくりとめぐる固定された星座たちと暗闇を駆ける〈使徒〉のきらめきの両方を。それらはポーシャの民の生得権だ――なにを語りかけられているか理解さえできれば。

ポーシャの民は、敵を味方に変え、戦いの趨勢《すうせい》を逆転させて、蟻に大勝利をおさめた。これから先、蟻群は次から次へと彼女らの軍門にくだるだろう。この成果の見返りとして、ポーシャたちの賢さと忍耐と成功への報酬として、〈使徒〉がこうして合図を送ってきたにちがいない。

明白なる運命に全身を震わせながら、ポーシャは巨大な賞品をとらえるための計画を練り始める。

3.11　この島グラーグ

通信室から、ホルステンは最後のシャトルがなにも知らない積荷の人間たちを乗せて月のコロニーへ出発するのを見送った。

グイエンの計画はシンプルだ。五十名のクルーが覚醒させられ、彼らになにが期待されているか——あるいは要求されているか——について説明を受けた。コロニーはギルガメシュが長く眠りについていたあいだにすべて自動的に建設され、居住に適するかどうかの検査もすんで受け入れの準備がととのっている。それを稼働させて運用し、人類にとっての新たな故郷へ変えるのがクルーの仕事だ。

ほかに二百名が冷凍状態にあり——必要に応じて呼び起こされる——欠員がでたときには補充要員となるし、順調にいけばコロニーのほうの準備ができたときに働き手を増やしてくれる。彼らは子供をもうけるだろう。子供たちは彼らが建設したものを受け継ぐのだ。

数世代後、未来のどこかの時点で、ギルガメシュが次のテラフォーミング・プロジェクトへの長い旅から帰還する。うまくいけばそこには強奪した古帝国のテクノロジーが積み込まれているので、グイエンが言ったように、全員の暮らしがずっと楽になる。

〝あるいはカーンの人工衛星に攻撃をかけてあの惑星を奪えるようになる〟とホルステンは

思った。そう考えたのは彼だけではなかったはずだが、口に出す者はいなかった。

もしもギルガメシュが帰還しなかったら――もしも、たとえば次の星系にカーンよりもさらに攻撃的な守護者がいるとか、避難船になにか別の災難が降りかかるとかしたら――この月のコロニーは必然的に……

「なんとかやっていくしかない」グイエンはそんなふうに言っていた。だれもその真意を探ろうとはしなかった。だれも宇宙の広大な顔面についた人類という小さなほこりに実現可能な未来がどれほど限定されているかについて考えたくなかったのだ。

新たに任命された植民者たちのリーダーは、まちがいなくスコールズの同類ではなかった。その勇猛な女性はあたえられた命令を厳しい表情で受け入れた。彼女の顔を見ていると、両目の奥にひそむ寒々とした恐ろしい絶望が見てとれるような気がした。結局のところ、彼女はなにを宣告されたのか？　最悪なら死刑、最良でも終身刑。彼女の子供たちが子宮にいるときからずっと引き継ぐことになる不当な刑罰だ。

ホルステンはだれかに肩をつかまれてぎょっとした。レインだ。ふたりは――カーストとそのチームと共に――最近ようやく隔離期間を終えたばかりだった。スコールズによる惑星への破滅的な遠征でひとつだけよかったと言えるのは、人間の健康にただちに危険をもたらす細菌やウイルスがいないように思えることだ。まあ当然だろう。レインが指摘したように、下界にはそういうものを培養する人間に似た生物が見当たらなかった。

「ベッドに入る時間よ」技師は言った。「最後のシャトルが離脱したから、あたしたちも出発できる。船が回転を止めるまえに冷凍状態に入っておくほうがいい。加速するまでは重力がひどく混乱するから」

「きみはどうするんだ？」

「あたしは主任技師。最後まで任務を果たさないとね、おじいさん」

「だいぶ追い付いてきたけどな」

「黙って」

レインの手を借りて座席から立ちあがると、肋骨が不平を漏らした。

冷凍タンクに入れば寝ているあいだに怪我をきれいに治してもらえると聞かされていたので、ホルステンはそれが事実であることを願わずにはいられなかった。

「元気を出して」レインが言った。「目が覚めるときには、古代のなんだかわからない埋蔵物がごっそりあなたを待ってる。新しいおもちゃをもらった子供みたいになれる」

「グイエンからなにも言われなければな」ホルステンはぼやいた。彼は最後に展望スクリーンへ目をやり、冷たく青白い球状の監獄——いや、コロニーの月か——を見つめた。下劣な思いが脳裏をよぎる。〝おれじゃなくてよかった〟

レインに少し寄りかかりながら、ホルステンは通路をそろそろと歩いて、メインクルーの睡眠室を目指した。

3.12　荒れ野で叫ぶ声

倒れた巨人はもちろん死んでいたが、そうなったのはさほどまえのことではなかった。それまでのあいだ彼女は――ポーシャたちはいつしかこの生物を〝彼女〟としか考えられなくなっていた――監禁生活を送りながら、摂取する気になったごく数種類の食物だけを口にし、自分を閉じ込めている霧色の壁をとおして外をながめたり、学者たちが集まって観察するためにあけてある囲いのてっぺんを見あげたりしていた。

死んだ巨人たちを解剖してみたところ、四肢の比率と一部の器官をのぞいて、ほぼすべての内部構造が基本的には鼠と同一であることが判明した。比較調査により生きていた巨人はおそらく雌だろうという仮説が確認された――少なくとも、内骨格がより小さな同族と比べたかぎりでは。

巨人たちの目的と真意――そのような驚異の到来が伝えようとした教訓――にまつわる議論は、何世代ものあいだ、その生物の長い生涯が終わったそのあとまで続いた。巨人の行動は奇妙で複雑だったが、言葉は不自由らしく、発話の試みとみなせるような身ぶりや震えはいっさいなかった。巨人が口を開閉したときに、巧妙に張りめぐらされた網が興味深いざわめきを感知したのだが、それが物体を打ち合わせたときに生じるものと同じだという指摘もあった。糸や地面ではなく空気の中を伝わる振動だ。しばらくのあいだ、これは会話の手段であると仮定され、多くの知的な議論を引き起こしたが、結局はそんな考えは不合理だという意見が勝利をおさめた。食事と会話に同じ開口部を使うというのはあまりにも非効率的だからだ。蜘蛛は正確には耳が聞こえないわけではないが、その聴力は触覚や振動と深く結びついている。巨人の発する、人間の話し声のあらゆる周波数は、蜘蛛にとってはささやき声にすらならないのだ。

いずれにせよ、空中を伝わる振動は監禁が続くうちにだんだんと回数が減っていき、最後には止まった。巨人が監禁状態に満足するようになったのだという意見もあった。

巨人が囚われてから二世代が経過し、その到来にまつわる事件が神学じみたものになったころ、ある従者が巨人がものを扱うときに使う器用なほうの脚を触肢信号とよく似たやりかたで動かしていることに気づいた——あたかも蜘蛛の基礎的な視覚言語をまねようとしているかのように。これでまた一気に関心が高まり、ほかの巣から大勢の来訪者がやってきて未来の世代を啓発するための〈理解〉の交換がおこなわれた。入念に実験を重ねた結果、巨人は見たものをただ繰り返しているのではなく、意味を特定の表象と関連づけることで食料と水を要求できることがわかった。より高度な対話の試みは、巨人がまねしたり理解したりできるのがごく少数の簡単な表象だけだったせいでうまくいかなかった。

途方に暮れた学者たちは、種族として継続してきた長年の研究にもとづき、巨人は頭の弱い生物であると結論づけた。その途方もない大きさと力が役立つ作業には適しているようだが、髭太筬虫や〈糸吐き〉と同等かそれ以下の知性しかないと。

その後間もなく、巨人はなんらかの病気によって死んだ。肉体は解剖されて研究が進められ、数世代まえの死んだ巨人たちの調査の結果として遺伝子に組み込まれていた〈理解〉との比較がおこなわれた。

巨人たちの本来の目的や〈使徒〉とのつながりに関する考察はその後も続いた。もっとも広く支持されたのは、この巨人たちの種族は天界で〈使徒〉に仕えて必要な作業を引き受けていたという説だった。ずっとまえに言葉も話せない特使を送り込んだのも、なんらかの承認をあたえるためだったのだと。〈理解〉の継承は蜘蛛たちがみずからの歴史を神話化する能力にいくらかの歯止めをかけたが、すでに蟻たちに対する勝利と巨人たちの到来が同時に起きたのはなにか関連があったのだと固く信じられていた。

だが、この最後の巨人が死んだときには、ポーシャの神学の世界はすでに別の啓示によって揺り動かされていた。

第二の〈使徒〉がいたのだ。

そのころには蟻との戦争はとっくに終わっていた。髭太筬虫作戦は蟻の群れに対して次々と成功をおさめ、蜘蛛たちは蟻の勢力をもとの領土へ押し戻していた――大昔のポーシャが蟻の神殿を襲撃して、その偶像を奪い取り、知らないうちに〈使徒〉の言葉を彼女自身の民へもたらしたその場所へ。

ポーシャの一族の学者たちは、問題の蟻群の再設定に関して、その多様な支部や遠征軍を相手にしたときのように熱心に推し進めることはなかった。そんなことをすれば蟻群の独特な能力が失われてしまうし、蜘蛛たちは群れの発展によって実現した進歩を見逃してはいなかった。そこで何年もかかる手の込んだ誘導事業が始まり——かなりの命を犠牲にしながら——蟻群が近所にいる蜘蛛との協力をもっとも有益な選択肢とみなすようになるまで続けられた。こうして蟻群は、敵意や恨《うら》みを残すことなく、不倶戴天《ふぐたいてん》の敵から協力的な同盟者へと変わっていった。

蜘蛛たちは金属や硝子の利用にまつわる実験をすみやかに進めた。鋭い洞察力をもつ生物だったので、引き続き光や屈折や視覚の研究もおこなわれた。慎重に製造された硝子を使って視覚を極微と極大の両方向へ拡張するすべも学んだ。旧世代の学者たちから途切れなく成果を引き継いだ新世代の科学者たちが、新たに強化された目を夜空へ向けて〈使徒〉をより詳細に観察し、さらに遠くをのぞき込んだ。

当初はあの新たな伝言も〈使徒〉から届くのだと信じられていたが、天文学者たちがすぐにその考えを一掃した。聖堂の司祭たちとの共同調査により、空を移動しながら語りかけてくる光点がもうひとつ出現して、よりゆっくりした、妙に不規則な動きを見せていることが判明したのだ。

蜘蛛たちは自分たちの故郷を基準にして徐々に恒星系の全体像を描き始めた。月と〈使徒〉、太陽。その外側にある惑星にも周囲をめぐっている物体があり、そこから独自の信号が送られていた。

困ったことにこの第二の伝言は理解不能だった。蜘蛛たちの信仰の中心となった規則正しく抽象的で美しい数列とはちがい、新たな使徒が放送するのは混沌だけだった——移り変わる、一貫性のない、無意味な雑音。司祭たちと科学者たちは信号の様式に耳をすまし、結び目や節点を駆使した複雑な表記法で記録したが、そこになんの意味も見いだせなかった。何年にもおよぶ不毛な研究の結果、この新しい発信源は〈使徒〉に対立する存在であり、秩序ではなく悪意ある無秩序の源なのではないかという印象が強まった。ほかに情報がない中で、あらゆる種類の珍奇な意図がそこから汲《く》みとられた。

数年後、第二の信号の変化が止まって、単一の伝言が反復されるようになり、これがまた、そのころには世界規模でゆるやかにつながるようになっていた司祭と科学者から成る共同体で山のような憶測を生んだ。信号の意味を解き明かそうとする試みが何度も繰り返されたのは、それほどしつこく反復される伝言は重要にちがいないからだ。

ある好奇心旺盛な学派は信号の中に要求のようなものが含まれていることに気づき、彼らの世界と第二の信号の発信源とのあいだに広がる途方もない空間をとおして、道に迷ったなにかが必死に助けを求めているのだというおかしな想像をめぐらした。

やがて信号がもう届かなくなる日がやってきて、困惑した蜘蛛たちは急に静まり返った天界をぽかんと見あげるしかなくなったが、なぜなのかは理解できなかった。

第4部
啓発

4.1　不思議の洞窟

子供のころ、ホルステン・メイスンは宇宙に夢中だった。当時は地球軌道の探査が一世紀半ほど続いていて、同世代の宇宙飛行士たちは月面基地からガス巨星の衛星にいたるまで崩壊したコロニーを次々と急襲していた。ホルステンが没頭していたのは、勇敢な探検家たちが遺棄された危険な宇宙ステーションへ踏み込み、残存する自動システムを回避してテクノロジーやデータを焼け焦げた古いコンピュータから強奪するという再現ドラマだった。現実の探検で撮影された生の記録も見ていた——不穏な場面が出てきたり、映像が急に途切れたり。まだ十歳にもならないころに、ヘルメットのライトが真空中でひからびた何千年もまえの宇宙飛行士の遺体を照らすのを見た記憶もある。

おとなになるころには、ホルステンの興味は新たに出現した勇敢なゴミあさりたちから再発見されようとしていた失われた文明へと時代をさかのぼっていた。まさに発見の日々だった！　多くのものが軌道上から引きおろされたが理解できたのはごくわずかだった。悲しいかな、ホルステンがキャリアをスタートさせたときには古学者の黄金時代はすでに終わりに近づいていた。我がことのように感じる恥辱によって彼自身の規律も着実にそこなわれていった。古帝国が残した廃物や断片から得られるものはどんどん少なくなり、遠い昔に死んだ祖先が目に見えぬ悪意あるかたちで現存していることが明らかになっていた。古帝国は深い歴史の奥から手をのばしてその子供たちに容赦なく害をおよぼしていた。そんなわかりにくい残忍な人びとの研究が次第に魅力を失っていったのも不思議はない。

いま、死にかけた故郷から想像もつかないほど遠く離れた場所で、ホルステン・メイスンは古学者にとっての真の聖杯を手渡されていた。

ホルステンはギルガメシュの通信室で腰を据え、すっかり過去に取り囲まれていた。次々と送られるメッセージが船のヴァーチャル空間を祖先の知恵で満たしていく。彼にしてみればそれは黄金を掘り当てたようなものだった。

彼は快適なギルガメシュから参加できる数少ないメインクルーのひとりだった。カーストとヴィタスはシャトルと数機のドローンで眼下の見たところ不毛な惑星を調査していた。レインと配下の技師たちは途中まで完成したステーションへ出かけて、区画化された内部をゆっくりと前進しながら見つけたものをすべて記録していた。アクセスできる稼働中のハードウェアがあったときは、調査結果をホルステンが受け取って、可能なら解読して分類整理し、だめならあきらめて後世の研究にまかせた。

古帝国のテラフォーミング・ステーションについては、たとえ未完成のものでも、これまでに立ち入った者はいなかった。そんなものが実在すると確信していた者はどこにもいなかった。いま、キャリアのまちがった終わりに、人類の歴史のまちがった終わりに、ホルステンはとうとう最高の古帝国専門家を名乗れる立場になったのだ。

考えるだけでうっとりさせられるが、あとに訪れたのはわびしい絶望だった。

いまホルステンの眼前にあるのは、通信文、創作物、技術マニュアル、告知、雑文などが、数種類のインペリアル言語——ただしほとんどはカーンが使うインペリアルC——で記された貴重なコレクションで、古帝国の終焉《しゅうえん》以来どんな学者も手にしたことがないほど大規模なものだった。どう考えても、ホルステンの同胞は、氷期のあとで必死に立ち直ろうとしていた新興文明は、あの偉大なる先達の影でしかなかった。ギルガメシュや現在の宇宙開発のあらゆる成果が、はるかにすぐれた古代世界のテクノロジーの、まともに理解もできない粗悪な断片からつぎはぎされたものだというだけではない。すべてが、そうなのだ——彼の同胞は自分たちが中古の世界を引き継いだことを最初から知っていたのだ。かつての民の遺跡や崩壊しかけた遺物が、足もと、地下、山上のいたるところにあり、物語の中に永遠にとどめられていた。軌道上でこれほど大量に新事実が発見されたのは、記録に残る歴史が砕けた骨の砂漠を進むようなものであっただけに驚くことではなかった。どんなイノベーションも古代人がすでに実現していたか、あるいはもっとうまくやっていた。かぞえ切れないほどの発明家が、同等の目的を達成できる過去のすぐれた手法が後世の宝探しによって掘り起こされたせいで、歴史の闇へ追いやられてきたのだ。兵器、推進機関、政治システム、哲学、エネルギー源……ホルステンの同胞はだれかが作ってくれた便利な階段で暗闇から文明の日差しの中へ導いてもらえることを幸運とみなした。その階段があの場所にしか通じていないことには気づかなかった。

〝古代人の愚行を再現することにあれほど熱中していなかったら、おれたちはどんなことを成し遂げられただろう？〟ホルステンは思う。〝それなら地球を救えただろうか？　いまも自分たちの緑の惑星で暮らしていただろうか？〟

宇宙のあらゆる知識がすぐ手の届くところにあっても、その問いかけに対する答は見つからなかった。

ギルガメシュにはいまや翻訳アルゴリズムがあり、その大部分はホルステン自身が設計したものだった。以前は古代人が書いた言葉の総計があまりにも少なかったので自動解読はどうしてもうまくいったりいかなかったりした――たとえば、彼はいまでもアヴラーナ・カーンとの会話でギルガメシュに翻訳をまかせる気にはなれない。種々雑多な文章のライブラリを自由にできるようになったいま、コンピュータはホルステンの協力により少なくとも半分は理解できるくらいのインペリアルCを出力できるようになっていた。それでも、知識の宝庫のほとんどは古代言語の中に閉じ込められたままだ。たとえ電子的な助けがあっても、すべてを解読するだけの時間はないので、その大部分はホルステン以外のだれの興味も引かない可能性が高い。彼としては、それぞれのファイルがどういうものなのかを把握し、あとで参照できるように分類整理して引き渡すのがせいいっぱいだ。

ときどきレインやその部下から問い合わせが来ることがあり、ほとんどは発見したものの明確な目的がないように見えるテクノロジーにまつわる質問だった。漠然とした検索語をよこしてなにか関係がありそうなものはないかとホルステンにリストを掘り返させるのだ。多くの場合、整理された豊富な素材から役に立つものが出てくるので、彼はその翻訳作業にとりかかる。自分たちでも探せるだろうと指摘したこともあったが、ホルステンの目録に目をとおすくらいなら彼の手をわずらわせるほうがずっと楽だと技師たちが感じているのは明らかだった。

正直に言えば、レインともっと気軽なおしゃべりをしたかったが、今回目を覚ましてからの四十日間は、彼女とじかに顔を合わせたことはほとんどなかった。技師たちは忙しく、ステーションの巨大な中空のシリンダーでほとんどの時間を過ごしていて、そこに住んでいるも同然だった。貨物室から三十名の熟練した補助クルーを解凍して目覚めさせ、支援にあたらせてはいたが、それでも作業が多すぎて追い付けていなかった。

死者は六名。原因としては、四名が警備システムの正常作動あるいは保守システムの誤作動、一名がスーツの故障、あとの一名は純然たる不手際で、ステーションの基礎構造にできたぎざぎざの隙間に機材をとおそうとしてスーツを切ってしまった。

初期の探査記録から予想されるよりはずっと少ない人数だが、ここには古代人の死体はなかったし、この施設が古帝国とその生活様式全体を崩壊させた内紛の犠牲になったことを示唆するものも見当たらなかった。太古の技師たちは単に立ち去っただけで、なにもかもうまくいかなくなったときに地球へ向かったのだろう。古代人が始めたこのテラフォーミング・プロジェクトは、ゆっくりと、星ぼしの無頓着な寛容にゆだねられていた。

もっと悲惨なことになっていた可能性もあった。レインの話によれば、このステーションは有害物質で汚染され、ある種の電子疫病により本来の生命維持システムと基幹システムの大半を破壊されていた。それでも、ギルガメシュは古帝国の洗練されたテクノロジーの単なる劣化コピーではなかった。彼らのテクノロジーは基盤が強固で、仮想攻撃を受けても原始的なシステムで阻止することができたのだ。カーンが知っていて彼らを罠にはめたのかどうかについては議論が起きていたが、技師たちだけはステーションのシステムにできるだけ多くの秘密を吐き出させるための応急作業に忙殺されていた。

背後で物音がしてホルステンは急に夢想から引き戻された。それは静かなこそこそした音で、一瞬あの巨大な節足動物がいた遠い緑の惑星の悪夢がよみがえった。だが、怪物ではなかった——背後にいたのはグイエンだけだった。

「すべて順調と信じていいのかね？」避難船の司令官はホルステンの背信行為を疑っているかのような目つきで問いかけてきた。月のコロニーを離れたときよりも痩せて白髪が増えている。ホルステンが安らかに眠りについていたあいだ、この男は断続的に目を覚まして船の運用を監督していたのだ。いま主任古学者を見おろす姿はその地位にふさわしい年長者の気配をまとっていた。

「着実に」ホルステンはいったいなにをしに来たんだろうと思いながらこたえた。グイエンは社交辞令を口にする男ではなかった。

「きみの目録にざっと目をとおしてみた」

ホルステンはそんなことをする者がいることに驚きを隠しきれなかった。まして相手はグイエンだ。

「読んでみたいものをリストにした」司令官は言った。「もちろん、手のあいたときでかまわない。技術班からの依頼が最優先だ」

「わかった」ホルステンはスクリーンのほうへ頭をかしげた。「希望は……？」

グイエンはタブレットを差し出した。半ダースほどの数字が、ホルステンが独自に構築した索引システムのフォーマットできちんと入力されている。「わたしに直接だ」〝この件はだれにも話さないでくれ〟と口に出したりはしなかったが、あらゆる態度がそれをほのめかしていた。

ホルステンは無言でうなずいた。そこにならんでいる数字だけでは、これがいったいどういうことなのか、あるいはどうしてじかに依頼する必要があったのかを察することはできなかった。

「それと、きみも聞きたいかもしれないな。ヴィタスがこの惑星に関する最新情報とテラフォーミングがどこまで進んでいるかについて話してくれることになっている」

それなら大歓迎だったし、ホルステンが辛抱強く待っていたことでもあった。彼は勢いよく立ちあがってグイエンのあとを追った。とりあえず過去の秘密にはあきあきした。現在と未来についてもう少し話を聞きたかった。

4.2 死神の到来

ポーシャは広大な、複雑に入り組んだ〈大きな巣〉を見渡し、ひとつの都市が死に始めたことを見てとる。

ここ数世代で〈大きな巣〉の住民は大きく増えて、成体の蜘蛛だけで十万体近くに達しており、子蜘蛛にいたってはかぞえきれないし、そもそもかぞえてもいない。全体が森の数平方哩《マイル》に広がって、地面からはるばる林冠まで達し、蜘蛛の時代における真の巨大都市となっている。

ポーシャがいま見ている都市は住民が減少している。死は始まったばかりではあるが、何百体もの雌が〈大きな巣〉を捨ててほかの都市へ移っている。ほかの雌は思いきって残された荒野へ踏み出し、何世紀も受け継がれてきた〈理解〉を頼りに狩猟者だった祖先の生活様式を取り戻そうとしている。多くの雄も逃げ出した。基本的な保守作業がおろそかにされているせいで、都市の繊細な構造物には傷《いた》んだ部分が目につくようになっている。

疫病が迫っているのだ。

北方ではすでにいくつもの都市が廃墟と化している。世界規模の疫病が共同体を次々とのみ込んでいる。すでに数十万体の蜘蛛が命を落としていて、いまや〈大きな巣〉でも最初の犠牲者が出ていた。

これが避けようのないことだとわかるのは、現在のポーシャが司祭であり科学者でもあるからだ。彼女はこの悪性の伝染病を理解し、治療法を見つけようと努力してきた。

今回の疫病がなぜこれほどの被害をもたらしているのかは完全にはわかっていない。感染力が非常に高いことや、接触によって広がること――空気感染はそれほどでもない――に加え、ポーシャの民が暮らす都市がひどい過密状態にあるせいで、ふつうに制御できるはずだった伝染病が黒死病よりも凶悪なものになってしまった。この過密状態はあらゆる種類の不衛生や健康問題を引き起こしてきた。ポーシャの民がそうした問題について社会として対応する必要性を理解し始めたときに、疫病がひそかに忍び寄ってきた。彼女らの行き当たりばったりな、無秩序と言ってもいいような政府では、効果がありそうな厳しい措置はなかなかとれないのだ。

この疫病の致死率を高めているもうひとつの要因は、雌が手持ちの〈理解〉の広がりを集中的に制御しようとして自分の同輩組で生まれた雄たちから交尾の相手を選ぶという、過去一世紀のあいだにますます一般化してきた習慣だ。それなりに意味のある賢明な習慣ではあるが、近親交配のせいで多くの強力な同輩房で免疫機構が弱体化し、いざ疫病が発生したときには行動を起こす力をもっていそうな者が最初に倒れてしまうことが多くなる。ポーシャはこの法則に気づいていて、原因まではわからないものの、自分の同輩組がそれにぴったり当てはまることにも気づいている。

どうやら疫病と関係のある極微動物が存在しているようなのだが、ポーシャの拡大鏡には元凶のウイルスを見つける能力はない。彼女のもとにはほかのいくつもの都市から届いた実験結果があるが、実施した科学者たちの多くはみずからも疫病で命を落としている。抗原接種の理論までたどり着いた者さえいるが、ポーシャの民の免疫機構は人間などの哺乳類が有する効率的かつ適応力の高い機構とはちがう。伝染病にかかっただけでその後の同じような感染にそなえができるわけではないのだ。

世界は崩壊しつつあり、ポーシャはこれほどの事態になるまでにかかった時間の短さに愕《がく》然《ぜん》とする。自分たちの文明がこれほどもろいものだとはまったく気づいていなかった。すでに疫病が蔓延《まんえん》しているほかの都市からも知らせが届いている。いったん住民の数が減り始めたら——死と脱出により——社会全体の構造は急速に崩れていく。蜘蛛たちが独力で築いてきた優雅で洗練された生活様式は、蛮行、共食い、原始的で粗野な価値観への回帰という巨大な奈落の上にずっと張り渡されていた。とどのつまり、彼女らは根っこのところで捕食者なのだ。

ポーシャは聖堂へ引きあげ、そこに避難して彼方からのたしかな声を待ち望んでいる大勢の市民たちのあいだをとおり抜ける。前日よりも数は減っている。都市に残っている市民の数が少なくなったせいばかりではない——〈使徒〉とその伝言に対する幻滅がだんだんと強まっているのだ。〝あれがなにか良いことをしてくれたか？〟彼女らは問いかける。〝天界から送り込まれて疫病を一掃してくれる炎はどこにある？〟

ポーシャは金属製の探り針で水晶にふれ、頭上を通過する〈使徒〉の音楽に合わせて踊り、複雑な足さばきでその方程式と解を完璧に描き出す。いつもどおり、彼女は必ずなにかがあるという計り知れない安心感に満たされている——いま自分に理解できないことがあるからといってそれが理解不可能なものだということにはならない。

〝いつの日かわたしはあなたを理解する〟ポーシャは〈使徒〉に思いをむけるが、それもいまはむなしく響く。彼女はそう長くは生きられない。彼女らみんながそう長くは生きられないのだ。

ポーシャはいつしか異端の考えを胸にいだいている——〝わたしたちの伝言をあなたに送り返すことさえできれば〟聖堂はそのような考えを厳しく禁じているが、ポーシャが考えたのはこれが初めてというわけではない。実はほかの科学者たちも——司祭科学者たちでさえもが——伝言を届ける目に見えない振動をなんらかの手段で再現する実験をおこなっている。公《おおやけ》には、聖堂はもちろんそんな実験を許すことはできないが、蜘蛛は好奇心旺盛な種であり、中でも聖堂に引き寄せられる者はもっとも好奇心旺盛だ。異端の温室に芽生えた花がやがて正統派の守護者たちによって育まれることになるのは必然だった。

この日ポーシャは、もしもあの広くてからっぽな空間を越えて〈使徒〉に話しかけることができれば、きっとその答を、すなわち疫病の治療法を教えてもらえるだろうと自分が信じていることに気づく。同時に、そんな対話はできるはずがなく、答が届くことはないのだから、手遅れになるまえに自分で治療法を見つけなければならないということを、同じくらい容赦なく悟る。

聖堂を出たあと、ポーシャは自分の雄たちの一体と会うために、三本の木のあいだに広々と張りめぐらされた数多くの区画をもつ同輩房へ戻る。

疫病による荒廃が始まってから、蜘蛛の社会における雄の役割は微妙に変化してきた。昔から雄にとっての最高の生涯とは、強力な雌に自分の運命をゆだねて世話をしてもらうことを期待するか、さもなければ――貴重な〈理解〉を受け継いで生まれた者であれば――後宮でひとつの商品として気ままに過ごし、常に状況が移り変わる同輩房間の権力争いで取引や交尾の材料として使われるときを待つくらいだった。それ以外の場合、多くの雄は一種の下層階級である都会の清掃動物に成り下がり、常に残飯をめぐって争いを繰り広げ、雌の保護を得られないまま危険にさらされていた。だが、無能で不要な集団だった雄たちは、よくて単純労働者、ひどいときには秘密の食料というおまけの立場から、いまや非常時の最後の資源となっていた。雄は雌への依存度が高く、野生で自活するのは困難なので、雌が逃げてもその場にとどまる傾向がある。〈大きな巣〉やほかの多くの都市がなんとか機能しているのは、大勢の雄たちがこの機会に昔からの雌の任務を引き継いでいるおかげだ。いまでは雄の戦士や、狩猟者や、衛兵までいるが、それはだれかが投石器や盾や焼夷手榴弾を扱わなければならず、たいていの場合ほかにやる者がいないからだ。

ポーシャのような地位にある雌は昔から雄の同伴者を選べる立場にある。雄たちを単なる取り巻きや踊り手としてそばに置いて雌の明白な重要性をさらに高める者もいれば、技能をもつ助手にするために雄たちを訓練してきた者もいる。研究室で雄の助手たちを使っていた昔のビアンカなどは、雌と仕事をすると優位に立とうとする争いが頻発するとか、文明的なうわべのすぐ下に古い本能がひそんでいるとか不平をもらして、蜘蛛の性別政治学にまつわるちょっとした真実を暴《あば》いたものだった。現在のポーシャもしぶしぶではあるが雄を信頼するようになっている。

少しまえにポーシャは一群の雄を送り出していた。以前からよく使っていた傭兵《ようへい》たちだが、みな有能で、〈大きな巣〉で市中に捨てられた子蜘蛛仲間として幼少期から共に行動することに慣れていた。彼らの任務はポーシャがどんな雌でも受け入れないと感じていたものであり、その報酬はポーシャの同輩組から継続的な支援を得られること――食料に、保護に、教育や娯楽や文化の利用権。

そのうちの一体が戻っていた――一体だけが。ここではフェイビアンと呼ぼう。

フェイビアンは同輩房にいるポーシャのもとへやってくる。脚を一本失っており、飢えがひどく疲れ果てているように見える。ポーシャは触肢をさっと振り、まだ養育所にいる若い雄に自分とフェイビアンの食べ物を運んでくるよう指示する。

〝それで？〟ポーシャはじりじりしながらフェイビアンを見つめる。

〝状況はあなたが考えているよりも悪化しています。〈大きな巣〉へ帰還したときにも苦労しました。北から来たと疑われた旅行者は、雌なら追い返され、雄なら即座に殺されているのです〟言葉を伝えるゆっくりした足の動きは、不明瞭でたどたどしい。

〝おまえの仲間がそんな目にあったのか？〟

〝いいえ。帰還できたのはわたしだけです。ほかはみな死にました〟生涯のほとんどを共に過ごした仲間への追悼にしてはずいぶんあっさりしている。ポーシャの社会ではよく知られていることだが、雄は雌ほどの強い感受性を持っていないし、雌のように愛着と尊敬による絆を結ぶこともできない。

若い雄が食べ物をかかえて戻ってくる――縛ってある生きた蟋蟀《コオロギ》と農場で集めた多肉植物だ。フェイビアンは縛られた虫をありがたくすくいあげて鋏角を突き刺す。疲れすぎているのか、毒を使う手間もかけずに、ぴくぴくしている虫の体液を吸い取っていく。

〝あなたが考えていたように、疫病に見舞われた都市には生存者がいます〟フェイビアンは食べながら話を続ける。〝しかし彼女らはわたしたちの生き方を忘れています。獣のように暮らし、糸を紡いで狩りをしているだけです。雌も雄もいました。わたしの仲間はさらわれて食われました、一体また一体と〟

ポーシャは熱心に足踏みをする。〝だがおまえは成功したのか、ポーシャの質問にすぐには返事をせず、こう問い返す。〝わたしが疫病を〈大きな巣〉へ持ち帰ったのではないかと心配しているのですか？　感染している可能性はあると思います〟

〝疫病はもうここに来ている〟

フェイビアンはあきらめたようにゆっくりと触肢を曲げる。〝成功しました。三体の子蜘蛛を感染地域から連れ帰りました。みな健康です。免疫があるんです、あそこで暮らしているほかの者たちと同じように。あなたの言ったとおりでした、それがわたしたちにどう役立つかはわかりませんが〟

〝子蜘蛛たちをわたしの研究室へ〟ポーシャはそう指示してから、フェイビアンが残った脚を震わせているのを見て、続ける。〝そのあと、おまえは同輩房で自由に過ごしてかまわない。この大いなる奉仕への報奨だ。なんでも望むものを求めるがいい〟

フェイビアンはポーシャの目をまっすぐに見つめる――大胆な行動ではあるが、彼は常に大胆な雄だったし、さもなければこれほど役立つ手先になることもなかっただろう。〝ひと休みしたらあなたの仕事を手伝わせてもらえませんか〟フェイビアンは言う。〝ご存じのとおり、わたしは生化学方面の〈理解〉を持っていて、その勉強もしていますから〟

この提案にポーシャは驚き、思わず態度にあらわす。

〝〈大きな巣〉はわたしの家でもあります〟フェイビアンは続ける。〝ここはわたしのすべてです。あなたはほんとうにこの疫病を打ち負かせると信じているのですか？〟

〝いずれにせよ、挑戦しなければ全員が負けることはわかっている〟憂鬱な考えではあるが、それは否定しようのない論理だ。

4.3　灰色の惑星からの手記

　ホルステンはその報告を聞くために集まった人の多さに愕然とした。ギルガメシュにはホールがないので、会場はシャトルベイを流用してあり、がらんとして音がよく響いた。ここにいないシャトルは遺棄されたステーションに固定されているのだろうか。ここは自分とレインが反逆者たちにさらわれて連れてこられた場所なのだろうか。ベイはどれも同じように見えたし、損傷はもう修理されているはずだった。

　ひとり寂しく作業を続けていたあいだに、ホルステンは再生作業を手伝うためにどれだけの人びとが目覚めさせられたのかわからなくなっていた。いまは少なくとも百人が格納庫ですわり込んでいて、ホルステンはまるで恐怖症のような反応に襲われていた——極端な密集に、密接に、密閉。やむなく出入口のそばでうろうろしていたら、心のどこかでごく少数の人間としか会わない未来を受け入れていたのだなと気づいた。ひょっとしたらそのほうがいいと思っていたのかもしれない。

　〝そもそもなんでみんなここにいるんだ？〟なにもこの場にいる必要はないのだ。ホルステン自身は作業を続けながら、ヴィタスの発表をスクリーンで見ることもできたし、耳の中で彼女がさえずる声を聞くこともできた。時代遅れの目と耳に頼るだけのために重い肉体をここまで運んでくる必要はない。ヴィタスのほうにも実務面ではみずから登壇する理由はないはずだ。故郷にいたころでさえ、こうした学術的な地位の誇示は離れた場所でおこなわれるのがほとんどだった。

〝だったらなぜ？　おれもなぜここへ来たんだ？〟そこに集まった群衆を見渡して、興奮したざわめきに耳をすましてみると、ただの付き合いで、仲間といっしょに過ごすために来た者が多いようだった。〝だが、おれはそうじゃないだろう？〟

そこでホルステンは、もちろんそうなのだと気づいた。どれだけ一匹狼《いっぴきおおかみ》を気取ってみたところで、彼はひとつの社会的種族と分かちがたく結びついている。ホルステンの心の中にすら、ほかの人たちと交流したい、みんなとの絆を失いたくないという願望があった。ヴィタスがここへ来たのも、学者としての名声やクルー内での地位のためではなく、実際に手を差し伸べて、そこに手を差し伸べる相手がいることを知る必要があったからだ。

群衆を見渡してみたが、なじみのある顔はほとんど見当たらなかった。ヴィタスの科学班を別にすると、メインクルーの大半はステーションのほうで作業をしていたし、ここにいる者はこのまえ目をあけたのが地球にいたときという者がほとんどなので、カーンや緑の惑星やその恐るべき住民については、話で聞いたか、ギルガメシュの記録庫で入手可能な未分類の資料で見ただけだろう。彼らの多くはたしかに若いが、ホルステンが老いを感じたのはそうした知識の断絶のせいだ――別の太陽系で過ごしたほんの数日間だけではなく、何世紀もよけいに目覚めていたような気分だった。

　グイエンは会場の後方に陣取り、いつものように超然としていた。ヴィタスがきちょうめんな足取りで前方に進み出て、この部屋でいいのかどうか確信がもてないような顔で聴衆を見渡した。

　ヴィタスのチームが設置した、背後の壁の大部分を占めるスクリーンが、やわらかく灰色に輝いた。ヴィタスはそれをしげしげと見て、うっすらと笑みを浮かべた。

「みなさんご存じのように、わたしは本船が現在軌道上にある惑星の調査を監督しています。いまとなっては議論の余地がないようですが」親切なことにホルステンのほうへ小さくうなずきかけ、「わたしたちは古帝国が崩壊する直前に進めていたテラフォーミング・プロジェクトのひとつにたどり着きました。前回訪れたプロジェクトは完成していましたが、高性能の人工衛星によって意図不明の隔離がおこなわれていました。すでに判明しつつあるように、わたしたちが現在いる場所での作業はテラフォーミングの途中で中断され、制御施設は放棄されていました。技術班がその施設の調査という手強《てごわ》い作業を進めていることは知っていますが、そのあいだにわたしは惑星自体が曲がりなりにも居住地として使えるかどうかを調べてきました」

　ヴィタスの明快で簡潔な言葉には、たとえ結論があるとしても、それがどんなものかを知る手掛かりはなかった。べつに盛りあげようとかはらはらさせようとかしているわけではなく、ヴィタスが自分のことをなによりもまず純粋な科学者とみなしていて、ポジティブな結果であれネガティブな結果であれ、その価値や望ましさにとらわれることなく公平無私に報告しているというだけのことだ。ホルステンもよく知っているそうした学問のやりかたは、地球の終わりが近づいてポジティブな結果を見つけるのがむずかしくなるにつれて、どんどん人気が高まっていった。

ヴィタスが集まった人びとを見渡し、ホルステンはその表情から、そのボディランゲージから、いったいどんな話になるのかを読み取ろうとした。〝ここにとどまるのか？　先へ進むのか？　引き返すのか？〟最後の可能性がなによりも気にかかるのは、彼がカーンの緑の世界をじかに体験したごく少数のひとりだからだ。

スクリーンが明るくなって、えんえんと灰色が続き、やがて暗い地平線のカーブがあらわれると、それが灰色の惑星だとわかった。

「お気づきのように、この惑星の表面は不思議なほど均一に見えます。しかし分光分析では豊富な有機化合物の存在がしめされています——人間が生きるために必要なすべての元素が含まれています」ヴィタスは語った。「わたしたちは高軌道に到達したところですぐに二機のドローンを投下しました。これからお見せする画像はすべてドローンのカメラで撮影されたものです。色は修正や都合のよい設定変更をおこなっていない本来の色です」

ホルステンには灰色以外の色は見えなかったが、夜明けの光がスクリーンに表示された球体に広がっていくにつれて輪郭や影があらわれてきた――山や盆地や谷間があるのだ。

「ご覧のとおり、この惑星は地質学的に活発で、そのことが古帝国のテラフォーミングの前提条件だったのかもしれません。彼らが新世界に求めた地球に似た性質の中で、それがもっとも作りあげるのが困難――ひょっとしたら不可能――だったということなのか、あるいは、彼らがその性質を初期段階でこの惑星に付与していたのかはわかりません。うまくすればステーションから回収した情報で彼らがどのようにそのプロセスを進めたのかがわかるでしょう。いつかわたしたち自身がその偉業を再現できるかもしれません」ヴィタスはその考えに少し興奮しているような様子があった。まちがいなく声がうわずっていたし、片方の眉はぴくぴく動いてさえいた。

「こちらはドローンで計測された惑星の基本的な状況です」ヴィタスは続けた。「重力は地球の八十パーセントほどで、自転が遅いために一日の周期は約四百時間になります。気温は高く、極地でもしのげますし、北半球の地域では生活が可能ですが、赤道付近は人間の許容範囲ではなさそうです。見てのとおり酸素濃度が五パーセントくらいしかないので、残念ながら住みやすいとは言えません。それでも有益な教訓にはなるでしょう」

ドローンがぐっと低い位置を飛行して、地表をとらえた映像がアップになると、聴衆のあいだにざわめきが広がった――困惑と動揺。灰色のものは生きていた。

ドローンのカメラでわかるかぎりでは、地表全体が分厚くからみ合った灰色の植物に覆われていた。シダのような葉状体をのばしておたがいにアーチをかけ、手に似たひだを広げて日光を受けている。芽体や子実体をこぶのように生やして噴きあがる無数の陰茎《いんけい》の塔。それが山々を最頂部まで覆い尽くしている。目に見える地表すべてに厚い灰色の毛皮がかぶさっているようだ。映像は次々と切り替わり、ヴィタスがそれぞれの場所について言及し、差し込まれた世界地図にはそれがどこで撮影されたかがしめされる。だが、景色の細部についてはほとんど変化がなかった。

「いま見ているものは菌類と考えるのがいちばんでしょう」科学主任は説明した。「この単生種は惑星全体でコロニーを作っていて、極から極まであらゆる高度において存在していました。こちらに重ねて表示してある地盤のスキャンを見ると、惑星の実際の地形は地球の代わりになると期待されるだけの変化に富んでいます――海盆はあっても海はなく、谷間はあっても川はありません。調査によれば、いまこうして見ている生物の中には惑星ひとつぶんの水がたくわえられているようです。しかもこれは単一の生物かもしれません。観察できる明確な分かれ目が見当たらないのです。こんな色をしていてもある種の光合成ができるようですが、酸素濃度の低さを考えると、化学的にはわたしたちになじみがある生物とはことなっているはずです。この蔓延している種が、意図されたテラフォーミング・プロセスの一部だったのか、あるいはなにかのエラーの結果で、その動かしようのない存在が技師たちによる作業の放棄へつながったのかは不明ですし、これが放棄されたあとに生まれたもの――つまり中途半端に終わった作業から派生した自然の副産物なのかどうかもわかりません。いずれにせよ、これは惑星に根をおろしていると考えるべきだと思います。ここはいまやこの生物の世界なのです」

「一掃できないのか?」だれかが声をあげた。「焼き払うとか、なにかそんなことは?」

ヴィタスの見た目の冷静さがとうとう崩れた。「あの少ない酸素でなにかを燃やせたらラッキーでしょう」舌打ちをする。「それに、わたしはこの惑星のさらなる調査はお勧めしません。わたしたちが地上に拠点を設営し、いくつかの予備調査を実施したころには、二機のドローンは機能低下の兆候を見せ始めていました。可能なかぎり稼働させましたが、最終的にはいずれも停止しました。下の空気は事実上胞子のスープになっていて、新しい菌のコロニーがむきだしになったあらゆる表面で発芽しようと狙っています。そういえば、この星系とこのまえの星系ではずいぶん騒ぎがあったので、資源が入手できたら工作室でもっとドローンを製作するべきですね。残っているのはほんのわずかですから」

「わかった」会場の後方でグイエンがこたえた。「手配したまえ。どうやらここはすぐにわれわれの家になるわけではなさそうだ。しかしそれは問題ではない。まず優先すべきは、ステーションからできるかぎり多くの情報を集め、整理保管し、翻訳し、どんな行動がとれるかを考えることだ。同時にギルガメシュのシステムの大規模なオーバーホールを実施し、可能な部分については修理や交換をおこなう。ステーションには活用できる技術がたくさんあるのだから、なんとかしてわれわれの技術とつなぎ合わせればいい。〝胞子ワールド〟で生活ができないと心配する必要はない。わたしには計画がある。ちゃんと計画があるのだ。ここで見つけたものがあれば、われわれは受け継ぐべき財産を手に入れることができる」演説がいきなり救世主の言葉のようになって、グイエン自身も一瞬驚いたようだったが、彼はそのまま振り返って去っていき、あとには好奇心旺盛な会話のさざ波が広がった。

4.4　探究心

疫病は初めは静かに広がり、やがて猛威を振るい、ついには真の恐怖となる。現在ではその症状も充分に記録されていて、確実に予測ができる——ただし、なにもかも予測できてもふせぐことはできない。最初の明らかな兆候は関節の熱っぽさと、目、口器、出糸突起、肛門、書肺の腫れ。そのあと外肢を中心に筋痙攣が生じる。初めはほんのときどき、言葉がつかえたり、説明のつかない神経質な震えが起こるだけだが、それから外肢がどんどん言うことをきかなくなって、わけのわからないことをわめき、ふらつきながら、あわただしく無意味に歩きまわるようになる。最初に不随意痙攣が起きて十日から四十日たったころ、ウイルスが脳に到達する。被害者はもはや自分が何者でどこにいるのかを把握しようとはせず、周囲にいる者を不合理なやりかたで認識する。被害妄想、攻撃性、現実逃避もこの段階ではよく見られる。死は五日から十五日後に訪れるが、その直前にはできるだけ高くのぼりたいというあらがいがたい欲求に襲われる。フェイビアンは再訪した死の都市についてくわしく語っていた——木々の最頂部や朽ちかけた網は硬直した死体で混み合い、どんよりした目が虚空を見あげていたという。

こうした最初の決定的な症状が出るまえに、ウイルスはすでに被害者の体内に存在していて、期間は不明だが多くの場合は二百日ものあいだ、見かけ上はなんの害もおよぼすことなくゆっくりと患者の体内に浸透していく。ときおり発熱やめまいを感じることはあるが、ほかにも原因が考えられるため、これらの症例が報告されることはめったにない。いまのように疫病が〈大きな巣〉に蔓延するまえには、感染を疑われた者はみな死の苦しみをかかえたまま追放されていたのでなおさらだ。それらの感染者たちはできるだけ長く大流行の兆候を隠そうとする軽率な陰謀の一部だった。

見たところなんの危険もない初期段階でも、この疫病にはほどほどの感染力がある。患者のそばに長くいればこの疫病に感染する可能性は非常に高くなるが、もっとも確実に感染するのは末期状態の錯乱した患者にかまれた場合だ。

〈大きな巣〉では末期の患者が五、六体ほど発生した。彼女らは発見されるとすぐに離れたところから殺された。市内にとどまっている感染中期の患者はその三倍はいるが、彼女らの扱いについてはまだ意見がまとまっていない。ポーシャたちは治療が可能だと強く主張している。聖堂の科学者たちはどんな対応ができるかほとんどなにも思いつかないので、暗黙の了解でその事実を隠している。

ポーシャはフェイビアンが持ち帰ったものを最大限に活用している。子蜘蛛たちは疫病の蔓延した都市からやってきたので、いまは彼女らが疫病に免疫をもっていて、その免疫について研究が進められることを願うしかない。

子蜘蛛たちを検査し、体液——蜘蛛類の血液——の試料を採取したが、ポーシャの拡大鏡と分析ではまだなにも発見できていない。子蜘蛛から採取した体液は、中等症の患者に摂取させるか、ほんの数年まえに開発されたばかりの輸血という手法で注射するよう命じてあった。蜘蛛の免疫機構は強いものではないので血液型による拒絶反応はあまり問題にならない。今回の場合、この試みは効果がなかった。

患者と共に作業を続けるあいだ、みずからが被験者になるという避けようのない瞬間からできるだけ長く身を守るために、ポーシャはフェイビアンを使って疫病が蔓延している同輩房内の雄たちと連絡をとっていた。疫病に関しては雄のほうが雌よりも少し耐性が強いことがわかっている。皮肉なことに、大昔の遺伝学は雄が求愛の踊りで見せる優雅さや持続力をその免疫機構の強さと結びつけ、自然淘汰に圧力をかけ続けている。

ポーシャがこれまでに試したことはすべて失敗に終わっていたし、仲間たちのだれも良好な結果は得られていなかった。彼女がこれまで以上に不確実な科学にはまりかけているのは、文明が崩壊してばらばらの未開状態へおちいるのを阻止してくれる斬新《ざんしん》な発想を切望しているからだ。

ポーシャは一日の多くの時間を研究室で過ごしている。フェイビアンは一群の新しい溶液を持って出発していた。いまや封鎖された隔離病棟となった同輩房にいる感染した仲間たちに渡すためだ。ポーシャはこの溶液に効果があるとは思っていない。自分の能力ではこれ以上はむりだと感じ、見つけてしまった広大な無知の闇にいらだちながら、民の理解力の限界ぎりぎりのところであくまで抵抗を続けている。

いまポーシャのもとには来訪者がいる。ほかの状況であれば追い返していただろうが、彼女は疲れていて、ほんとうに疲れていて、どうしても新しい視点を必要としている。その新しい——不安をおぼえるほど新しい——視点こそ、この来訪者がもたらしてくれるものなのだ。

彼女の名はビアンカ、以前はポーシャの同輩組の一員だった。大柄な、太りすぎの蜘蛛で、全身が淡い色のまだら模様になっており、そわそわした神経質な動きを見ていると、たとえ疫病にかかってもだれにも気づかれないのではないかと心配になる。

ビアンカも以前は聖堂にいたが、適切な敬意をもって職務をこなしていなかった。科学者としての好奇心が司祭としての崇拝の念を上まわっていたのだ。彼女は水晶を使った実験を始めていたが、それが発覚したときには、敬意を欠いているとしてあやうく追放されそうになった。ポーシャやほかの仲間たちが仲裁をしたのだが、ビアンカは社会の上級から事実上転落し、地位も友も失ってしまった。いずれは〈大きな巣〉を離れるか、おそらくは死ぬことになるだろうと思われていた。

ところが、ビアンカはけっしてあきらめずに這いあがってきた。彼女はいつでも才気煥発《かんぱつ》であり——それが精神面で限界に達したポーシャが彼女を受け入れたもうひとつの理由かもしれない――まるで雄のように自分の技能を取引材料にして、より小さな同輩房を渡り歩き、ついにはよそで離反した学者たちを集めて新しい同輩組を立ちあげた。もっと平和だった時代には、おもだった同輩房が常にこの集団を懲戒あるいは追放しようとしていたが、いまではだれも気にしていない。ポーシャの民には考えなければいけないほかの問題がたくさんあるのだ。

〝もう少しで治療法が見つかるそうだが？〟ビアンカの姿勢とわずかな動きの遅れから猜疑《さいぎ》心《しん》がはっきりと伝わってくる。

〝働いている。全員で働いている〟ふだんなら誇張した見通しを伝えるところだが、ポーシャはあまりにも疲れている。〝あなたはなぜここに？〟

ビアンカはポーシャを見つめたままこっそりと足踏みをする。〝おや、姉妹、わたしがどこかへ足を運ぶ理由など決まっているだろう？〟

〝いまはそのようなときではない〟ではいつもの研究を続けているということか。ポーシャが情けなくなってうずくまると、相手は彼女の抑えた語りを聞こうと近寄ってくる。

〝わたしが聞いたところでは、もうほかのときなどないかもしれない〟ビアンカはなかばおるように言う。〝ほかの都市からどんな伝言が届いているかは知っている。きみもわたしもほかの都市からもはや伝言が届かないかも知っている。どれだけ多くの都市からもはや伝言が届かないかも知っている。自分たちがどんな状況に直面しているかを知っている〟

〝いまそんなことを追究したいと思っていたなら、わたしは自分の研究室にとどまっていただろう〟ポーシャは怒りのこもった足踏みで告げる。〝あなたを〈使徒〉の水晶へ近づけるつもりはない〟

ビアンカの触肢が震える。〝わたしは自分の水晶さえ持っていたんだぞ？　それが聖堂にばれて奪われてしまった。もう少しで……〟

なにがもう少しだったのかはポーシャにもわかっている。ビアンカは〈使徒〉に語りかけることに執着しており、あの疾走する星に伝言を送り返そうとしている。この件は聖堂の中では世代を問わず議論の的となっている――そしてどの世代にもビアンカのように言いだしたらきかない者がいる。彼女らは常に監視されている。

ポーシャはつらい立場にある。というのも、自分だけなら彼女はおそらくビアンカを支持する。だが、偉大な者と善良な者が同じ網に立って議論をするときには、たいていの大きな決断が多数派の影響をまぬがれることができない。聖堂の保守派である前世代の司祭たちはあの伝言を神聖かつ完璧なものとみなしている。ポーシャの民が進むべき道は、それをよりよく理解し、まだ解き明かされていない伝言の秘められた深みを学ぶこと。〈使徒〉の注意を引こうとして暗闇にむかって吠えるのはまちがっている。〈使徒〉は民の頭上を通過しながらすべてを観察している。宇宙には秩序があり、〈使徒〉はそれを証明しているのだ。

どの世代でも議論の最中にはいろいろ声があがるが、これまではそのゆるぎない模倣子《ミーム》が勝利をおさめてきた。結局、〈使徒〉は蟻との大戦争のときに介入してきたではないか、だれも助けを求めたりしなくても。もしも〈使徒〉の計画にポーシャの民を助けることが含まれているのなら、そんな助けは懇願しなくても届くだろう。

〝なぜわたしのところに来る？　わたしは聖堂に逆らうつもりはない〟ポーシャはできるだけそっけなく告げる。

〝わたしたちがたしかに姉妹だったころのきみをおぼえているからだ。きみはわたしと同じことを望んでいて、ただ思いの強さが足りないだけなのだ〟

〝わたしはあなたを助けるつもりはない〟ポーシャの言葉は疲労のせいで最後通告のように聞こえる。〝どのみち〈使徒〉に返事をすることはできない。わたしたちの民は安心の源として聖堂を必要としている。あなたの実験はそれを民から奪うことになるだろうが、それでなんになる？　あなたは望みを成し遂げることはできないし、そもそも成し遂げなければいけないことでもない〟

〝きみに見せたいものがある〟ビアンカが唐突に合図をして、数体の雄が重そうな装置をぶらさげて運んでくる。雄たちはわきへよけてぴんと張られた床に装置をおろし、その重さを受け止めた床は少しだけ沈み込む。

〝以前から知られているように、ある種の化学物質は不思議なかたちで金属と反応する〟ビアンカが語る。〝適切な化学結合がおこなわれれば、金属を伝わり液体を通過する力が生じ

る。わたしたちが共に学んでいたころの実験をおぼえているか？〃

〃ただの好奇心だった〃ポーシャは思い返す。〃あれは金属を他の金属で覆うために使われる。蟻の群れに作業をおこなわせたときには、驚くべき成果があがったものだ〃いまよりは無邪気だった若いころの記憶が、彼女に少しだけ力をあたえてくれる。〃しかし、たくさんの有毒な気体が出てしまう。蟻にしかできない仕事だ。それがどうした？〃

ビアンカは自分の装置に注意を向けている。ポーシャの記憶にある実験装置と同じように、種類のちがう化学物質が入った複数の区画がそれぞれ金属の棒で結ばれているが、こちらはそれ以外にも金属の部分がある――慎重に削って太めの糸くらいにまで細くした金属を、円柱状にみっしりと巻いてあるのだ。空気の気配が変わり、ポーシャはまるで嵐が近づいているかのように体毛がちくちくするのを感じる。嵐にはいつも強い恐怖をおぼえるが、自然火災が都市にどれほどの被害をあたえるかを考えればむりもないことだ。

〃このおもちゃは目に見えない網の中心に位置している〃ビアンカが告げる。〃慎重に調整すれば、これを使ってその網の糸をつま弾くことができる。すごいと思わないか？〃

そんなのはばかげていると言ってやりたいが、ポーシャは興味をそそられる。あらゆるところに広がる網という考えは魅力的で、直感で理解しやすい。そうでなければ彼女らはどうやってつながっているのか……？

〃〈使徒〉がこういう網を使ってわたしたちに語りかけていると？〃

ビアンカは新しい装置のそばを歩きまわる。〝だって、なにかつながりがなければわたしたちは伝言を受け取れないだろう？　それなのに聖堂は考察をしない。伝言はただそこにあると言う。そう、わたしは宇宙に広がる巨大な網を見つけた。〈使徒〉はその網で伝言をつま弾いている。そう、わたしは返事を送ることができるのだ〟

いくらビアンカとはいえ、あまりにもあつかましく恐ろしい大言壮語だ。

〝わたしは信じない〟ポーシャは断言する。〝ほんとうにできるなら、あなたはすでにやっているはずだ〟

ビアンカは怒りをこめて足踏みする。〝〈使徒〉の言葉を聞くこともできないのに、呼びかけてなんになる？　聖堂へ行かせてくれ〟

〝あなたの望みは〈使徒〉に存在を認めてもらい、話しかけてもらうことだ〟だからこの実験のほんとうの動機はビアンカのエゴなのだ。彼女はいつもそうだった――常にあらゆる創造物とみずからの脚を比べようとする。〝いまはそんなときではない〟ポーシャはふたたび疲れを感じる。

〝姉妹、もう時間がない。それはわかっているはずだ〟ビアンカは懐柔にかかる。〝この計画を実行させてくれ。これを未来の世代にゆだねるわけにはいかない。たとえわたしが〈理解〉を伝えられたとしても、〈使徒〉と話す価値のある未来の世代はいない。いましかないのだ〟

〝未来の世代はいるだろう〟ポーシャはその言葉を踏み鳴らしはせず、ただ考える。〝フェイビアンが彼女らを見てきた——都市の廃墟で獣のように暮らし、頭の中に〈理解〉をため込んではいても、母たちが築きあげた世界がすべて失われてしまったためにそれを活用できない。では科学はなんの役に立つ？　聖堂はなんのためにある？　住民が減りすぎて食べて交尾することしかできないときに芸術がなんの役に立つ？　膨大な〈理解〉は世代が進むごとに消えていき、生き残った者はだれもわたしたちが何者だったかを思い出すことができなくなる〟だが、その考えは不完全で、なにかひっかかるところがある。ポーシャはいつしか選りすぐりの〈理解〉について考えている——すべてを失った生存者たちでも、狩りのときに助けになる遠い昔の〈理解〉をいくつか持っているだろうし、そうした主要な〈理解〉を受け継いだ子孫は世界の新たな領主となるだろう。だが、彼女らが受け継ぐのはそれだけではない……。

ポーシャはビアンカの装置のまちがった端にうっかりさわって感電したかのようにぱっと身を起こす。ふいに浮かんだ狂気の思いつき。ありえない思いつき。科学的な思いつき。

そばにいる雄たちの一体に合図してフェイビアンが戻ったかどうかをたずねる。戻っていたので、すぐに呼びに行かせる。

〝わたしは研究室で仕事をしなければならない〟ポーシャはビアンカに告げるが、そこでためらう。ビアンカは半分いかれていて、危険な異端者で、潜在的な革命家だが、その聡明な知性に疑いの余地はない。〝手伝ってくれないか？　できるだけ助けが必要なのだ〟

ビアンカは明らかに驚いている。〝また姉妹と共に働けるのは光栄だが……〟はっきりと考えを伝えることなく、持参した装置のほうへ目を向ける。いまは稼働しておらず、もはや見えない網で大気に圧力を加えてはいない。

〝もしも成功したら、もしも生き残れたら、あなたの請願を聖堂へ届けるためにできるだけのことをしよう〟だが、ポーシャの胸の内には反抗的な思いがある。〝もしも生き残れたとしても、それはわたしたち自身の力によるものであって、〈使徒〉の手助けのおかげではない。わたしたちはいまや独力で生きているのだ〟

4.5　古代人の夢

仕事中にうつらうつらしていたホルステンは、ぎょっとしてあやうく椅子《いす》から落ちそうになった。グイエンがすぐうしろに立っていた。

「メイスン」

「ああ――ええと――なにかあったのか？」一瞬、ホルステンは司令官から求められていた翻訳が終わっていたかどうか思い出そうと頭を絞った。そうだ、あれは昨日のうちにグイエンの自身にチェックしてもらうために送ったはずだ。もう読んだのか？

グイエンの表情にはなんの手がかりもなかった。「いっしょに来てくれたまえ」そんな口調で言われると、グイエンのワンマン政権に対する反逆罪でいまからホルステンは銃殺されるのだという推測を容易に受け入れることができた。保安隊員が付き添っていなかったのにはほっとした。

「いや、おれは……」ホルステンは目のまえのコンソールをあいまいにしめしたが、実際のところ、ここ数日でこの仕事への興味はほぼなくなっていた。反復作業だし、過酷だし、妙に身につまされて気がめいる。たとえグイエンに同行することになろうと、それを中断できるのは口では言いあらわせないほど魅力的だった。「なにか用事でも、ボス？」

身ぶりでうながされるままグイエンのあとを追って、ギルガメシュの通路を何度か曲がったところで、どうやらシャトルベイにむかっているらしいと気づいた。あまり気持ちのいい記憶があるルートではなかった。あちこちにまだ整備クルーの手がまわっていない銃弾の跡さえ残っていた。

そのときホルステンは、数日まえだが実際にはずっと以前のできごとを思い出して、グイエンを相手に昔話をするというミスをしそうになり、あやういところで自制した。まずまちがいなく、グイエンは彼を無表情で見つめただけだろうが、ひょっとしたら失敗した反乱について話したがったかもしれず、その場合どんなことが明らかになっていただろう？　レインと共にギルガメシュへ連れ戻されてからの長い日々、ホルステンの頭の中にはずっとその疑問があった。汚染除去のために――レインやカーストのクルー全員と同じように――独房にこもっていたときも、あのときのことを何度も思い返し、グイエンの言動のどれがはったりでどれが冷徹な本心だったのかを考えていた。その件でカーストと話をしたかったが、機会はあたえられなかった。あの絶望的な救出作戦は、いったいどこまでがグイエンの計画で、どこからがカーストの即興だったのか？　ホルステンは保安隊の隊長のことをずっと冷酷な悪党とみなしていたが、それでも、あの男は人質を生きたまま取り戻すためにとんでもない危険をおかしたのだ。

〝借りができたな、カースト〟ホルステンは認めたが、グイエンに借りがあるのかどうかはわからなかった。

「どこへ……？」ホルステンは司令官の背中にむかって問いかけた。

「ステーションへむかっているところだ」グイエンが告げた。「見てほしいものがある」

「なにかの文書かな、それとも……？」ますます真意が読めなくなっていくグイエンのために注意書きやラベルを翻訳して一日を過ごす自分の姿を思い浮かべる。

「きみは古学者だ。翻訳以外のこともできるのだろう？」グイエンは急にホルステンを振り返った。「遺物はどうだ？」

「まあ、いけるが、そこは技術班が……」ホルステンはグイエンに何度も唐突に言葉をさえぎられていて、この男がやってきてからはまとまった考えを最後まで口にできたことがほとんどなかった。

「技術班が別の意見を求めているのだ。わたしも別の意見を求めている」ふたりでシャトルベイに入ると、準備のできた一機が待機していて、ひらいたハッチのそばでは待ちくたびれた女のパイロットがパッドでなにか読んでいた。おそらくグイエンがギルガメシュの膨大なライブラリから開放した許可済みの作品だろうが、こっそりコピーされた無許可の本の取引も活発におこなわれていた――本来はシステム内に閉じ込められているはずの文章や映像だ。グイエンはそのことに腹を立てているはずだが、止めることはできなかったようだ。ホルステンはその理由について、グイエンがレインに命じた検閲では主犯――すなわちレイン自身

——を締め出すことができないからではないかと疑っていた。

「きみはみずからステーションを歩く機会を得られたことに感謝するべきだ」ふたりで座席に着いてベルトを締めたとき、グイエンが言った。「古代人の足跡とはな。まさに古学者の夢だろう」

ホルステンの経験では、古学者の夢とはまったくそんなことではなく、危険な作業はだれかにまかせておき、自分はゆったり腰をおろして、古代人の作品について、あるいはもっとキャリアが進んだあとなら、ほかの学者の著作について博識な分析を執筆することだ。さらに言うと、ホルステンはとてもグイエンには伝える気になれない憂鬱な現実を自覚していた——彼はもはや古代人のことが好きではないのだ。

古代人について知れば知るほど、ホルステンの文化においてもともと考えられていた宇宙をまたにかける神のごとき模範的存在などではなく、怪物としか思えなくなってきた——不器用で、けんか腰で、目先のことしか考えない怪物だ。たしかに、古代人はホルステンの同胞のレベルをはるかに超越したテクノロジーを開発していたが、それは彼がすでに知っていたとおり、古帝国がホルステンの文明全体をただの模倣ミスへと誘い込んだことをしめす好例だった。古代人になろうとすることで、彼らはみずからの運命を決定づけた——それほどの高みに到達することもできず、ほかの何者かになることもできず、ひたすら凡庸と嫉妬《しっと》の歴史をたどることになったのだ。

ステーションまでの飛行は短時間で、加速から減速への移行はほぼ瞬時だった。パイロットはギルガメシュやステーションに設置された即席のドッキングコントロールと連携をとりながら巧みに物理学を乗りこなしていた。

ステーションは複数のリングがつらなる構造で、中心にある無重力のシリンダーにはだれも見たことのないほぼ完全な古帝国の核融合炉がおさまっていた。レインのチームは驚くほどあっさりとステーションの電力を復旧させ、数千年におよぶ眠りのあとでも古代の機械に機能再開の準備ができていたことを発見した。このシームレスで洗練されたテクノロジーが、模倣と反復によってギルガメシュの各システムを生み出し、積荷である人間の犠牲をほんの数パーセントに抑えながら、彼らを宇宙のこんな遠方まで連れてきたのだ。

いくつかのリングセクションが回転を再開していたおかげで、ステーションの一部はほぼ通常の重力になっており、ホルステンにはとてもありがたいことだった。シャトルを降りるときにはどういう状況か見当もつかなかったが、このステーションの最初のリングは徹底的に探索され分類整理され、その後にレインの大幅に増員された技師チームが乗り込んでいた。ホルステンとグイエンが出たところは活気と喧騒《けんそう》にあふれ、通路も部屋も非番の技師たちで混雑していた。即席の食堂では食事が提供され、娯楽室に設置されたスクリーンにはギルガメシュのライブラリにある映像が流れていた。ゲームをする者や、親密な抱擁をかわす者がいたし、なにかの演劇のようなものまでおこなわれていたが、それはグイエンがあらわれたとたんにさっさと切りあげられてしまった。レインの監督下で技師たちは勤勉だが不遜《ふそん》な集団になっていて、ホルステンの見たところ彼らの〝偉大なリーダー〟はどこでも尊敬されていないようだった。

「で、見せたいものってのは？」ホルステンはグイエンの目的にますます興味をそそられながらたずねた。ここで古学者が助言できるようなことで、しかもカメラ越しではだめなことなどなにもないように思えたからだ。〝だったらなぜグイエンはおれをわざわざここまで連れてきたんだ？〟可能性のある答はいくつかあったが、彼の気に入る答はなかった。いちばんありそうなのは、ステーションとギルガメシュとのあいだの通信があまり安全ではないということだろう。少しばかり知識があれば理論的にはだれでも盗聴が可能だ。もっとも、ここには機密を要するような話題はなにひとつないはずでは？

あるのかもしれない。

ホルステンは身震いしながらグイエンのあとを追い、最初のリングセクションを抜けて次のセクションにつながるハッチまでたどり着いた。

〝あいつはなにか見つけたのか？〟司令官はよくわからないまま報告書をながめていたのだろう。だが、そこでなにかが目に止まった――おそらくほかのだれも気づくことのないなにか。そしていま、なんとしてもそれを秘密のままにしようとしている。

〝おれになら秘密を打ち明けられるということか？〟気分のいい考えではなかった。

リングからリングへ、エアロックからエアロックへと、さらにステーションの内部を進んでいくと、のんびりした技師たちのにぎわいに代わって、より集中したあわただしい活動が繰り広げられていた。慎重な足取りでいまも徹底的な調査が続いているエリアを進んでいく。最初のいくつかのセクションはもう安全とみなされていたので、レインの部下の中でもっとも若い者たち――最近目覚めたばかりで経験の浅い者が多い――に、残ったわずかなシステムの復旧や整理分類といった作業の仕上げがまかされていた。そのあと、グイエンはホルステンに船外活動スーツを着用して常にヘルメットをかぶっているよう指示した。これから入るエリアでは空気や重力の存在が必ずしも保証されていないのだ。

そこから先、出会う作業員はみな同じようにスーツを着用していたが、ギルガメシュに搭載されているか製造することが可能な機器の余力の問題で、新天地を開拓するペースには限界があることをホルステンは知っていた。徐々に人数が減ってはいるが、基幹システムの作業を受け持つ技師たちは、このリングセクションではスーツなしで作業しても安全だと宣言できるレベルまで、なんとかステーションの基本的な生命維持能力を回復させようとしていた。通過してきたセクションで見られた雑談や気楽な雰囲気がなくなり、ここでは効率的で集中した作業が進められていた。

たどり着いた次のセクションは重力はあったが空気がなく、ふたりは断続的に消える照明やインペリアルCで悲惨な結果を示唆する警告灯がならぶ悪夢のただなかを進んだ。船外活動スーツのせいで顔の見えない技師たちは、時の流れがもたらした荒廃を癒やそうと奮闘し、老朽化したシステムの故障箇所を突き止め、太古の近寄りがたいほど高度なテクノロジーをどうやって修理するか検討していた。

〝おれたちは時間をさかのぼって歩いている〟とホルステンは思った。古帝国の時代へ戻ろうとしているのではなく、ステーションを修復する技師たちの努力の跡をたどっているのだ。かつてここにはなにも存在せず、光も大気も電力も重力もいっさいなかった。そこへ小型の母なる女神、レインがやってきて、虚空に明確な定義をもたらした。

「われわれは次のリングへむかっている。電力は届いているが、セクションの回転はまだ実現していない」グイエンの声がヘルメットの無線でくっきりと伝わってくる。

ホルステンはちょっとまごまごしてから送信のしかたを思い出した。「そこが目的地なのか？」

「そうだ。レイン？」

ホルステンはぎょっとして、いま見えているスーツ姿の三人のうちだれかが主任技師なのかと思った。だが、通話装置から聞こえてきたレインの声はどの人物の動きとも同期していないように見えたので、おそらくステーションのどこか別の場所にいるのだろう。

「はいはい、ボス。ほんとに入るつもり？」

「能動的な危険にそなえて、きみのほうでこのセクションを調査させたはずだ」グイエンが指摘した。それが最初の一歩だとホルステンは知っていた――彼がじかに見ることはけっしてない最初の一歩。基幹システムの修理を始めるためには、まずクルーがあの光も空気もない場所へ入り込み、古代人が残したものが彼らを殺そうとしたりしないことを確認しなければならない。

〝少なくともこのステーションにはその手のものは装備されていない〟もちろん、それは昔の宇宙飛行士にとっては悩みの種だった。古代人は戦いながら滅びていったのだ――おたがいに戦いながら。彼らは軌道上の設備への侵入を困難にするためには努力を惜しまなかったので、ほかの部分が回転する壊れた金属のかたまりになったとしても罠だけは最後まで機能していることがよくあったのだ。

「ボス、あなたは基本的な生命維持システムがないところへ行こうとしている。能動的な危険なんか必要ない」レインがこたえた。「不測の事態はいくらでも起こるんだから。それはそうと、いっしょにいるのはだれ？　あたしの部下じゃないよね？」

レインはどこからこっちを見ているのかと思ったが、おそらく内部の監視システムは呼吸できる空気よりも復旧が容易だったのだろう。

「メイスンだ、古学者の」

間があった。「ああ。どうも、ホルステン」

「やあ、イーサ」

「ねえ、ボス」レインは困ったような声で言った。「だれかいっしょに連れていくべきだとは言ったけど、ちゃんと訓練を受けた人じゃないと」

「わたしは訓練を受けている」グイエンは指摘した。

「彼は受けてないでしょ。ゼロGで見たことがあるんだから。ねえ、じっとしていてくれたら、あたしがそっちに――」

「だめだ」グイエンはぴしゃりと言った。「自分の持ち場を守れ。次のセクションにはきみの部下が六人いるはずだ。なにか問題があれば彼らに合図する」ホルステンにはやや強情すぎるように聞こえた。

「ボス――」

「これは命令だ」

「わかった」レインの声がこたえた。「クソっ、そいつがなにをたくらんでいるのか知らないけど、自分の身は自分で守って」ホルステンは一瞬ぎょっとしたが、すぐに彼女が自分にだけ送信しているのだと気づいた。「罠を探しているクルーに連絡して警戒するよう伝えておくから。なにかあったら連絡して。たしかにここは検査が終わっているし、いまは電力その他を復旧させているところ。でも注意は怠らないで――それとなにがあろうとスイッチは入れないこと。初期調査のためにチームを送り込んだとはいえ、実際の機能についてはなにもわかっていない。そのリングの用途はなんらかの指揮管制のように見えるけど、ただのテラフォーミング作業の中枢かもしれない。いずれにせよ、ボタンは押さないで——グイエンが押しそうに見えたら警告して。プライベート回線の使い方をおぼえてる？」

驚いたことに、ホルステンはちゃんとおぼえていて、あの反逆者たちにつけられたマスクでやったように舌でコントロールをしていた。「テストＯＫ？」

「よくできました。さあ、自分の身は守れる？」

「努力するよ」

宇宙探検家になるという古学者の夢が無残に打ち砕かれるのに長い時間はかからなかった。船外活動スーツには磁気ブーツがついていて、子供のころに勇敢な宇宙探検家の映画を見たときにはそのアイディアをなんとなく受け入れていたが、実際に使ってみるとわずらわしくて疲れてしまった。海中のダイバーのようにステーションの通路をただ滑空するのも予想したよりはるかにむずかしかった。結局グイエンは——この男は底なしの空間を猿のように這いまわれるようだった——ベルトとベルトをロープでつないでホルステンがなすすべもなく漂流してしまったときに引き戻せるようにしなければならなかった。

そのリングの内部——ステーション内で探査が進んでいる部分の極限——はまだ照明がきちんと機能していなかったが、休眠中の無数のパネルとその休眠状態をほのかに表示する動かない数値の列のおかげで、スーツのライトだけでも先へ進むことができた。グイエンはせいいっぱい速いペースを保っていて、どこへ行けばいいのかちゃんとわかっているようだった。ホルステンは自分が行き先を知らないことが気になってしかたがなかった。

「あなたのスーツのカメラを乗っ取った」ヘルメットの中でレインの声がした。「あのじいさんの狙いを知りたいから」

そのときのホルステンは、グイエンの背後で風船のように引きずられていたので、話をする余裕がありそうだと思った。「じいさんなのはおれかと思っていた」

「もうちがう。グイエンの姿を見たでしょう。ここへ来るまでに彼がなにをしていたのかはわからないけど、あたしたちより何年もまえから動いていたみたい」レインは息を吸ってさらになにか言おうとしたが、そこでグイエンがペースを落とし、ホルステンを近くへ引き寄せてブーツがくっつくように壁へ着地させた。レインの声が言った。「ああ、彼のお気に入りはそれかな？」

そこには棺があった——冷凍タンクと似ていて、頭部の端が壁に組み込まれている。ホルステンはこのステーションにある冷凍設備が、これまでに調査したかぎりでは、非常に少ないことを知っていた。ここは人が生涯を何度も過ごすことを意図した施設ではないのだ。それに、ひとりの人間の肉体を後世のために保存するというだけの目的で、これだけの部屋や複雑な睡眠用の装置を用意することにどんな意味があるのか？

スーツのパッドに新しい情報を受信したという通知が出たので、ホルステンはそれを取り出し、手袋をはめた指でどうにかデータを呼び出して、この部屋とその内容物に関する第一次調査の結果をながめた。技師たちはそれがなんなのかわからなかったので、基本的な特徴を記録し、写真を撮影して、先へ進んでいた。部屋にあるコンソールを何台か起動して、ホルステンのような研究者があとで分析できるように一部のデータをコピーもしたが、それ以上はなにも考えなかった。それがグイエンが翻訳を依頼してきたファイルに含まれていたのだ。ホルステンは、自分はどれくらいきちんと仕事ができていたのだろうかと不安に思いながら、それらのファイルを呼び出した。どれもややこしい技術文書ではあったが、それでもここに封印されている知識のほんの表面的な断片でしかなかった。

ホルステンはそれらのファイルにあらためて目をとおした。難解な原本と彼自身がコンピュータの助けを借りておこなった翻訳、さらには当初のおおざっぱな調査でこの部屋に関して記録されたほかのあらゆるものもいっしょに。グイエンは期待に満ちた目でホルステンを見つめていた。

「おれは……おれはなにをすればいいんだ？」

「これがどういうものなのか教えてほしい」

「そのためにこんなところまで連れてきたのか？」ホルステンは珍しくかんしゃくを起こしかけた。「ボス、これだったら――」

「きみの翻訳はほとんどが理解不能だ」グイエンは口をひらいた。

「まあ、技術的な詳細は――」

「ちがう、それでかまわないのだ。これならきみとわたしのあいだだけの話になる。だからもういちどすっかり調べて裏付けをとってほしい——こいつの正体を教えてくれ。わざわざここまで来たのは、それを理解するためにこの装置が役に立つからだ」

グイエンは棺のそばへ戻ってその上にかがみ込み、スーツのハーネスからさげた工具ベルトに手をのばした。ホルステンは急に不安になり、あやうくその懸念をグイエンに送信しかけたが、そこで気がついてレインに回線を切り替えた。

「グイエンがなにかを作動させようとしている」ホルステンが伝えたとき、棺のまわり全体が祭りのように明るく照らし出された——スクリーンやパネルが点滅しながら息を吹き返し、その中心にある人の形をした空間に淡い青色の輝きがわきあがった。

「見てる」レインの声は雑音で乱れていたが、すぐに安定した。「大丈夫、あたしの部下がすぐ外で待機しているから。なにか問題が起きたらいっせいに突入する。でもあたしは見てみたい」

〝同感だな〟ホルステンはならんだディスプレイのほうへ身を乗り出した。

「これは……エラーメッセージか？」グイエンがつぶやいた。

「接続異常だな……。技師たちはメインコンピュータがウイルスにやられてしまったと考えている。だから残っているのは孤立したシステムだけだろう」その〝残っている〟やつだけでも深遠な知識が山ほど詰まったライブラリなのだ。「すでに存在しないなにかに接続しようとしているようだ。基本的にはただの羅列だな……発見できないものの」

グイエンは制御パネルをにらみ、手袋をはめたかさばる手をときどきその表面に近づけたがさわろうとはしなかった。「これがなんなのかという説明は出ないのか」彼は回線をひらいたままにしてあり、ホルステンにはその言葉が外部へ向けられたものなのかどうかよくわからなかった。

「よく聞いて」レインの声がホルステンの耳の中ではっきりと響いた。「あなたにそのパネルでやってほしいことがある。あたしたちがここで作業を始めてから編み出した、こういうクソを突破するためのお決まりの手順。ここにあるほかの設備ではそれでだいたいうまくいった。グイエンにはあなたのアイディアだと伝えて。さもなければあたしたちの報告書かなにかで読んだと」

「わかった」

ホルステンは棺がはなつ淡い光に包まれたパネルの操作を引き継いで、レインのひとつひとつの指示に注意深く従い、必要なときには中断して修正の指示をあおいだ。一連の手順はわずか十五のステップしかなく、スクリーンに慎重にふれて新たに表示されるオプションやエラーを順繰りに解除すると、失われた接続先を求める装置の悲痛な要求がどんどん剝ぎ取られて数を減らしていった。

そして残ったのが……

「非常用アップロード装置」ホルステンはやや自信なさげに翻訳した。そして装置の中心にある人の形をした空隙《くうげき》を見つめた。「なにをアップロードするんだ？」

ちらりとグイエンに目をやると、素早く隠された表情がヘルメットの暗がりの中でさえはっきりと見てとれた。その顔は勝利と渇望に満ちていた。なにを探していたにせよ、彼はそれをここで見つけたのだ。

4.6 内なる〈使徒〉

疫病は〈大きな巣〉の中心部まですっかり広がり、同輩房のあいだの物理的な接触はほぼ途絶えた。絶望した者と飢えた者だけが通りを歩きまわっている。襲撃事件もあった――健康な者は感染していそうな者を襲い、飢えた者は食物を盗み、救いがたく錯乱した者は内なる悪魔に駆り立てられて誰彼かまわず攻撃する。

それでも共同体の張り詰めたより糸は完全にはほぐれていないし、脱走者もぽつぽつこぼれるだけで洪水にはなっていない――それはポーシャとその同輩たちの力によるところが大きい。彼女らは治療法を研究している。彼女らは〈大きな巣〉を、ひいては文明そのものを救うことができるのだ。

ポーシャはビアンカだけでなく信頼するすべての科学者に――聖堂でもそれ以外でも――協力を求めていた。いまは栄光を同輩組でかかえ込んでいる場合ではない。

そして全員に連絡を取るときに、自分が何者であるかを説明し、扇動者であり統率役なのだと伝えた。ポーシャの指示は〈大きな巣〉全体に張りめぐらされた糸をかき鳴らし、勤勉な雄の従者たちがそれを受けとって中継した。ふつうは同輩房のあいだの協力関係がこのような規模でとどこおりなく機能することはない――みな自尊心が強すぎるし、雌たちは優劣を気にしすぎる。緊急事態は彼女らをすばらしく団結させた。

〝これはわたしの新しい〈理解〉だ〟ポーシャはみなにこう説明していた。〝この免疫を持った子蜘蛛たちには、倒れた同輩たちとは一線を画す性質がある。疫病に襲われた都市で生まれながら生き残ったのだ。疫病が故郷で蔓延していた期間を考えると、彼女らは感染に対して同じように抵抗力のある親たちの卵から生まれた可能性が高い。すなわち、それは受け継いだ抵抗力だ。ひとつの〈理解〉なのだ〟

これには異論の嵐が巻き起こった。新しい〈理解〉がどのようにして定められるかはまだ充分にわかっていないが、そもそも〈理解〉と結びついているのは知識だけだ――なにかをするときの手順や、ものごとの仕組みにまつわる記憶。疫病に対する反応が子孫にまで伝わるという証拠はどこにあるのか？

〝この子蜘蛛たちが証拠だ〟ポーシャは科学者たちに伝えた。〝それを疑うのなら、あなたに用はない。協力する気があるときだけ返事をくれ〟

連絡した科学者たちの三分の一ほどは賛同せず、別の方向へ解決策を求めていたが、成果はあがっていない。ポーシャのほうも、自身の研究の正しさを証明できるだけの進歩を遂げているとはいえ、彼女の民の技術面における制約とその理解力の限界に直面している。

ポーシャを支援することを選んだある科学者は――ここではヴァイオラと呼ぼう――長年にわたって〈理解〉の仕組みを研究していて、知っていることをすべてポーシャに教えてくれた——もつれた大きな網に記された研究の手順と結果の記録。蜘蛛たちは〈理解〉のおかげで世代全体に苦もなく広がる知識にとても依存している。彼女らの書き言葉は結び目を駆使した機構であり、扱いにくく、長ったらしく、保存して格納するのもむずかしく、それがポーシャの進歩を大きく遅らせている。この協力者がつかんだことを子孫が受け継ぐのを待ってはいられない——いますぐその洞察力が必要なのだ。ヴァイオラ自身は感染を恐れるあまり当初は市内を移動することさえいやがっていた。

今日、ヴァイオラが疫病の第二段階に入ったことが確認され、それを知ったポーシャは気持ちを強く駆り立てられる。打ち負かそうとしている敵によって協力者たちが次々と倒れている。ポーシャが自分の関節にそのうずきを感じるのは時間の問題だろう。

ビアンカはすでに自分が感染していると考えている。この異端の科学者はわかりにくい第一段階の症状が出ていることをポーシャにこっそり告白していた。ポーシャがそれでも彼女をそばに置いているのは、〈大きな巣〉全体を見渡してもこの病気に感染していない蜘蛛など皆無かもしれないと知っているからだ。

例外はどうやってか免疫を獲得している腹立たしいほど少数の者たちだけ。

だが、失敗した科学者たちのおかげで、ポーシャは以前にはなかった道具を手に入れていた。ヴァイオラの同輩組が管理している蟻群の中に〈理解〉の生理学的徴候の分析という作業をになう群れがあるのだ。

これはポーシャの社会が積み重ねてきたもうひとつの大きな進歩ではあるが、さらなる発展をはばむ深刻な制約にもなっている。〈大きな巣〉には飼い慣らされた蟻群が何百とあり、周囲にはそれ以外にも食べ物を生産したり、地面を掃除したり、野生種の侵入を防いだりといった日常業務を受け持つ者がたくさんいる。それぞれの群れは特定の業務を実行するために罰と報酬と化学的刺激の巧妙な操作により慎重に訓練されており、それをたばねる偉大な蜘蛛たちは、群れ自体の統治でもちいられる連鎖的意志決定構造を活用した興味深い分析機関を手に入れることになる。それぞれの群れは、ごく狭い範囲の関連計算のみを得意とする、きわめて能力の高い専門《イディオサバン》ばかりでしかないし、蟻の共同体を維持するのは時間も手間もかかる作業だ。

だが、ヴァイオラはすでにその作業に取り組んでいたので、ポーシャはとらえた三体の子蜘蛛から採取した標本を、ヴァイオラが進めている別の同胞たちを対象とした研究と比較するために送りつけた。その結果は巻いた絨毯の形をした筆記物として届けられた――自身の体調の悪化を認めるヴァイオラの報告と共に。

それからというもの、ポーシャとビアンカはヴァイオラの膨大な推論を熟読し、たびたび作業を止めてはヴァイオラの言葉が意味すること、あるいは意味しないことについて議論してきた。蜘蛛たちの表記法はもともと一過性の芸術的な思考を表現するために生まれた――優雅で、複雑な、図解のようなものだ。それは実験にもとづく科学的な着想を書き記すのには理想的とは言えない。

フェイビアンは頻繁に姿を見せて、食べ物や飲み物を運び、請われれば自分の解釈を提示する。雄にしては頭脳明晰《めいせき》で、議論に別の視点をもたらしてくれる。しかも自身にも第一段階の症状があらわれているにもかかわらず、気力も熱意もまったく失っていないようだ。ふつう、蜘蛛は自分が感染したと思ったら、その勤労の質は着実にそこなわれていく。これは非常に大きな問題なので、どれほど魅力のない雄であろうと働く意志さえあれば後援者を見つけることができる。〈大きな巣〉の社会は、興味深い、苦痛に満ちた変化を遂げようとしている。

ヴァイオラの研究はまた別の言語で進められていて、結び目による文字で不器用に表現されている。彼女は文書の中でそれを身体の言語と呼んでいる。その説明によれば、すべての蜘蛛の身体にはこの言語が含まれていて、それは個体によってことなるが無作為に出現するわけではない。ヴァイオラは血統がわかっている卵嚢から隔離した卵から出てきた子蜘蛛たちで実験をおこない、その体内言語が親と密接に関連していることを発見した。まさに大いなる天啓であり、何年かたって研究が完成すれば、彼女は〈大きな巣〉の知識層を支配することになるだろう。ポーシャ自身もいま目のまえにいるのが謙虚な天才であることをしっかりと認識している。ヴァイオラは〈理解〉の秘められた言語を発見した——あとはそれを翻訳するだけだ。

そこが難問ではある。ヴァイオラは自分の蟻たちが生検標本の中に見出した配列があらゆる蜘蛛の体内に隠された本なのだと断言できるだけの知識を有してはいるが、それを読むことはできない。

だが、ヴァイオラの蟻たちがポーシャのために最後の贈り物をもたらしてくれる。フェイビアンが連れ帰った子蜘蛛たちの本の中に新しい一節がある。ヴァイオラが管理する別の群れの蟻たちは、これらの隠された本を比較してことなる部分を強調表示するよう訓練されている。いままで見たことのない、まったく同じ段落が、免疫を持った三体の子蜘蛛それぞれで発見される。ヴァイオラの仮説では、これは疫病をふせぐ方法を記した〈理解〉をあらわしているのかもしれない。

ポーシャとその仲間たちはいっとき有頂天になる——ここまでくれば成功は目前だ、疫病はもはや打ち負かされたも同然だと。だが、ヴァイオラは最後にもうひとつ意見を述べていて、紡がれたその部分の言葉はとりわけ読み取りにくくなっている。

ヴァイオラは指摘する。彼女には体内の本を読む手段がないのと同じように、そこに書き込みをする手段もない。あの子蜘蛛たちが成長して、自然のままで免疫力を獲得する新たな世代を産み落としてくれないかぎり、この新たな知識は理論的には魅力的であっても実際にはなんの役にも立たないのだと。

それからの数日、都市が周囲で崩壊していくあいだ、通信糸は毎時ごとに届く厳しい知らせで震える——また犠牲者が増えたとか、同輩房が封鎖されたとか、〈大きな巣〉の尊敬される名士たちが気がふれて処分されたとか、苦労して獲得した知性という贈り物を失うほうがつらいから毒で自死したとか。ポーシャとビアンカは衝撃を受け、疫病が早くも彼女らの心を壊しにきたかのような気持ちになる。もはや瀬戸際だ。

先に作業に戻ったのはビアンカだ。彼女はもう足取りが乱れたり震えたりして発話をきちんと制御できない。彼女のほうが死に近く、だからこそ失うものは少ない。ポーシャが心の強さを取り戻そうとしているあいだに、ビアンカはヴァイオラの手記を熟読し、ある朝ふいに姿を消す。

ビアンカはその夜遅くに戻ってきて、いっとき同輩房の守衛たちと身の震えるようなにらみ合いを演じたあと、ポーシャの説得でなんとか中へ入れてもらう。

〝外はどんな様子だ？〟ポーシャ自身にはもはや出ていく勇気はない。

〝狂気だ〟ビアンカが短く返事をする。〝ヴァイオラと会った。長くはもたないだろうが、そそそれでも彼女はわたしに語ってくれた。あなたにも伝えておかなければならない、ままままだできるうちに〟病気が脚から脚へと飛び移り、ビアンカの言葉には急に抑えようのない繰り返しがまぎれ込む。けっして立ち止まらず、自分を殺そうとしているものから逃れようとするかのように、同輩房をうろうろ歩きまわりながら苦労して言葉を形作る。壁のぴんと張られた糸を這いあがるとき、その体内のどこかには、のぼって、のぼって、それから死にたいという切実な願望がある。

〝話してくれ〟ポーシャはそう言いながら、とりとめなく歩きまわるビアンカを追う。フェイビアンが礼儀正しく距離をとってついてくるので、もっとそばへ来いと合図する――ビアンカの語る言葉について別の視点からの意見があれば有益だからだ。

そこで明かされたのは、ぎりぎりまで切り詰められた本質的な要素だ。ビアンカが市内を抜けて戻ってくるときに入念に考え抜いていたのだろう――疫病のせいで説明する力がどんどんそこなわれていることを自覚して。

〝もっと深い本があるのだ〟ビアンカは叫ぶような足さばきでひとつひとつの言葉をしなやかな床に叩きつける。〝ヴァイオラがそれを見つけた。第二の符号で記された第二の本があって、短いが情報がたっぷり詰まっていて、最初のとはちがう、まったくちがう。わたしはヴァイオラにいったいなんなのだとたずねた。彼女はそれはわたしたちの中にある〈使徒〉だと言う。新しい〈理解〉が定められるときには必ず〈使徒〉が見つかるのだと。それは卵の中でわたしたちと共に宿り、わたしたちと共に育つ、だれもがもつ目に見えない守護者であると、彼女は言う、彼女は言う〟ビアンカはその場でくるりとまわり、大きな丸い目で周囲のあらゆるものを見つめながら、乱れた激しい思いに触肢を震わせる。〝ヴァイオラの論文はどこにある？〟

ポーシャがヴァイオラの生涯の仕事である大きな糸束を広げたところへ案内すると、ビアンカは何度か出だしでつまずきながらも、この〝もっと深い本〟を見つけ出す。それはほんの注記のようなものだが、複雑に入り組んだ資料でヴァイオラには解き明かすことができなかった。まったく異質なやりかたで体内に書き込まれていて、ほかの部分と比べるとはるかに簡潔で、効率的で、緻密に構成されているからだ。蜘蛛たちには知る由《よし》もないことだが、こうしたちがいにはそれなりの理由がある。これは自然進化の産物ではなく、支援された進化の産物ですらない——これが支援する側なのだ。ヴァイオラと蟻の農場が分離したのはナノウイルスなのだ。

ビアンカがよろよろと去ったあと、ポーシャは長い時間をかけて資料を読み、再読し、彼女の種が昔からもっとも得意としてきたこと——すなわち計画を立てる。

翌日、ポーシャはヴァイオラの同輩房へ伝言を送る——彼女らが特別に仕込んだ群れを使わせてもらう必要があると。それと同時に、まだ彼女を支援する意志があるほかの五、六体の科学者たちにも専門知識を借用したいと依頼する。フェイビアンを送り出してポーシャ自身の群れにも指示を出す——見本がある化学物質ならどんなものでも可能なかぎり複製するなど、さまざまな機能を果たすことができる連中だ。

ヴァイオラの同輩房は——その博学な先導者はもはや救いようがないが——免疫を持つ子蜘蛛たちに特有の〝体の本〟の断片を分離する。だが成果はそれだけにとどまらない。彼女らはナノウイルスをも分離する——それが〝内なる〈使徒〉〟だ。貴重な数日が過ぎたあと、そこの雄たちが素材を入れた桶をかかえてポーシャの同輩房へよろよろとやってくるが、全員ではない。ほかの者は路上で殺されたり、単に逃げたりしている。〈大きな巣〉の存続はまさに崖っぷちにある。

ポーシャは聖堂で時を過ごし、頭上の〈使徒〉の声に耳をすましながら、みずからの内にある〈使徒〉の声を聞こうとする。そんな呼び名を使うのはヴァイオラのうぬぼれに過ぎないのか？　いや、ちゃんと理由はあった。その異質な作られた言語のもつれがなにをしているにせよ、そこには彼女らを野獣から崇高な存在へ引きあげる神聖な機能があると、ヴァイオラは理解していたのだ。それは生物の精神と体組織の中に〈理解〉を届ける手段であり、それで前世代より次世代のほうが向上するかもしれない。〝それであなたのことがわかるかもしれない〟ポーシャは遠い光が空に弧を描くのを見つめながら考える。ビアンカが最初から正しかったのはもはや自明のことに思える。やはり〈使徒〉はこちらからの返事を待っているのだ。少しまえまでは異端の説だったが、ポーシャはいまや自分の中に目を向けている。〝わたしたちにこれほどまでの飽くなき向上心があるのは、それが望まれているからではないのか？〟

ポーシャにとって結論を出すということは、同族が昔からずっとそうしてきたように、宇宙が明らかにした原理をできるだけ理解したうえで論理を導き出すことなのだ。

数日後、蟻たちがポーシャの最初の血清を完成させる。免疫を持つ子蜘蛛の遺伝子断片とナノウイルスとの複雑な混合物――〈使徒〉と伝言がその溶液の中をぐるぐるとめぐっている。

このころには、ポーシャの同輩房でも半数以上が第二段階に入っている。ビアンカとほかの数体は第三段階に入って、それぞれ別の独房に監禁されており、いずれは飢え死にすることになる。ほかにどんな道があるというのか？

ポーシャはほかの道を知っている。

フェイビアンが身代わりを志願するが、後期感染者は彼のような小柄な雄などあっさり殺してしまうだろう。ポーシャはひと握りの捨て身になった雌たちを集め、自分は作り物の鋏角を用意する。それを使って、患者の脚が胴体につながっている、脳に近い部分に血清を注入するのだ。

ビアンカは抵抗する。ポーシャの従者にかみつき、鋏角二本ぶんの毒液をめいっぱい注入して犠牲者を瞬時に麻痺《まひ》させる。脚を蹴り出し、よろめきながら、立ちあがって全員に挑みかかろうとする。ポーシャたちはビアンカを手加減せずに縛りあげ、激しく突き出される口器に臆することなくあおむけにひっくり返す。ビアンカは言葉をすっかり失っており、ポーシャにもここまで進行した疫病を治せるかどうかはわからない。

それでも、ビアンカはその証拠か反証にはなるだろう。ポーシャは注射器を打ち込む。

4.7　ハムレット王子ではない

放棄されたステーションから届く新しい資料は大幅に少なくなり、データベースや記憶装置の中身はすべてギルガメシュに転送されていた。ホルステンは分類整理の作業をほぼ終えて、いまでは技師がなにかを作動させようとして翻訳者が必要になったときに呼び出されるだけになっていた。

ホルステンはほとんどの時間をヴリー・グイエンの個人的なプロジェクトのために費やしていた。さもないとグイエンがすぐにあらわれて理由を知りたがるのだ。

避難船の生活は慣れないことばかりになっていた。なにしろ、積み込まれていた数百名が、最後におぼえている場所から何光年も離れた船内でいきなり叩き起こされ、自分たちがどこにいてなにをしなければいけないのかについてあわただしく不充分な説明を受けたあと、作業にとりかかっているのだ。船内はひどく騒がしく、ホルステンは常にその喧騒に悩まされた。実際の作業による振動や物音だけでなく、人びとが生活したりおしゃべりをしたりしているような、ありていに言えば、さまざまなやりかたで楽しい時間を過ごしているような絶え間ないざわめきがあった。どこへ行っても即席カップル――状況を考えれば即席しかありえないだろう？――がいろいろな格好で抱き合っているのを見かける気がした。

そのせいで自分がひどく年老いた気分になることもあった。ギルガメシュの貨物室から目覚めた人びとはみんなあまりにも若く、ホルステンのようなくたびれた年寄りの専門家はごくわずかだった。

避難船は改装作業中で――〝おれがこんなふうに感じるなら、ギルガメシュは何歳くらいに感じるんだ?〟――ステーションから剝ぎ取ったあらゆる種類のおもちゃが装備されていた。特に新しい核融合炉は、ヴィタスの意見ではずっと後世に製造されたオリジナルよりも二倍以上効率が高く、入手可能な燃料で経済的な加速をはるかに長く継続することができるらしい。ほかのテクノロジーは単に置き換えられただけで、ギルガメシュのシステムは古代のモデルに合わせて微調整されていた。

ホルステンの頭の中では同じ言葉が繰り返されていた――おこぼれ、おこぼれ。彼らは相変わらず古帝国という遠ざかる列車にしがみつき、その影の中にとどまろうと必死になっている。同胞たちは新たに発見された収穫物に大騒ぎしていたが、彼に見えるのはみずからの可能性を永遠に生かしきれないという運命を子孫に宣告した人びとの姿だった。

そのときレインからステーションへ来てほしいというメッセージが届いた。正確には「翻訳上の危険な問題」とのことだった。

グイエンからの絶え間ない圧力と人類の若者たちのひどく排他的な態度にはさまれて、ホルステンはかなり落ち込んでいた。むこうでからかわれるのを楽しみに待つ気にはなれないが、技術班はまさにそれこそが彼の役割だと思っているらしい。レインがきちんと依頼するつもりさえないのなら、いっそ無視しようかと本気で考えた。結局、決め手になったのはグイエンだった——ステーションへ行けばあのハゲタカのような司令官から少しでも解放されると思ったのだ。

すぐにむかうとレインに返事をすると、いつの間にかベイにシャトルとパイロットが待機していた。移動しているあいだは、外部カメラを惑星のほうへ向けて菌類の生えた灰色の球体をむっつりとながめながら、その菌が上へぐんぐんのびて、ビルなみの大きさがある塔のような子実体を高層大気の中までふくれあがらせ、世界の完全なる支配に異議を唱えたちっぽけな侵入者をとらえようとしているさまを想像した。

技師がふたり——たしかレインのもともとのメインクルーだ——ステーション側でホルステンを待っていて、スーツを着る必要はないと請け合った。

「いまも作業が続いている部分はすべて安定している」技師たちは説明した。ホルステンがどんな問題が起きたのかとたずねると、彼らは興味なさそうにただ肩をすくめた。

「主任が自分で説明するだろう」返事はそれだけだった。

やがて、ホルステンがふたつ目の回転するリングセクションにある隔室にむぞうさに押し込まれると、そこにレインが待っていた。

彼女はテーブルについて食事を始めようとしていた。ホルステンはいっとき入口のそばでただよい、例によってタイミングが悪かったらしいと思ったが、よく見ると食器がふたり分あった。

レインが挑むように眉をあげた。「さあ入って、おじいさん。ここにある何万年もまえの食べ物を試してみて。歴史を味わって」

ホルステンはようやく部屋に入り、見慣れない食べ物をながめた――濃厚なスープあるいはソース、それと眼下の惑星から切り取ってきたかのような不穏な気配をただよわせている灰色がかったかたまり。「冗談だろう」

「いいえ、これが古代人の食べ物、ホルステン。神々の食べ物」

「でも、そんな……まだ食べられるなんてありえない」ホルステンはレインのむかいにすわり、うっとりと見おろした。

「こっちではもう一カ月近くもこれを食べて暮らしている。ギルガメシュが大量生産する流動食よりましよ」

重苦しい間が訪れたが、それを破るレインの辛辣な笑い声に、ホルステンはさっと目をあげた。

「ちょっとびっくりさせすぎたかな。あなたはそこまでこの食べ物に興味があるわけじゃないでしょ、おじいさん？」

ホルステンは目をしばたたき、レインの顔をしげしげと見つめた。そこにはこのステーションでの滞在中やカーンの世界からの旅で途切れ途切れに目覚めていた日々に彼女が費やした余分な時間が刻まれていた――船の故障や誤動作で貴重な積荷をこれ以上失うわけにはいかなかったのだ。〝いまじゃ年齢的にはいい勝負だな〟ホルステンは気づいた。〝なんてふたりだ〟

「じゃあこれは……」テーブルにならぶさまざまなボウルを身ぶりでしめしたら、指にオレンジ色のべとべとしたものがついてしまった。

「なに？」レインはたずねた。「ここはいいところでしょ？　便利なものがみんなそろってる――照明、暖房、空気、回転が生み出す重力。まさに贅沢《ぜいたく》ざんまい。待って、ちょっと待って」彼女がテーブルのへりでなにかをいじると、ホルステンの左側にある壁が崩れ始めた。心臓が止まるような一瞬、なにが起こっているのかさっぱりわからなかったが、いまにもステーション全体が崩壊するように見えた。ところが、外側のシャッターがうなりをあげてひらいてみると、いくらかくすんだ透明な壁があらわれ、そのむこうに広大な宇宙空間が見えるようになった。それともうひとつ。

ホルステンの眼前にあるのはギルガメシュだった。船の外からきちんと見たのはこれが初めてだ。あの反乱が終わって戻ってきたときでさえ、シャトルの内部から避難船の内部へ移動しただけで広い外の世界については考えもしなかった。なにしろ、宇宙では広い外の世界は主に人の命を奪うために存在しているのだ。

「ほら、あそこに新しい装備をつけた。全体にちょっとくたびれて見えない？　道中に受けた微細な衝撃、真空による劣化もある。老朽船は昔どおりというわけにはいかないし」レインは静かに言った。

　ホルステンは無言だった。

「思ったんだけど……」レインが言いかけた。笑みを浮かべようとして果たせず、もういちど試そうとする。ホルステンの反応に確信がもてず、緊張さえしているようだ。

　ホルステンはテーブルをまわり込んでレインの手にふれた。率直に言って、ふたりともその種の言葉を使うのは得意ではなかったし、それを辛抱強く探し回れるほど若くもなかったからだ。

「信じられないほどきゃしゃに見えるな」未来が、あるいは未来がないことが、その金属製の卵の運命によって決まる――みすぼらしく、つぎはぎで、この見晴らしのきく場所からだと、ギルガメシュはほんとうに小さく見える。

　ふたりは思いに沈みながら食事をした。レインは最初はひどく早口でしゃべって、彼女だけにわかる理由で会話をしなければとあせっていたようだが、やがてうちとけた沈黙の時間が長くはさまるようになった。

　そうした断続的な沈黙がまた続いたあとに、ホルステンはようやくレインに笑いかけ、自分の顔に若々しい表情が広がるのを感じた。「これはうまいな」

「そう願いたいところ。何トンもギルガメシュへ積み込んでるんだから」

「食べ物のことじゃない。それだけじゃない。ありがとう」

食事を終えて、ほかのレインのクルーが如才なく姿を消すと、ふたりは彼女がぬかりなく用意していた別の部屋へ引っ込んだ。前回ギルガメシュで関係をもってから長い時間がたっていた。たしかに何世紀もたっていたのだ――長く、冷たい、宇宙を旅した数世紀。だが実感としても長く思えた。ふたりは時間から解放された種族の一員であり、意味をもつのは自分の時計だけだった。宇宙のほかの部分は独自のリズムを刻むばかりでふたりが生きていようが死んでいようがまったく気にかけなくなっていた。

　地球には宇宙が気にかけてくれていると主張する人びとがいた――人類の生存は重要な、運命づけられたことで、ちゃんと意味があるのだと。彼らはほとんどが地球に残り、たとえ事態がひどく悪化しても偉大なる力が介入して救ってくれるという腐った信仰にしがみついていた。それは事実だったのかもしれない――避難船に乗り込んだ人びとはそれをたしかめることはできなかった。だがホルステンには自分の信念があり、そこには人類みずからの手による救済以外は含まれていなかった。

「彼はなにをたくらんでいるの？」しばらくたって、何千年もまえに古代のテラフォーマーが使っていたと思われるベッドカバーの下にならんで横たわっていたとき、レインが問いかけてきた。

「知らない」

「あたしも知らない」レインは眉をひそめた。「それが心配なんだ、ホルステン。彼が自分の技師たちにすべての仕事をさせているのを知ってる？　積荷の中から好きに選んで二線級の連中を目覚めさせ、自分専用の技術クルーに仕立てあげた。いまじゃそいつらがあなたも回収を手伝っているいろんな装備を据え付けて、ギルガメシュをそれに合わせて調整している。そしてあたしはそれがどんなものか知らない。機能がわからないものを船に乗せるのは好きじゃない」

「おれに司令官の信頼を裏切れと言っているのか？」ホルステンは冗談めかして言ってから、急にその考えに胸を刺された。「これはそういうことなのか？」

レインはホルステンを見つめた。「そう思う？」

「どう思えばいいのかわからない」

「これがどういうことかというとね、おじいさん、あたしはクルーの作業に混乱をきたすことなくかゆいところをかきたいということ……」レインはきつい声を出そうとしていたが、なかなかうまくいかないようだった。「ねえ知ってる？　あたしはずっとひとりでやってきた、この……何年かな？　このクソな二百年のあいだずっと。ひとりぼっちでギルガメシュの中を歩きまわって船がばらばらにならないようにしてきた。ときには一部のクルーといっしょに修理をした。ときにはグイエンがいて、それでもひとりぼっちよりはましだった。それからあの大騒ぎがあって……反乱とか、惑星とか……なんだか人との話し方を忘れてしまったような気がする、ときどき、仕事以外のときに。でもあなたは……」

ホルステンは片方の眉をあげた。

「あなたも人と話すのはめちゃくちゃへただよね」レインは意地悪く締めくくった。「だからいっしょにいるとあんまり気分が悪くならない」

「それはありがとう」

「どういたしまして」

「グイエンのあれは、人の脳をコンピュータにアップロードするための設備だ」その情報をかかえているのが自分だけではなくなったら妙に気が楽になった。ホルステンの知るかぎり、ほかに情報を得ているのはグイエンだけだ。その子飼いの技師たちでさえ、各自が担当している部分について機械的に作業を進めているに過ぎない。

レインは考え込んだ。「それがすばらしいものなのかどうかよくわからない」

「すごく役に立つかもしれないぞ」ホルステンの声の調子は自分自身を納得させることさえできなかった。

レインはただ音をたてて——言葉ではなく、なんの意味もない——話を聞いていることを伝えた。ホルステンはグイエンの依頼で翻訳をしている技術マニュアルからあの装置について学んだことを頭の中でひっくり返してみた。もちろん、それらはこの装置の機能をすでに知っている人たちのために書かれたものだ。執筆者は想像もつかないほど遠い猿の子孫のためにわざわざ基本的なことを説明してくれたりはしていなかった。

だが、ホルステンはあのアップロード装置がいったいなんなのか確信し始めていた。さらに、それがもたらした結果を、自身を実験台にするほど頭がいかれたやつがどうなったかを見たことがあるかもしれないと思った。

はるか遠く、別の世界を取り巻く暗闇の中で、静まり返った金属製の棺にドクター・アヴラーナ・カーンがおさまっていた。

4.8　進歩の時代

それからずっと、ビアンカは発作に苦しめられる。発話や歩行はふらつくし、突然のてんかんでさまざまな時間にわたって意識を失うし、脚はそれ自体の言語で必死になにかを伝えようとするかのようにじたばたと痙攣してしまう。

だが、ビアンカは疫病を生き延びたし、発作が起きていないときにはまともな精神状態にある。その手段を提供してくれた天才的な生化学者、ヴァイオラのほうは、治療が間に合わなかった。ほかにも多くの者が、偉大な学者たちも、偉大な戦士たちも、同輩房を率いる雌たちも、排水路の中で飢える雄たちも、みな病に倒れていた。〈大きな巣〉は救われたが、数千の住民はそこまで幸運ではなかった。ほかの都市も同じように影響を受けたので、活動できる蟻の群れは治療薬の生産に追われ、その理論的根拠が蜘蛛の共同体を結ぶ糸によって伝えられている。大惨事は回避されたとはいえ、ぎりぎりのところだった。それはもはや新しい世界であり、ポーシャの民は自分たちの居場所がいかに脆弱であるかを認識する。とても多くのものが変化のときを迎えようとしている。

この治療法がもつ大きな意味を最初に理解したのはポーシャではない。どこの科学者が最初に気づいたのかはわからない――ときどきあることだが、それは同時にあらゆる場所で出現して、好奇心旺盛な者たちを駆り立てたように見える。ポーシャの治療により、生きのびたおとなの蜘蛛はほかの巣の〈理解〉の恩恵を受けられるようになった。このとき伝達されたのは免疫だが、その工程がほかの〈理解〉でも有効なのはまちがいない――もしもそれが特定されてヴァイオラの画期的な〝体の本〟に記されているならば。今後はのろのろした世代の進行や手間のかかる教育で知識の普及が抑制されることはないだろう。

この技術の必要性は大きい。疫病による荒廃で〈理解〉を見つけるのがむずかしくなっている――かつてはひとつの概念が大勢の頭の中にあったのに、いまではせいぜいほんのひと握りになってしまった。知識がこれまで以上に貴重なものになっているのだ。

疫病からわずか数年後に最初の概念がおとな同士のあいだで伝達される。いくらか不明瞭な天文学の〈理解〉が雄の被験者に分けあたえられる〈初期の実験で何度か失敗があったので、被験者はすべて雄だった〉。これからはどんな蜘蛛も好きなことを学べるようになるかもしれない。ポーシャの世代以降のすべての科学者たちは、彼女がみずからの内にたくわえた知識にもとづいて研究を進めることになる。ある者が知っていることを、だれもが対価を支払って知ることができるのだ。単位部品化された知識をやりとりする経済が急速に発展するだろう。

だがそれだけではない。

ポーシャは快復したビアンカを聖堂に紹介する。そして彼女がどれほど治療に貢献したかを説明する。ビアンカは集まった司祭たちに話をすることを許される。

疫病の余波で伝統的な考え方に変化が起きている。生き残れなかった者たちが残した空隙を埋めるために、だれもが自分の精神を広げなければならない。古い概念が見直され、古い禁止事項が再考されている。すべては運命だという感覚は強いが、それは自分たちで手に入れた運命だ。彼女らは試験に合格した。彼女らはみずからの救世主なのだ。そして自分たちの世界の外にいるあの知性にあることを伝えたいと考えている——もっとも基本的な、絶対不可欠な合図を。

彼女らは〈使徒〉に伝えたいのだ、〝わたしたちはここにいる〟と。

ビアンカの装置だけでは無線送信機にはならない。蜘蛛同士で〈理解〉を伝達する実験が進むいっぽうで、彼女らの世界から遠い人工衛星へ、さらにその先へと張られた見えない網を伝わる振動に関する調査も進んでいる。

数年後、年老いたビアンカとポーシャは聖堂の仲間たちに交じって、未知の相手に話しかけようと、彼女らの電磁音声をその媒質へ投じる準備をととのえている。〈使徒〉が送ってきた数学の問題——蜘蛛たちはみな知っていて理解している——への返答を送信するのだ。彼女らは〈使徒〉が夜空にあらわれるのを待って、明確な最初の伝言を送る。

〝わたしたちはここにいる〟

最後の解答が送信されて一秒もたたないうちに、〈使徒〉が送信を停止し、ポーシャの文明全体を大混乱におとしいれる——彼女らの傲慢《ごうまん》さが宇宙を怒らせてしまったのだ。

緊迫した数日が過ぎたあと、〈使徒〉がふたたび語りかけてくる。

（下巻へ続く）

時の子供たち　上

2021年7月23日　初版第一刷発行

著者 ……………… エイドリアン・チャイコフスキー
訳者 ………………………………… 内田《うちだ》昌之《まさゆき》
デザイン ………………… 坂野《さかの》公一《こういち》(welle design)

発行人 ………………………………… 後藤明信
発行所 ……………………… 株式会社竹書房
〒102-0075 東京都千代田区三番町8-1
三番町東急ビル6F
email : info@takeshobo.co.jp
http://www.takeshobo.co.jp
印刷所 ……………………… 凸版印刷株式会社

定価はカバーに表示してあります。
■落丁・乱丁があった場合は furyo@takeshobo.co.jp までメール
にてお問い合わせください。
Printed in Japan